이제 다시 시작이야

우리같이 청소년문고 010

이제 다시 시작이야

초판 1쇄 펴낸날 2012년 6월 1일

지은이 마이클 윌리엄스
옮긴이 김민석
펴낸이 이정옥
펴낸곳 (주)우리같이 **등록** 제406-2011-59호
주소 경기도 파주시 문발동 파주출판단지 506-2 201동 13호
전화 031-955-5590 **팩스** 031-955-5599
이메일 withours@gmail.com

ISBN 978-89-967622-2-5 44800
ISBN 978-89-961890-3-9 44800(세트)

이 도서의 국립중앙도서관 출판시도서목록(CIP)은 e—CIP 홈페이지(http://www.nl.go.kr/ecip)에서 이용
하실 수 있습니다.(CIP 제어번호: CIP2012002379)

이제 다시 시작이야

Now is the time for running

마이클 윌리엄스 장편소설 | 김민석 옮김

우리같이

차
례

제 1 부 ● 마스빙고를 떠나며

남아프리카 공화국이라는 낯선 땅에서
이방인이라고 생각하는 당신,
이곳에 잘 오셨습니다.
신의 가호가 함께하기를.

제1부
마스빙고를 떠나며

1

골인!

군인들이 지프를 타고 구투로 가는 길에 나타난 건 경기가 2 대 2 동점일 때다.

"차, 데오야, 차!"

자부가 나를 보고 소리친다.

나는 공을 발밑에 두고 지프를 가리키며 말한다.

"군인들이 오고 있어."

아이들이 경기를 멈추고 일제히 고개를 돌려 내가 손가락질하는 곳을 바라본다.

대통령이 군인들을 보낸 게 틀림없다. 우리가 얼마나 굶주리

고 있는지 대통령 귀에 들어가게 된 걸까? 똥간 할아버지는 사드
자(sadza, 굵게 빻은 옥수수 가루에 물을 넣고 끓인 죽: 옮긴이)나 카사바
(cassava, 카사바 덩이뿌리의 껍질을 벗겨 찌거나 가루로 만들어 죽을 쑤
어 먹는데 감자 맛이 남: 옮긴이)까지 다 떨어지고, 사람들이 배고파
울부짖으면 군인들이 와 줄 거라고 했다. 우리 대통령은 절대로
우리가 이대로 굶어 죽도록 내버려 둘 분이 아니라는 게 똥간 할
아버지 말씀이다. 이제까지 똥간 할아버지 말은 한 번도 틀린 적
이 없다. 그렇지만 나는 여태껏 군인들이 먹을거리를 가져오는
걸 본 적이 없다.

"군인들이 오기 전에 이길 수 있어."

섀드랙이 소리친다.

"얼른 차, 데오야. 이쪽이 뚫려 있어."

나는 다시 경기에 몰두한다. 자부가 오른쪽에서 수비수의 견제
를 받지 않고 달리고 있다. 자기한테 공을 패스하라며 손을 높이
쳐들고 있지만, 지금 자부한테 패스하면 뚱보 펠로한테 막히고
말 거다. 자부는 마스빙고의 최고 수비수이자 거구인 펠로를 빠
져나가지 못한다. 이 몸이 직접 마술을 부리는 게 상책이다.

나는 공을 차올려 공중으로 탁 튀긴 뒤, 공이 우리 팀의 느림보
선수인 부쿠 옆으로 지나가게 찬다. 섀드랙이 내 왼쪽 공간으로
달려간다. 다음부턴 너무나도 쉽다.

오래된 1, 2, 3 동작이다. 먼저 섀드랙이 내가 패스한 공을 잡아

펠로의 다리 사이로 빼낸 다음 내 오른발에 다시 패스한다. 나는 내 대포알 슛을 막을 준비를 하며—물론 골키퍼인 롤라만의 생각이지만—몸을 굽히고 있는 롤라를 흘긋 쳐다본다.

나는 오른발로 공을 차려다가 차지 못한다. 왜냐고? 뚱보 펠로가 나를 향해 느린 동작으로 슬라이딩을 했기 때문이다. 혹처럼 불룩 튀어나온 무릎과 굵은 정강이와 커다란 발이 한 덩어리가 되어 나한테서 공을 빼앗고 나를 쓰러뜨리려고 달려든 것이다. 뒤미처 나는 발끝으로 공을 높이 차올리고, 펠로의 다리 위로 뛰어오른 뒤, 왼발로 있는 힘껏 공을 찬다. 공이 롤라의 양팔 사이로 기세 좋게 지나간다.

"높아! 너무 높다고!"

롤라가 소리친다.

"롤라 말이 맞아. 공이 너무 높았어."

부쿠가 나서서 내 슛이 상상의 골대를 넘어갔다고 주장한다.

형이 사이드라인에서 길길이 날뛴다. 형은 비행기 날개처럼 양팔을 쫙 뻗은 채 왔다 갔다 하면서 이렇게 소리치고 있다.

"고오오오올!"

"우리 형이 골이래. 형이 저쪽에서 분명히 다 봤기 때문에 저러는 거야."

내가 형을 가리키며 말한다.

늘 이런 식이다. 롤라가 공을 잡지 못하면 슛이 너무 높은 것이 된다. 축구 시합에 왜 여자아이를 끼워 주는지 모르겠지만, 아무도 골키퍼를 하려고 하지 않으니까 롤라가 쓸모가 있기는 하다. 나는 롤라가 좋지만 싫을 때도 있다. 롤라는 친하게 굴다가도 금방 변덕을 부린다. 형은 그래서 여자아이들하고 가까이 지내지 않는 거라고 말한다. 내가 보기엔 형이 여자들을 좋아할지 말지 먼저 결정할 입장이 아닌데도 말이다.

"그야 네 형이니까 당연히 골이라고 생각하겠지."

이번에도 부쿠가 나선다. 백주 대낮에 약탈이라도 당했다는 듯이 부쿠는 양 허리께에 손을 얹고 머리를 뒤로 젖히고 있다.

"물어보나 마나 뻔하지, 뭐. 미친 사람이잖아. 저 사람이 알고 있는 건……."

뚱보 펠로가 손가락으로 제 관자놀이를 툭툭 치며 말문을 열었지만, 말을 채 끝내지는 못한다. 녀석의 주둥아리에 밀어 넣은 내 주먹을 처리해야 했기 때문이다. 내 면전에서 우리 형 이야기를 그런 식으로 하는 사람은 아무도 없다. 펠로 녀석이 어리석게 굴지 말았어야지.

섀드랙이 팔로 나를 감싸 안고 끌어당긴다. 펠로 녀석이 같은 수법으로 나한테 복수하려고 눈을 부라린다. 나는 녀석이 덤벼들면 맞서 싸울 작정으로 노려본다. 그런데 녀석이 눈길을 돌린다. 뚱보 펠로가 나를 때려눕힐 기회는 얼마든지 있지만, 지금 당장은 내 머리통을 박살내는 것보다 더 중요한 게 있다.

지프를 타고 군인들이 오고 있다.

엔진 소리가 들린다. 군인들이 가까이 온 것이다.

지프가 음라기사 타운과 엠반데니 크랄의 소와 마을 사람들만 걸어 다니는 길을 덜컹거리며 지나간다. 차 한 대에 대여섯 명의 군인들이 타고 있다. 완전 무장을 한 군인도 있고, 군용 조끼에 탄띠만 찬 군인도 있다. 모두 총을 들고 있는데, 고슴도치가 하늘로 가시를 곧추세우고 있는 꼴 같다. 군인들은 총을 새털처럼 가볍게, 아무렇지도 않다는 듯이 들고 있다. 자신들이 위험하지 않다는 듯이.

하지만 나는 군인들이 소란을 피울 거라는 걸 알고 있다. 저들이 지니고 있는 총이 불을 뿜으면서 소의 몸통이 반으로 쪼개지는 것도 본 적이 있다. 군인들은 우리를 보고 있지만 우리를 알아보지는 못한다.

저 군인들은 짐바브웨 곳곳을 누비고 다녔다. 자카 마을 주민들이 굶주림에 아우성칠 때도 그곳으로 출동했는데, 지금은 그 마을 주민들이 더 이상 울부짖지 않는다. 저 군인들은 치팡가 주민들이 굶주림에 지쳐 성이 났을 때도 그곳으로 갔고, 격렬하게 항의하는 주민들 일부를 죽였다. 오렐리아 아주머니가 당신의 조카딸도 굶주림에 지친 치팡가 마을 사람이라고 해서 우리 모두 그 사실을 알고 있었다. 아주머니는 조카딸이 어떻게 피 흘리며 죽어갔는지는 말하지 않았다. 그저 일주일 내내 울기만 했고 그 이후로 조카딸 이야기는 입 밖에 꺼내지도 않았다.

군인들은 멀리 카마티비에도 출동했는데, 그들이 그곳에서 무슨 짓을 저질렀는지는 아무도 말해 주지 않았다. 그런 군인들이 이제 우리 고향 구투에 나타난 것이다.

대통령은 국민들이 화를 내서는 안 된다고 말했다. 대통령은 백인들이 우리나라로 오는 식량을 못 들어오게 막고 있어서 우리가 굶주리는 거라고 했다. 식량 문제에 관해선 대통령 말이 맞았다. 우리는 먹을 게 부족해서 늘 배고팠다. 우리 엄마가 미국에서 식량이 오기로 되어 있다고 똥간 할아버지한테 말하는 걸 들은 적이 있는데도, 식량은 아직 도착하지 않았다. 우리 엄마는 구투에서 교사 일을 한다. 엄마는 미국에 있는 교회에 편지를 보내서 우리가 먹을 게 없어 고생하는 사정을 알리고 있다.

남아프리카 공화국에서는 더 이상 트럭 기사들이 오지 않는다. 그건 비키타에 있는 싱 아저씨 가게의 선반을 채울 물건을 가져오지 않는다는 뜻이다. 똥간 할아버지 말에 따르면 남쪽에서 우리나라로 들어오는 도로가 이렇게 조용한 적이 없었다고 한다. 할아버지가 도로와 트럭에 관해 이야기할 때면, 엄마는 말수조차 줄어든다. 엄마가 아빠를 기다리며 주유소에 나가 본 것도 꽤 오래전 일이다.

나도 아빠 생각을 하지 않고 있다. 엄마는 이제 아빠에 관한 얘기도 하지 않고, 아빠에 관해 물어보는 것도 힘들어한다. 어쩌다 내가 아빠 얘기를 꺼내면, 엄마는 울거나 화를 낸다.

군인들이 우리를 지나쳐 간다. 지프 앞좌석에 탄 군인은 계기반에 군홧발을 올려놓고 있다. 그는 붉은 베레모에 선글라스를 쓰고 있다. 그가 손을 들자 차가 흙먼지를 내뿜으며 요란하게 멈춘다. 그의 뒤에 서 있는 군인들은 안전봉을 잡고 있다. 앞 차가 고꾸라질 듯 급정거를 하자, 뒤따르던 지프들도 이내 멈춰 선다. 붉은 베레모가 지프에서 내려 우리 쪽으로 걸어온다. 얼굴이 꼭 가면 같다. 나는 그의 검은 혁대와 가죽 권총집에 든 권총과 육중한 군화와 번쩍이는 선글라스를 주시하고 있다. 그의 눈은 보이지 않고, 대신 그의 선글라스에 비친 내 모습만 보인다. 그것도 두 개나 말이다. 선글라스에 비쳐 작고 굴절된 모습이긴 해도, 제법 투지만만한 사내아이가 파란 반바지에 흰색이 누렇게 바란 학교 셔츠를 입고 먼지 속에 서 있다.

"너, 왼발 슛이 제법이던데. 공 이리 줘 봐."

붉은 베레모가 나한테 말을 건다. 나는 꼼짝 않고 서 있다. 지금 그의 선글라스에 비친 나는 잔뜩 겁먹은 모습이다. 입까지 벌어져 있는 상태다. 나는 얼른 입을 다물고 침을 꿀꺽 삼킨다.

펠로가 달려와서 그에게 공을 패스한다. 제대로 된 축구공은 아니다. 소가죽을 여러 조각 실로 꿰매 붙이고 그 안에 플라스틱을 동그랗게 말아 꽉 채워 넣은 공이다.

붉은 베레모가 내 공을 공중으로 던진 뒤 발로 찬다. 공이 쭈그러든다. 지프에 탄 군인들이 웃음을 터뜨린다. 붉은 베레모가 웃고 있는 군인들 쪽으로 고개를 돌리자, 다들 입을 다문다. 붉은 베레모가 내 공을 망가뜨린 것이다.

나는 이제 두렵기도 하고, 화가 나기도 한다. 똥간 할아버지가 만들어 준 내 축구공을 단번에 망가뜨리다니!

"이 마을에 반체제 인사가 있다고 들었다. 사실이냐?"

붉은 베레모의 목소리는 부드럽다. 하지만 나는 군인들을 믿지 않는다. 그의 질문에선 표범을 잡을 때 놓는 덫의 날카로운 톱니가 느껴진다.

나는 그를 멀뚱멀뚱 쳐다본다. 내가 아니라고 대답하면 그는 내가 반체제 인사의 뜻을 알고 있다고 생각할 것이고, 그러면 나한테서 반체제 인사에 대해 알고 있는 걸 캐내려고 할 것이다. 내가 만일 그렇다고 대답하면, 내가 상상하는 것 이상으로 곤란한 일이 벌어질 것이다.

"네 아버지는 누구한테 투표했지?"

그건 내가 쉽게 대답할 수 있는 질문이다.

"우리 아버지는 이 마을에 안 살아요. 여기저기서 살아요."

"그럼 네 아버지는?"

이번엔 펠로를 보고 묻는다.

"대통령이요."

뚱보 펠로가 대답한다.

그 대답이 틀렸다는 듯이 그가 콧방귀를 뀐다.

"너희들 시합은 끝났다."

그가 축구공을 짓밟아 공기가 썩썩 빠져나가게 한다. 그게 재미있다고 생각하는 아이는 없다.

"구투 사람들한테 물어서 너희들 말이 사실인지 아닌지 곧 밝혀내겠다."

붉은 베레모가 이제 우리 모두를 보고 말한다. 그의 선글라스에 비친 우리 모습이 보인다. 우리는 다들 비슷해 보인다. 붉은 먼지를 뒤집어쓴 작고 겁에 질린 아이들이 바로 우리 모습이다. 붉은 베레모가 발길을 돌려 지프로 돌아간다.

나는 고개를 돌려 형을 찾는다. 운동장에 형이 보이지 않는다. 형은 군인들을 무서워하니까 지프가 섰을 때 지레 겁을 먹고 달아난 게 틀림없다. 얼른 형을 찾으러 가야 하는데, 나는 붉은 베레모한테서 쉽게 눈을 떼지 못한다.

붉은 베레모가 맨 앞의 지프에 훌쩍 올라탄다. 이제 우리 따위는 안중에 없다는 듯이. 그가 손을 들어 우리 마을 쪽으로 가자는 몸짓을 한다. 운전사가 페달을 밟자 차가 갑자기 앞으로 확 나간다. 뒤쪽에 서 있는 군인들이 안전봉을 꽉 붙잡는다.

우리는 지프가 출발하자마자 뿔뿔이 흩어진다.

나는 망가진 축구공 안에서 플라스틱을 꺼낸다. 새 축구공을 만들려면 가죽 주머니만 있으면 된다.

형을 찾아야 한다. 형은 군인들 때문에 불안하고 긴장한 상태다. 형은 긴장을 하면 말이 너무 많아지고, 그러면 병이 도질 수도 있다. 혈액병이.

2
똥간 할아버지

지프차들이 구투 마을 한복판에 주차해 있다. 차는
비어 있다. 지금 군인들은 도처에 있다. 내가 찾고 있는 형은 보
이지 않는다. 이리저리 둘러봐도 마을 사람들이 붉은 베레모 쪽
으로 가고 있는 것만 보인다. 그는 우리를 강을 건너고 있는 가축
인 양 지켜본다. 그의 부하들은 총을 치켜든 채 집집마다 찾아다
니고 있다. 군인들은 무표정한 얼굴을 하고 있다. 다들 웃지는 않
지만 그렇다고 고함을 치지도 않는다. 사람들을 밀치거나 잡아
당기지도 않는다. 그런데도 사람들은 군인들이 큰 소리를 지르
기라도 하듯, 자신들을 마구 밀치고 잡아끌기라도 하듯 움직이
고 있다.

"데오야, 형은 어디 있니?"

엄마가 나를 찾아왔다. 엄마는 놀라고 겁먹은 모습이다.

"군인들이 왔을 때 도망쳤어요."

나는 엄마를 보지도 않고 대답한다. 엄마가 나한테 화낼 거라는 걸 알기 때문이다. 형은 나보다 열 살이 많은데도 내가 형을 보살펴야만 한다. 형이 달아나게 놔뒀으니 내 책임이다.

"군인들이 찾기 전에 형을 찾아야 해. 데오야! 엄마 말 듣고 있니? 얼른 형을 찾아. 형을 지켜야 한다고."

엄마가 근심스러운 표정으로 당신의 특별한 아들을 찾아 돌아다니고 있다.

하지만 너무 늦었다. 한 군인이 우리한테로 다가온다. 나는 빠져나가지 못한다. 그 군인 뒤쪽으로, 똥간 할아버지가 우리 집에서 나오는 게 보인다. 엄마가 할아버지를 부르자, 군인이 엄마한테 할아버지를 데려오게 한다. 똥간 할아버지가 우리 곁에 있으니까 기분이 한결 나아진다.

똥간 할아버지는 내 어깨를 감싸 안고 나를 마을 사람들이 모여 있는 곳으로 데려간다. 할아버지 손은 주름지긴 했어도 힘이 세다. 할아버지 얼굴은 메마른 물웅덩이의 흙바닥처럼 마르고 갈라졌지만 눈빛은 더없이 다정하다.

"이노센트 형 봤어요?"

내가 할아버지한테 속삭인다.

할아버지는 머리를 가로저으면서 입에 손가락을 갖다 댄다. 할아버지가 형을 숨겨 놨을지도 모른다. 나는 똥간 할아버지한테서 뜻밖의 긴급한 사태에 대응하는 법을 배웠다. 할아버지는 모든 일에 대해 아주 많은 걸 알고 있다. 어떨 때는 할아버지 말을 듣고 있다 보면 머리가 다 어찔어찔해진다. 할아버지는 천문에도 통달해서, 언제 비가 오고 언제 비가 그치는지, 언제 콩을 심어야 하는지, 언제 송아지가 태어나는지 하는 것도 다 알려 준다. 전기가 어떻게 생기는지, 사람이 죽으면 어디로 가는지 하는 것까지 죄다 말이다.

내가 할아버지를 똥간 할아버지라고 부른다는 걸 알게 되면 할아버지가 나를 죽이려 들 것이다. 그래도 할아버지가 태어난 이야기가 너무너무 웃겨서 할아버지를 보면 똥간 할아버지라고 부를 수밖에 없다. 엄마가 그 이야기를 들려주었는데, 증조할머니가 변소에 앉아서 용변을 보다가 할아버지를 낳았다는 얘기다. 증조할머니는 그냥 변을 보려고 했는데, 너무 힘을 주는 바람에 아기가 쑥 빠져나왔고, 탯줄이 아니었다면 갓난아기를 똥 속에서 건져 냈어야 했을 거라고 한다.

"네 할아버지는 생존자란다."

엄마가 해 준 말이다. 할아버지는 태어날 때, 해방 전쟁에서, 백인 농장에서 탈출해 살아남아서 지금의 나이가 된 것이라고 한다. 말하자면 어떤 상황에서도 살아남을 수 있는 불굴의 의지를 지닌 사람이 바로 우리 할아버지다. 우리 할아버지의 진짜 이름은 도로다.

우리는 붉은 베레모를 마주하고 선다. 그는 우리가 조용해질 때까지 기다린다. 롤라와 그 애 가족이 앞으로 끌려 나간다. 롤라한테 오빠가 둘 있는데, 모두 무척 겁먹은 모습이다. 군인들이 롤라 가족의 팔을 잡고 있다. 쟤네 가족이 도망이라도 치려고 했던 걸까?

우리는 붉은 베레모가 말하기만을 기다린다.

"식량을 내놔라."

내 예상과 완전히 빗나간 말이다. 저 군인은 우리한테 아무것도 없다는 걸, 우리 마을에 식량이 다 떨어졌다는 사실을 모르는 걸까? 어른들이 서로의 얼굴을 쳐다보는데, 저 군인이 우리한테 다이아몬드나 금괴나 텔레비전 같은 걸 내놓으라고 한 듯한 표정을 짓고 있다.

식량이라고? 왜 우리한테 있지도 않은 걸 달라는 걸까?

"식. 량. 을. 내. 놔. 라."

다른 군인이 붉은 베레모의 말을 되풀이한다. 음절 하나하나가 뱀이 쉭쉭 내는 소리처럼 들린다.

내 주위에 있는 어른들이 그 즉시 말을 주고받는다. 남자들이 여자들을 집으로 보낸다. 엄마가 뭔가를 물어보는 눈빛으로 똥간 할아버지를 바라보자, 할아버지가 대답을 하듯 고개를 끄덕인다. 둘이서 무슨 말을 나누는 건지 나는 알지 못한다.

"엄마?"

엄마는 똥간 할아버지가 집으로 가라고 하기를 기다린다. 엄마는 여자들 가운데 맨 마지막으로 집에 간다. 내가 똥간 할아버지를 쳐다보자 할아버지가 내 어깨를 꼭 껴안는다.

"데오야, 우리는 저 군인들 말을 들어야 돼. 우리 대통령이 보낸 부하들이니까. 다 그럴 만한 이유가 있어서 대통령이 저들을 우리 마을에 보냈을 게야."

똥간 할아버지는 대통령을 좋아한다. 할아버지는 대통령하고 해방 전쟁에서 함께 싸웠다. 할아버지가 나한테 들려준 이야기 중에는, 할아버지가 젊었을 때 대통령을 만난 이야기, 두 사람이 함께 덤불에서 싸운 이야기, 대통령이 자유를 약속한 이야기, 식민지 개척자들과의 전쟁에서 승리한 이야기도 있다. 할아버지는 대통령한테 충성을 다했고 그래서 농장까지 받았다. 잠시지만 그 농장에 살 때가 좋았다. 난 우리 가족이 왜 그 농장을 떠나야 했는지 모른다. 할아버지는 그 농장에 대해선 별로 이야기하고 싶어 하지 않는다. 그래도 할아버지는 여전히 대통령을 좋아하고, 대통령이 소속한 제드(Zed, ZANU PF의 약자로 짐바브웨 아프리카 민족 동맹 애국 전선을 말함: 옮긴이)의 명예 당원이다.

마을 여자들이 포리지(porridge, 밀가루나 귀리에 물을 부어 걸쭉하게 끓인 죽: 옮긴이) 몇 냄비와 옥수수자루 몇 개, 동물 내장 두세 접시, 호박잎, 오크라(okra, 아프리카 북동부 원산이며 아욱과에 속하는 식물로 수프와 스튜 요리에 쓰임: 옮긴이), 냄비 바닥에서 긁어 낸 검은 빵죽, 달걀 한 꾸러미, 막대기 끝에 매단 닭 몇 마리를 가지고 온다.

붉은 베레모 앞에 음식이 쌓이는데도, 정작 그는 거들떠보지도 않는다. 구투 마을에 있는 식량을 전부 가져온 거라면, 주민이 백 명 이상이라는 점을 감안할 때, 그리 많은 양은 아니다. 이웃 사람들이 들고 온 식량을 보니 다들 우리 집하고 사정이 비슷하다는 생각이 든다. 펠로 엄마는 염소를 가지고 왔다. 염소는 비쩍 말랐는데 풀어 달라고 매매 울어 댄다.

엄마가 우리 음식을 가지고 온다. 붉은 베레모는 엄마가 자기 앞에 음식을 갖다 놓는 걸 지켜본다. 그가 엄마를 보고 웃는데, 그 모양이 꼭 하이에나 같다.

똥간 할아버지는 내가 긴장한 걸 느낀다. 할아버지가 경고라도 하듯 내 어깨를 꼭 껴안는다.

"이건 내가 찾는 식량이 아니야."

붉은 베레모가 말하면서 주머니에서 종이 한 장을 꺼낸다.

"구투 마을의 교사가 누구냐?"

엄마가 내 옆에서 긴장하는 게 느껴진다. 엄마가 앞으로 나간다.

붉은 베레모가 종이를 앞으로 내밀며 오른쪽 손가락으로 엄마한테 가까이 오라고 손짓한다. 엄마가 앞으로 걸어가서 종이를 받아들고 읽는다. 엄마는 내가 알고 있는 것보다 훨씬 더 용감하다. 엄마는 어깨를 곧게 펴고 서 있다. 붉은 베레모가 엄마보다 큰데도, 아주 훨씬 큰데도 엄마는 그의 눈길을 피하지 않고 있다.

"아직 도착하지 않았어요."

엄마가 말한다.

붉은 베레모가 고개를 끄덕인다.

"그럼 언제 도착하나?"

"곧요. 내일일지도 몰라요. 아니면 모레요."

붉은 베레모가 고개를 끄덕이자, 엄마가 우리 곁으로 돌아온다.

"엄마, 무슨 일이에요?"

엄마가 나한테 말해 주지 않은 게 있다. 엄마가 나를 노려보는데, 여기서 한마디만 더 하면 나무 숟가락으로 내 머리를 때릴 거라는 눈빛이다. 입을 다무는 수밖에 없다.

군인 몇 명이 앞으로 나와 식량을 지프에 싣기 시작한다. 우리는 말 못하는 짐승처럼 저들이 우리 식량을 빼앗아 가는 걸 지켜보기만 한다. 지금 뭐하는 거예요? 이렇게 막 소리치고 싶다. 이건 우리한테 마지막 남은 식량이에요. 왜 우리가 먹을 걸 빼앗아 가는 거예요?

붉은 베레모가 말한다.

"나는 지저스 사령관이다. 대통령 각하의 직속 부하다. 옛날엔 제5여단의 여단장이었다. 대통령 각하께서 나를 이곳에 보낸 이유는 너희들이 투표한 결과에 실망하셨기 때문이다. 다들 알겠지만 우리는 총으로 이 나라를 얻었다. 너희들 중엔 해방 전쟁에 참전한 사람도 있다. 너희들 눈에 다 쓰여 있다. 그게 누구인지 너희들도 알 것이고, 그런 이웃이 있다는 건 수치스러운 일이다.

지금 우리가 누리고 있는 자유를 위해 어떤 희생을 치렀나? 펜한번 잘못 놀리는 바람에 자유를 잃어야겠나? 투표용지에 X표를 해서 이 나라를 그런 꼴로 만들어야겠나? 이번 선거에서 너희들은 투표를 똑바로 하지 못했다. 그건 다 너희들 생각이 틀려먹었기 때문이다. 그래서 각하께서 본인을 이곳까지 보낸 것이다."

붉은 베레모의 말이 계속 이어진다.

"내 지프 뒤엔 피가 가득 든 드럼통이 있다. 그 안에 든 건 투표를 잘못한 사람들의 피다. 나는 반역자들의 피를 마시고 산다. 그런데 내가 마실 피가 모자란다. 나는 반체제 인사들과 장난을 치려고 온 게 아니다. 그들을 잡아 죽이려고 여기까지 온 것이다. 너희들은 달걀을 먹고, 달걀 다음에는 암탉, 암탉 다음에는 염소, 염소 다음에는 소를 먹게 될 것이다. 그러고 나서 소, 개, 당나귀를 잡아먹을 것이다. 그러고는 네 자식 놈들을 잡아먹게 될 것이다. 그다음엔 네 여편네들을 잡아먹을 것이다. 그러고 나면 남자들만 남게 되는데, 총을 갖고 있는 반체제 인사들이 남자들을 죽이게 될 것이고, 결국 반체제 인사들만 남게 될 것이다. 그것이 우리가 반체제 인사들을 색출해 내는 방식이다. 마지막까지 남은 그놈들은 우리가 직접 처단할 것이다."

내 뒤에서 나이든 여자들이 신음 소리를 내기 시작한다. 울음을 터뜨리는 사람도 있다. 펠로 엄마는 몸에 불이 옮겨 붙기라도 한 듯 머리를 잡고 울부짖는다. 롤라의 오빠들도 훌쩍거린다. 울음소리가 사람 웃음소리 같은 새들이 숲에서 나와 하늘을 가로

질러 날아가며 깍깍 새된 소리를 낸다.

내 콧속으로 끔찍한 냄새가 끼친다. 썩은 우유 냄새보다, 개똥
보다, 죽은 지 하루 지난 시궁쥐보다 더 지독한 냄새다.

두려움의 냄새다.

나는 지프차들을 쳐다본다. 아무리 봐도 드럼통은 보이지 않는
다. 그럼 지저스 사령관이 방금 전에 한 말은 뭐지? 할아버지가
손을 들더니 사람들 앞으로 걸어 나간다. 내 배 속이 울렁거린다.

"지저스 사령관님께 드릴 말씀이 있습니다."

할아버지가 신음하는 여자들을 달래는 목소리로 묻는다.

지저스 사령관이 고개를 끄덕이며 똥간 할아버지를 흥미로운
눈길로 바라본다.

"제 이름은 딕슨 나이안도로인데 한때는 나이안도로 하사였습
니다. 저는 해방 전쟁의 퇴역 군인이자 대통령 각하의 지지자입
니다. 저는 백인 압제자의 손아귀에서 이 나라를 해방시키기 위
해 싸웠고, 수괴의 머리가 잘릴 때까지 쉬어 본 적이 없습니다.
그리고 저는 백인들한테서 토지를 돌려받았을 때 농장을 받았
고, 제 평생 제드의 충실한 지지자였습니다. 구투 마을에는 반체
제 인사가 없습니다. 우리 마을 사람 가운데 대통령을 배신할 사
람은 없습니다. 그리고……."

"당신 이거 아나?"

지저스 사령관이 엄마한테 보여 줬던 종이로 똥간 할아버지의
얼굴을 때린다.

"너희들이 이번 선거를 자기들 마음대로 이용하려는 외국인들한테서 식량을 넙죽넙죽 받아 처먹는 동안 굶주리는 사람들이 있다는 사실 말이다. 당신 제국주의자야? 서방 국가의 꼭두각시를 지지하느냐고?"

"제 딸은 미국에 있는 교회에서 지원을 받는 학교에서 근무하고 있습니다."

똥간 할아버지의 목소리가 떨려 나온다. 화가 나서 그러는 건지, 두려워서 그러는 건지 구분하기 힘든 목소리다.

"우리가 아무것도 가진 게 없어서 그 교회에서 식량을 조금 보내 준……."

"아무것도 없다고! 거짓말! 내 부하들이 모은 음식을 보고도 그런 말이 나오나? 마스빙고 지방은 선거에서 압제자의 꼭두각시 수중에 넘어갔어. 당신 마을의 투표수를 계산해 봤어. 투표를 잘못한 사람이 아주 많더군. 잔말 말고 엎드려."

지저스 사령관이 손을 들자 부하들이 우리한테 총을 겨눈다.

고통에 찬 통곡 소리가 공기를 가득 채운다. 무슨 일이 벌어질지 뻔히 아는데도 그걸 막을 길이 없다.

"땅바닥에 엎드려! 엎드리라고!"

군인들이 소리친다.

나는 뺨을 땅에 대고 엎드린다. 그런데 똥간 할아버지는 계속 서 있다.

"우리한테 이러면 안 됩니다. 대통령이 우리한테 이러라고 시켰을 리가 없⋯⋯."

"엎드리라고 했지!"

뭔가 우두둑하고 부러지는 무시무시한 소리가 나면서 똥간 할아버지가 내 앞으로 털썩 넘어진다. 할아버지 눈은 초점을 잃은 상태다. 할아버지가 일어나려고 안간힘을 써서 내가 다가가 그냥 누워 있으라고 말하려는데, 지저스 사령관이 할아버지를 세게 걷어찬다. 할아버지가 풀썩 쓰러진다. 할아버지 눈에서 혼이 빠져나간다. 누군가 날카로운 비명을 지른다. 비명을 지른 사람이 누구인지 알아차린 순간, 비명의 주인공을 본다.

형.

형이 막대기를 머리 위로 높이 쳐들고 소리소리 지르며 지저스 사령관한테 달려들고 있다. 형이 앞으로 뻗치고 있는 지저스 사령관의 팔을 막대기로 내리친다.

"안 돼! 형, 안 돼!"

이미 늦은 때다. 군인들이 형을 덮친다.

3
얻어맞는 형

군인들이 소총의 개머리판으로 형을 두들겨 팬다.

총개머리가 형 뼈에 부딪치는 소리보다 더 끔찍한 소리가 있을까? 세상에 그것보다 더 끔찍한 소리는 생각나지 않는다.

형은 울지 않는다. 아기처럼 몸을 웅크린 채, 양손과 양팔로 머리를 감싸고 있다.

지저스 사령관이 부상당한 손을 쥔다. 나는 사령관의 손이 부러졌으면 좋겠다고 생각하다가, 이내 생각을 바꾼다. 사령관의 손이 부러지면, 형을 죽일지도 모르니까.

엄마가 군인들을 보고 그만하라고 소리친다. 엄마가 지저스 사령관한테 달려가지만 사령관은 엄마를 밀어뜨린다. 똥간 할아버지는 여전히 땅바닥에 쓰러져 있다. 눈물이 내 얼굴을 타고 마구 흘러내린다.

형이 내 눈앞에서 죽어가고 있다. 형이 저렇게 된 건 다 내 잘못이다. 형이 도망치게 내버려두는 게 아니었다. 무슨 일이 있어도 형 곁을 지켰어야 했다. 축구 시합이 끝나는 대로 형을 집으로 데려왔어야 했다. 지저스 사령관이 오기 전에 아이들끼리 모였을 때 형 손을 붙잡고 있어야 했다. 그대로 지저스 사령관한테 달려가 그의 발밑에 엎드려 부하들을 말려 달라고 하고 싶은데, 엄마가 두 팔로 나를 껴안는다.

마침내 지저스 사령관이 부하들한테 그만하라고 한다.

형이 무릎을 꿇고 앉는다. 얼굴은 울퉁불퉁 찢어지고, 눈은 멍들어 있다. 부러진 코에서 피가 뚝뚝 떨어진다.

"지저스 사령관을 때리는 건 대통령 각하를 때리는 것과 마찬가지다."

지저스 사령관이 나지막하게 말한다.

"이 마을에 나를 때리고 싶어 하는 반역자가 얼마나 될까?"

구투 마을 사람들이 두려움에 떨며 울부짖는다. 사람들은 무슨 일이 벌어질지 알고 있다. 군인들 몇 명이 지프에서 기다란 곤봉을 가져온다. 다른 군인들은 우리한테 소총을 겨누고 있다. 우리가 할 수 있는 건 아무것도 없다.

군인들이 땅바닥에 엎드려 있는 우리를 사정없이 내리친다.

군인들이 형은 더 이상 때리지 않는다. 형을 지저스 사령관의 발밑으로 던져 버렸기 때문이다.

　단단한 곤봉을 손으로 막아 봤자 아무 소용 없다. 팔꿈치를 내리치니까. 머리를 박살내니까.

　비명이 쏟아진다.

　곤봉이 춤을 춘다.

　군인들이 으르렁거린다.

　통증이 느껴진다.

　말도 못할 고통이다.

4
투표자 색출 작전

똥간 할아버지는 이 세상에 두 종류의 사람이 있다고 했다. 영혼을 믿는 사람과 믿지 않는 사람. 나는 영혼을 믿는 사람이라고 생각하지만, 확신할 수는 없다. 나는 바람의 영혼과 바위의 영혼, 나무의 영혼이 있다고 생각하고 그건 죽은 사람들이 다른 식으로 사는 거라고 여긴다. 그 영혼들은 우리를 지켜보고 있으며, 우리가 그들을 잊으면 화를 낼 때도 있다고 믿는다. 사람들이 말하기를 영혼들이 화가 나면 때로 우리한테 벌을 내린다고 한다.

그런데 지금 군인들이 우리를 이렇게 때리는 게 영혼들이 시킨 일이라고 하기엔 너무나 끔찍하다. 영혼들은 우리한테 이토록 고통스러운 일이 벌어지도록 내버려 두지 않았을 것 같다. 내가 영혼을 믿는다면, 이렇게 엄청난 고통을 안겨 주는 뭔가를 왜, 뭐 때문에 믿는단 말인가? 영혼들은 우리 마을에서 벌어진 일과 아무 상관이 없을 것이다.

뭔가 오해가 있는 게 틀림없다고 생각할 수밖에 없다. 우리 이웃 사람들이 투표를 틀리게 했을 수도 있다. 엉뚱한 이름 옆에 X 표시를 했을 수도 있다. 마을 사람들이 다른 사람들한테 거짓말을 하고 있는 건지도 모른다. 어른들이 늘 진실만을 말한다고는 할 수 없으니까.

지금만 해도 그렇다. 엄마한테 이제 우린 어떻게 되는 거냐고 물으니 엄마는 겨우 이런 대답만 한다.

"아무 일 없을 거야, 데오야. 아무 일 없을 거야."

나는 엄마 말을 믿지 않는다. 내 생각엔 엄마도 자기 말을 믿지 못하는 것 같다.

우리는 땅바닥에 떼 지어 앉아 무작정 기다린다. 다들 여기서 하룻밤을 지새우고 다음 날까지 종일 앉아 있다. 똥간 할아버지는 머리를 엄마 무릎에 올려놓은 채 땅바닥에 누워 있다. 할아버지는 신음 소리를 내기도 하지만 때로는 너무 조용하다. 나는 할아버지가 영원히 일어나지 못할까 봐 너무 겁이 난다.

군인들이 형을 데리고 갔다. 마을 너머의 덤불로 형을 질질 끌고 갔다. 군인들이 형한테 무슨 짓을 했을지 알 수 없다. 그들이 형에 대해 알았다면, 형을 아프게 하지는 않을 텐데.

군인들의 곤봉에 맞아 장딴지가 아프지만, 다른 사람들이 다친

거에 비하면 아무것도 아니다. 롤라 오빠는 팔이 부러졌다. 부쿠 엄마는 머리가 깨졌는데 아직도 계속 피가 난다. 새드랙의 여동 생은 죽은 것 같다.

어린아이들이 목이 말라 울어 댄다. 나도 목이 마르지만 울지 않는다. 여자들이 물을 달라고 간청하는데도 군인들은 갑자기 귀머거리가 된 듯 무반응이다. 지저스 사령관이 말하길 미국 교 회에서 음식이 오길 기다리고 있다고 한다.

엄마도 다쳤는데 마음을 더 크게 다친 모양이다. 지난밤 늦게 군인들이 엄마를 데리고 가서 오두막에서 지저스 사령관과 오랫 동안 이야기를 나눴다. 엄마를 기다렸지만, 엄마는 내가 잠들고 나서야 돌아왔다. 꿈속에서 엄마가 너무 슬프게 울어서 눈물이 강물을 이뤘는데, 잠에서 깨어나 보니 꿈이 아니었다—엄마가 울고 있었다. 엄마가 울음소리를 죽이고 있는 것만 꿈하고 달랐 다. 지저스 사령관이 엄마를 불러 무슨 이야기를 했는지 물어봐 도 엄마는 대답하지 않으려 했다. 답답하고 속상하게, 머리만 가 로저을 뿐이었다.

엄마는 형 걱정에 있는 대로 속을 태우고 있다. 엄마 몸 생각은 전혀 하지 않는다. 이러면서 어떻게 아무 일도 없을 거라는 거예 요? 의아하고 조급한 생각이 들지만, 입 밖으로 꺼내 놓지는 않 는다.

더위에 지쳐 입 안까지 바짝바짝 타들어 가는 오후에, 트럭이 나타난다. 군인들이 지프에 뛰어올라 트럭을 맞이하러 간다. 마을 사람들 중 일부가 덤불로 도망치는 게 보인다. 다른 사람들은 무서워서 도망칠 엄두도 내지 못한다.

똥간 할아버지는 꼼짝하지 않는다. 엄마가 할아버지 머리를 내려놓고 트럭 운전사가 운전석에서 끌려 나오는 걸 지켜본다. 군인이 운전사를 걷어차자 그길로 도망친다. 운전사는 더 이상 보이지 않는다.

지저스 사령관이 트럭으로 걸어가서 화물칸의 덮개를 연다. 그 안에 글자가 적힌 나무 상자들이 들어 있다. 강낭콩. 과일 통조림. 분유. 옥수수. 이제 군인들은 아주 행복해 보인다. 비로소 가면을 벗은 얼굴이 된다. 지금은 어린아이들 같다. 지저스 사령관마저 얼굴에 미소를 짓고 있다. 사령관이 부하들한테 트럭에서 상자 몇 개를 내리라고 시킨다.

"우리한테도 좀 나눠 주겠지?"

뚱보 펠로의 말이다.

"이제 우리를 풀어 줄 거야."

부쿠가 말한다.

나는 여기서 이런 멍청한 이야기를 하고 앉았을 시간이 없다. 군인들이 우리한테 음식을 나눠 주다니, 차라리 하늘의 별이 다 떨어지기를 기다리는 편이 낫겠다.

형을 찾아야 한다.

나는 마을 사람들이 군인들을 지켜보고, 군인들과 지저스 사령관은 트럭 화물칸의 상자들을 보고 있는 동안 슬그머니 도망친다. 우리 집으로 달려간다. 집 안은 엉망진창이다. 형의 흔적은 보이지 않는다.

나는 마을 끝까지 가서 목소리를 낮춰 형의 이름을 부르며 오두막들 뒤쪽을 살핀다. 지저스 사령관이 금방이라도 마을 사람들 일부가 도망친 걸 알아차릴 것 같아 더 빨리 뛴다. 우리 집 소를 묶어 두곤 했던 낡은 가시덤불 농가로 간다.

농가 한가운데 벌거벗은 남자가 누워 있다. 남자의 양 손목이 땅에 박힌 말뚝에 묶여 있다. 두 다리가 쫙 벌어진 채 양 발목이 통나무 끝에 묶여 있다.

머리에는 포대 자루가 씌워져 있다.

남자는 꼼짝도 하지 않는다. 나는 남자가 죽은 게 틀림없다고 생각한다.

"형?"

나는 남자가 형이 아니기를 바라며 옆에 무릎을 꿇고 앉는다. 남자 몸 위로 개미들이 기어 다니고 있다.

나는 자루에 손을 대고 자루를 벗기려 한다. 자루가 젖어 있다. 자루의 끈이 목에 묶여 있다. 나는 매듭을 푸느라 안간힘을 쓴다. 우리 형일 리가 없어.

형 눈이 깜박이다가 떠진다. 형이 나를 빤히 쳐다본다.

형은 죽은 게 아니다.

미소를 짓고 있는 형이 괴물처럼 보인다. 입가에는 피가 말라붙어 있고, 코는 부러지고, 눈은 엉망으로 부어 있다.

"안 돼, 움직이지 마……."

"데오야……."

내 이름을 들으니, 그제야 울음이 난다. 형은 살아 있다.

"이 말뚝을 뽑아야 돼."

그렇게 말하면서 눈물을 훔친다. 그러고 나서 말뚝을 뽑기 시작한다. 말뚝이 뽑힌다. 형 발목과 통나무에 묶여 있는 철사를 푼 뒤 형을 부축해 일으킨다.

"데오야, 더러워서 미안해. 군인들이 나한테 오줌을 쌌어."

형이 머리를 와들와들 떤다. 형은 더러운 걸 몹시 싫어하고, 하루에 스무 번이나 서른 번씩 손을 씻는 사람이다. 형은 아이들이 사탕을 좋아하듯 비누를 좋아한다. 엄마는 형이 옷을 너무 자주 빨아서 자꾸 새 옷을 사야 한다며 불평하곤 했다. 형이 발작을 일으킬지 모른다는 생각이 든다. 엄마는 형이 발작을 일으킬 때 어떻게 해야 하는지 잘 안다. 형을 옆으로 눕힌 뒤 혀를 삼키지 못하게 했다. 나는 아무래도 엄마처럼 할 수 없을 것 같다. 그러니까 형이 지금 발작을 일으키면 안 된다.

"지금은 안 돼. 형, 제발 지금은 안 돼."

나는 형한테 사정한다.

"우리 같이 씻을 거야. 내가 비누하고 따뜻한 물을 줄게. 형이 바라는 대로 해 줄게. 약속할게."

"난 씻어야 돼."

형은 불쾌하다는 듯이 팔과 다리를 쳐다보고, 몸에 기어 다니

38

는 개미들을 털어 내며 말한다.

"형, 여기서 빠져나가야 돼. 걸어 봐."

"데오야, 군인들이 내 옷을 가져갔어. 바지가 있어야 돼."

형이 손으로 몸을 가리며 나지막하게 말한다. 형은 발가벗는 걸 부끄러워한다. 엄마가 형이 옷 입는 걸 도와줄 때도 속옷을 입을 때는 뒤돌아 있어야만 했다.

"옷을 갖다 줄게."

목소리에서 다급하고 두려운 기색을 없애려고 애쓰면서 나는 가만가만 말한다. 형은 누가 자기를 몰아대는 걸 몹시 싫어한다. 우리가 서두르지 않아도 된다는 듯, 억지로라도 천천히 말하는 편이 낫다.

"이제 가야 돼. 군인들이 다시 와서 내 옷까지 가져가게 하고 싶지 않으면 말이야. 그렇게 되면 우리 둘 다 벌거숭이가 되잖아. 생각만 해도 끔찍해. 도로 형제들이 벌거숭이 원숭이들처럼 뛰어간다고 생각해 봐. 사람들이 우리 궁둥이를 보고, 이리저리 흔들리는 불알을 보고 막 웃어 대는 게 상상이나 돼?"

형이 내 말을 알아듣는다. 형이 머리를 위아래로 자꾸만 끄덕여서, 급기야 형 머리가 떨리기 시작한다.

"도로 형제들 원숭이처럼 벌거벗었다. 데오야, 하나도 재미없어."

형이 정색하고 말하는데, 사람들이 자기가 벌거벗은 모습을 보게 될 걸 염려하는 빛이 역력하다.

"아무도 우리 엉덩이를 눈여겨보지는 않을 거야. 그냥 옷을 벗은 것뿐이니까."

그런 생각 끝에 형이 걷기 시작한다. 나는 형을 반쯤 부축하고 반쯤 끌면서 농가 맞은편으로 간다. 형을 데리고 도망칠 수 있을 때까지 형을 숨겨 놓아야 한다. 강가에 파이프들이 있다. 그 파이프들은 오래전에 구투로 물을 끌어오는 공사를 할 때 쓰려고 했던 것인데, 급수 계획이 제대로 실행되지 않았다. 어느 날 커다란 트럭이 강가에 파이프를 내려놓고 떠난 뒤 다시 돌아오지 않았고, 파이프를 가져가는 사람이 없어서 이곳에 계속 남아 있었다. 내가 더 어렸을 때는 파이프 안에서 놀곤 했었는데, 이제 파이프는 형을 숨겨 놓기에 더할 나위 없는 곳이 되어 줄 것이다.

내가 마을을 떠나 있는 매 순간이 엄마와 똥간 할아버지에겐 위험한 순간이다. 우리는 서두른다. 형은 절뚝거리다가, 조금 뛰다가, 넘어지다가 한다. 나는 형을 부축하느라 기를 쓴다. 이윽고 우리는 파이프가 있는 곳에 도착한다. 마을에서 멀리 떨어져 있고 마른 강바닥에서 제일 가까운 파이프를 하나 고른다.

"여기 들어가 있어."

내가 말한다.

형이 머리를 숙이고 파이프 안으로 기어들어 간다. 나도 형을 뒤따라 들어가서 형이 눕는 걸 확인한다. 그런 다음 마른 덤불을 모아 파이프 입구를 막는다. 은신처로 완벽하지는 않지만, 이게 지금 내가 생각해 낼 수 있는 전부다.

"밖으로 나오면 안 돼. 알았지, 형? 밖으로 나오지 마."

형이 머리를 끄덕인다.

"군인들이 할아버지를 해쳐서는 안 돼. 군인들이 똥간 할아버지를 해치게 놔둘 수 없어."

형이 말한다.

"할아버지한테 아무 일 없을 거야. 똥간 할아버지는 괜찮을 거야."

그렇게 말하는데, 내가 엄마하고 똑같이 말하고 있다는 생각이 든다. 어른들이 나한테 거짓말하는 것처럼 나도 형한테 거짓말을 하고 있다.

이제 어서 마을로 돌아가야 한다.

나는 마른 강바닥을 따라 달려 마을로 이어진 야트막한 언덕으로 향한다. 마을로 돌아가고 싶지 않다. 하지만 지저스 사령관이 나를 찾고 있다면 어떻게 한단 말인가? 내가 도망쳤다고 우리 엄마를 다치게 한다면?

계곡 너머에서 탕탕 하고 총성이 터진다.

그 소리에 내가 휘청 쓰러진다. 잠시 귀를 먹었다가 다시 탕탕거리는 총소리에 내 귀가 뚫린다. 나는 벌떡 일어나서 허둥지둥 달리기 시작한다. 두려움이 내 발걸음을 재촉한다.

5
드럼통의 피

나는 죽어 가는 사람들의 비명이 터지는 곳으로 기어간다.

군인들이 총을 쏘고 있다. 마을 사람들은 도망치고 있다. 도망치다 쓰러지는 사람들도 있다. 지금 군인들은 정색을 하고 총을 겨누고 있다. 군인들 손아귀에 든 총이 꽝꽝거리며 기세 좋게 울리자, 총알이 흙, 담, 나무, 항아리, 의자, 그리고 사람들 몸으로 날아든다.

나는 그걸 지켜본다. 너무 두려워 고개를 돌리지도 못한다.

사람들이 비명을 지른다. 사람들이 울부짖는 소리가 총알에 반토막이 난다.

절규와 공포가 난무해, 엄마가 보이지 않는다. 똥간 할아버지도 찾을 수가 없다.

마침내 총소리와 비명이 멈춘다. 귓가에 무시무시한 침묵이 메아리친다. 나는 천천히 무릎을 꿇고 앉는다. 하지만 나를 보고 있는 사람은 아무도 없다.

군인들이 지프에 올라타고 구투를 빠져나간다. 식량을 실은 트럭이 그 뒤를 따른다.

나는 군인들이 사라질 때까지, 지프가 보이지 않을 때까지 기다린다. 그러고는 우리 집으로 달려가지만, 이제는 더 이상 우리 집이 아니다. 우리 마을에 서 있지만, 내가 살던 그 마을이 아니다. 마을에는 아무것도 남아 있지 않다. 이웃집에도 남은 게 없다. 문간에서 놀고 있는 아기들도 없다. 음식 만드는 데 쓰는 모닥불도 보이지 않는다. 나를 보고 웃거나, 인사를 건네는 사람도 없다. 똥간 할아버지의 이야기도 없다. 엄마의 감촉도 없다.

엄마가 땅바닥에 쓰러져 있는 걸 발견한다.

엄마는 얼굴을 땅에 대고 엎드려 있다. 무언가를 잡으려는 듯 팔을 앞쪽으로 뻗치고 있다. 등에는 핏자국이 흥건하게 내배어 있다. 나는 조심스럽게 엄마를 안아 바로 눕힌 뒤 머리를 들어 올린다.

엄마가 내 이름을 부르지 않는다. 나를 쳐다보지도 않는다. 이제 엄마는 내 이름을 다시는 부르지 못할 것이다. 다시는 나를 보지도 못할 것이다.

엄마가 죽은 것이다.

똥간 할아버지를 찾아낸다. 할아버지는 눈을 동그랗게 뜨고 하늘을 쳐다보고 있다. 입도 벌리고 있다. 그 모습이 더 이상 똥간 할아버지처럼 보이지 않는다.

새드랙도 찾아낸다. 죽어 있다.

롤라도 있다. 얼굴이 피로 뒤덮여 있다. 롤라의 오빠들도 멀지 않은 곳에 누워 있다.

총살이 끝난 뒤, 모든 게 너무나 조용하다. 소리가 공기 속으로 빨려 들어가는 것만 같다. 엄청난 소음으로 귀가 먹먹해지면서 윙윙거리는 소리가 난다. 숨을 쉬기도 힘들다.

가슴속에서 불덩이가 치밀어 오른다. 내 속에서 불덩이가 타오른다. 불덩이가 나를 바닥에 쓰러뜨리고 나를 울고 또 울게 만들 것이다. 그 불덩이가 내 목구멍을 타고 넘어오게 놔둘 수 없다. 나는 기를 쓰고 불덩이를 억누른다. 두 뺨을 세게 꼬집는다. 너무 세게 꼬집는 바람에 눈물이 난다. 불덩이가 내 속을 시커멓게 태운다.

형을 데리고 이곳을 빠져나가야만 한다. 내가 본 걸 형이 보게 해서는 안 된다.

엄마가 죽어 있는 걸 형이 보게 할 수는 없다.

나는 집 안으로 들어가 이리저리 헤집고 다니며 형의 옷을 찾고, 들고 갈 수 있는 거라면 아무거나 움켜잡는다. 군인들이 돌아올 것이다. 형하고 나를 찾으러 올 것이다. 다시 와서 또 총을 쏘겠지. 지저스 사령관은 더 많은 피를 마실 테고. 그의 지프 뒤의 드럼통에도 피를 꽉꽉 채우려 돌아올 것이다. 모든 반체제 인사들의 피를 마시기 전엔 절대 만족할 위인이 아니니까. 우리 마을에서 누군가 거짓말을 한 게 틀림없다. 마을 사람들이 제대로만 투표했다면 대통령이 이런 일을 시키지는 않았을 테니까 말이다. 마을 사람들이 제대로만 투표했으면 똥간 할아버지는 아직 살아 있을 것이다. 우리 엄마도 마찬가지고.

나는 형의 옷을 챙겨 들고 파이프로 뛰어간다. 덤불로 가린 파이프 안에서 형이 몸을 웅크린 채 벌벌 떨고 있다. 형이 나를 쳐다보는데, 유령이라도 본 듯한 표정이다.

"데오야, 총소리를 들었어. 무서웠어. 왜 그렇게 총을 쏜 거니?"

"옷 가져왔어."

형한테 옷을 내밀자 형이 받아 든다.

"뒤돌아 있어."

형이 말한다.

"형……."

"뒤로 돌아!"

나는 형이 옷을 입는 동안 뒤돌아 있는다.

"군인들이 똥간 할아버지와 엄마를 대통령한테 데리고 갔어."

내가 왜 이런 말을 하는지 모르겠지만, 이런 말이 내 입 밖으로 불쑥 튀어나온다.

"지저스 사령관이 구투 마을에서 생긴 일을 설명하려고 할아버지와 엄마를 데리고 갔어. 자기 부하들이 형한테 한 짓을 무척

미안해하면서 똥간 할아버지와 엄마가 자신들의 행동을 잘 설명
해 주길 바라더라."

"대통령은 알아들을 거야."

형이 말한다.

"그런데 우리는 구투를 떠나야 돼. 똥간 할아버지가 대통령을
지지하지 않는 나쁜 군인들도 많다고 했어. 그런 군인들이 우리
를 발견하면 죽이려고 들 거야. 우리 옷을 벗기고 아프게 할 거
야. 그러니까 지금 떠나야 돼."

"됐어. 데오야, 이제 뒤돌아도 돼."

"당장 떠나야 돼. 나쁜 군인들이 돌아올지도 몰라."

형이 천천히 머리를 끄덕인다.

"그런데 데오야, 내 빅스 상자는? 내 빅스 상자!"

형의 빅스 상자를 깜박했다. 몇 년 전에 엄마가 형을 하라레로
데려가서 한 개 값에 두 개를 주는 위트 빅스 시리얼을 사 준 적
이 있다. 그때 가게에서 위트 빅스가 두 봉지 들어가는 직사각형
함석 상자를 공짜로 줬는데, 형은 엄마한테 그 상자를 받고 크리
스마스라고 생각했다. 그날부터 빅스 상자는 형한테 가장 소중
한 물건이 되었다. 형은 자기가 좋아하는 물건들을 모두 빅스 상
자에 넣었다. 형의 보물 1호인 값비싼 라디오도 거기에 들어 있
었다. 형은 빅스 상자 안에 든 물건을 아무한테도 안 보여 줬고,
아무도 모르는 곳에 상자를 묻어 놓았다. 우리 가족은 형이 빅스
상자를 어디에 감췄는지 모르는 척했지만, 한방에 살면서 가족

46

몰래 물건을 숨긴다는 건 쉬운 일이 아니었다.

"다른 빅스 상자를 구해 줄게."

그렇게 말하면 안 된다는 걸 알고 있지만, 지금은 빨리 떠나고 싶은 마음밖에 없다.

형의 눈이 흐릿해지고, 입이 앞으로 쑥 나온다. 빅스 상자 없이는 형은 아무 데도 가려 하지 않을 것이다. 형이 고개를 푹 숙인 채 가로 흔든다.

"안 돼, 안 돼, 안 돼, 안 돼!"

'안 돼' 소리가 점점 더 커져 간다.

형 옷을 챙길 때 그 빌어먹을 상자를 생각했어야 했다. 하지만 그때 내 머릿속은 이상한 모양으로 벌어진 똥간 할아버지의 입과 죽은 엄마의 모습으로 가득한 상태였다.

"있지, 형은 가끔 진짜 골칫덩어리야!"

형이 나를 쳐다보지도 않은 채 머리를 끄덕인다. 형은 이 논쟁에서 자기가 이길 거라는 걸 알고 있다.

"내가 골칫거리가 된 건 내 잘못이 아니야. 내 잘못이 아니야. 너도 알잖아, 데오야. 의사 잘못이야. 내 잘못이 아니야."

형이 머리를 끄덕이며 말한다.

"알았어. 알았어. 불쌍한 척 그만해. 여기 있겠다고 약속해."

나는 계속 머리를 끄덕이고 있는 형을 두고 그곳을 떠난다.

"데오야, 비누도. 이노센트는 더럽다. 내 손 봐. 더러운 건 안 좋은 거야. 엄마가 독일 사람들 때문에 병날 거라고 말하잖아."

형이 내 등에 대고 소리친다.

형이 말한 '독일 사람들'은 '병균'을 말하는 거다('독일 사람들'을 뜻하는 'Germans'와 '병균'을 뜻하는 'germs'의 철자가 비슷해 벌어진 해프닝: 옮긴이).

나는 파이프 앞에 다시 덤불을 쌓는다. 마을의 한 오두막에서 연기가 솟아오른다. 마을은 아주 고요해 보인다. 너무나 고요하다. 다시 저기로 가서 시체들 사이를 걷고 싶지 않지만, 선택의 여지가 없다.

마을에 나무 타는 냄새와 피 냄새, 윤활유 냄새가 가득하다. 나는 시체들을 애써 외면한다. 그리고 재빨리 우리 집으로 간다.

형은 빅스 상자를 주로 오두막 뒤의 구덩이에 파묻었다. 나는 편평한 돌을 들어 올려 빅스 상자를 찾아낸다. 내 손이 떨리고, 계속해서 소리가 들린다. 군인들이 돌아온 걸까? 이제 얼른 이곳을 벗어나야 해. 나는 똥간 할아버지가 만들어 준 가죽 주머니를 움켜잡는다. 다시 축구를 할 수 있을 것 같지는 않지만, 어쨌든 주머니를 집어 든다.

나는 엄마가 돈을 어디에 감추는지도 알고 있다. 매트리스 옆을 뜯어보니, 나보다 먼저 다녀간 사람이 있다. 돈은 이미 사라지고 없다. 엄마의 두 번째 금고인 베개 속을 뒤진다. 5천만 달러 지폐 뭉치와 1억 달러 지폐 몇 장이 나온다. 돈을 세고 있을 시간이 없다. 큰 액수는 아니지만 음식은 조금 살 수 있는 돈이다. 문제라면 이 지폐를 가져가는 방법이다.

48

나는 지폐를 가죽 주머니에 쑤셔 넣는다. 주머니가 제법 불룩해지면서 공 모양이 된다. 나는 실을 찾아 가죽 조각을 꿰매고 나서 공중으로 공을 던져 올린다. 이 축구공 안에 10억 달러가 들어 있는 건 아무도 모를 거야.

밖으로 나와서 마지막으로 엄마를 바라본다. 이제라도 엄마가 흙바닥에서 일어나 앞치마에 손을 닦으며 나한테 미소를 보내기를 바란다. 엄마가 밥 먹으라고 나를 부르고, 엄격한 표정으로 숙제를 꼭 하라고 말해 주길 바란다. 그대로 엄마 옆에 무릎을 꿇고 앉아 울고 싶지만, 형이 기다리고 있는 데다가 군인들이 돌아올지도 모른다.

나는 똥간 할아버지 앞에 가서 멈춰 선다. 할아버지는 내가 알고 있던 것보다 작아 보인다.

"똥간 할아버지, 축구공 고마워요. 늘 간직할게요."

할아버지가 어디에 있든 내 말을 들을 수 있을 거라는 생각이 든다.

이제 마을엔 아무것도 남은 게 없다.

파이프로 돌아와 보니, 형이 기다리고 있다. 형한테 빅스 상자를 건넨다.

"안 열어 봤지?"

형이 물어본다.

"그럼, 안 열어 봤어. 자, 이제 가자."

형이 소형 라디오를 꺼내 스위치를 켜고 방송주파수를 찾기 시작한다. 형은 엄지손가락으로 능숙하게 다이얼을 돌린다.

나는 형이 무슨 프로그램을 찾고 있는지 알고 있다.

"형, 오늘은 축구 시합 없어."

"그냥 틀어 보는 거야."

형이 볼륨을 줄이며, 내가 형한테 멍청하다고 말하기라도 했다는 듯이 나를 쳐다본다. 형이 라디오를 귀에 바짝 갖다 댄다. 이제부터는 형이 배고프다고 할 때까지는 형 걱정을 하지 않아도 된다. 라디오에 한번 빠지면 딴 세상에 있는 사람으로 바뀌니까. 몸이 아픈 탓인지 형이 다소 뻣뻣하게 걷는다.

형은 고통과 아무 관련이 없는 사람처럼 보인다. 내가 아는 한 형은 우리들처럼 고통을 느끼지 않는다. 엄마 말로는 형이 그러는 게 신경과, 신경이 뇌에 보내는 신호와 관련이 있다고 했다. 엄마는 형의 뇌 신호가 우리보다 약간 느리다고 했다. 때로 형의 뇌는 통증이 끝나고 한참 지난 다음에야 통증을 기록한다. 형은 군인들한테 무척 심하게 당했다. 형은 걸으면서 주춤거리지만 불평하지는 않는다. 형은 지금 라디오 세계에 취해 있다.

우리는 뒤돌아보지 않고 구투를 떠난다. 다시 이곳에 올 수 있을까 하는 생각이 든다. 다시 오고 싶지 않다. 구투는 엄마와 똥 간 할아버지가 죽은 곳이다. 더 이상 사람이 사는 곳이 아니다.

구투는 우리 마을 사람들이 죽은 곳이다.

6
경찰서장 아저씨

우리는 경찰서장 아저씨를 만나러 비키타로 간다.
아저씨는 우리 지역에서 제일가는 경찰관이다. 서장 아저씨한테
구투에서 우리가 겪은 일이며, 엄마와 똥간 할아버지와 마을 사
람들한테 벌어진 일을 죄다 말할 생각이다. 아저씨라면 어떻게
해야 할지 알 것이다.

비키타는 사람들이 보통 다니는 길로 걸어서 세 시간이 걸리는
곳인데, 우리는 그 길로 가지 않는다. 그 길은 군인들도 다니는
길이다. 군인들이 돌아온다면 우리를 보게 될 것 같아서 형하고
나는 먼 길로 돌아서 간다.

두 시간쯤 걸었을 때 형의 라디오 볼륨이 점점 작아진다. 형의

또 다른 문제가 일어날 거라는 얘기다. 건전지 문제. 형은 라디오 건전지가 다 닳아서 소리가 약해지는데 바꿔 끼울 새 건전지가 없는 상황을 견디지 못한다. 이런 비상사태를 대비해 엄마는 우리 집 선반 맨 위 칸에 건전지를 늘 상비했다.

형이 라디오를 듣지 못한다면 미쳐 버릴 것이다. 진짜 미치는 것 말이다. 날카로운 비명을 지르고, 물건을 부수고, 심한 욕을 하기 때문에 사람을 무척 당혹스럽게 만든다. 형이 그럴 때면 동생인 나조차도 약간 겁이 난다. 똥간 할아버지는 형의 뇌를 가리고 있는 커튼을 걷어 내면 형이 태어날 때 뇌가 얼마나 손상되었는지 알 수 있을 거라고 했다. 할아버지는 그게 형이 대체로 모든 걸 잘 억제하는 까닭을 설명하는 거라고도 했다. 할아버지는 형이 태어날 때 신령님이 잠을 자고 있었을 거라는 말도 했다. 엄마는 할아버지가 형이 태어날 때의 이야기를 할 때면 늘 눈을 부라렸다. 그때 잠들었던 건 신령이 아니라 의사였고, 의사가 엄마 배속에서 형을 제때 꺼내지 못해 그렇게 된 거라고 했다.

그리고 나는 건전지를 깜박했다. 멍청하게! 형이 다이얼을 돌리고 라디오를 귀에 가까이 갖다 대면서 근심스러운 눈길로 나를 쳐다본다. 형은 이제 곧 라디오의 세계에서 빠져나올 것이다. 형이 라디오가 먹통이 될까 봐 걱정하는 걸 잊게 만들 무언가를 찾아야 한다.

형은 그런 식이다. 형이 그걸 하느라 다른 데 신경 쓰지 않을 일이 필요하다. 형은 손을 씻지 않으면, 먹거나, 라디오를 듣거나,

똥간 할아버지가 마당을 청소하는 걸 돕거나, 엄마 대신 쓰레기를 버려야 한다.

우리는 바오밥 나무로 다가간다. 과일을 먹으며 쉴 시간이다.

"형, 라디오 꺼자. 이제 먹어야지."

나는 바오밥 나무의 커다란 가지로 기어 올라가서 큰 과일을 딴다. 그 과일을 형한테 떨어뜨린다. 얼마 지나지 않아 나무 밑동에 과일이 한 무더기 쌓인다. 딱딱한 껍데기를 깨뜨린 뒤 안의 부드러운 과육을 꺼내 형한테 조금 건넨다. 우리는 아무 말 없이 과일을 먹는다. 입가에 과일즙이 흘러내린다.

"데오야, 우리 어디 가는 거니?"

나는 대답하지 않는다. 경찰서장 아저씨를 만나러 간다고 말할 수 있지만, 그러고 나서는?

"데오야?"

나는 먹으면서 생각한다. 이건 생각을 많이 해야 할 문제다. 하라레에 이모가 살고 있다. 하지만 하라레까지 가는 길은 너무 멀고, 군인들과 장애물이 그득하다. 게다가 이모는 형을 꺼림칙하게 여긴다. 이모한테 찾아가 구투에서 벌어진 끔찍한 소식을 전하고 싶지는 않다.

나는 이제 먹지 않고 생각만 한다.

"이것 봐."

형이 빅스 상자에서 꺼낸 사진을 건넨다.

한 남자가 엄마 어깨에 오른팔을 두르고 있는 컬러사진이다.

엄마는 미소를 짓고 있다. 사진 속 남자는 왼팔로 형을 안고 있다. 형은 간지러운 듯 싱글거린다. 형은 아주 어려 보인다. 내가 태어나기 전의 사진이다. 세 사람 뒤에 커다란 트럭이 있는데 옆쪽에 '리무벌즈 REMOVALS'라는 글자가 적혀 있다.

"고니웨 씨야. 고니웨 씨는 굿우드에 살아."

형이 말하면서, 손가락은 바닥을 가리키고 손가락 마디로 트럭 옆쪽의 글자를 가리킨다.

"형, 이 사진에 나오는 곳은 남아프리카 공화국이야. 우리는 절대 갈 수 없는 곳이야."

나는 손등으로 입을 닦으며 말한다. 이 사진은 처음 보는 사진이다. 고니웨 씨는 우리 아빠다. 엄마가 아빠의 다른 사진을 보여준 적이 있는데 이 사진은 처음이다. 이유는 잘 모르겠지만 화가 난다. 나는 형을 껴안고 있는 남자를 바라본다. 나는 아빠하고 이렇게 같이 찍은 사진이 없다.

"굿우드는 좋은 곳일 거야."

형이 사진을 다시 빅스 상자에 넣는다. 우리가 온 길을 따라 사람들이 오고 있는 게 보인다. 이것으로 아빠에 관한 대화는 끝난다.

우리는 덤불에 몸을 숨긴다. 요즘 세상에 믿을 사람은 하나도 없다. 구투에서 온 사람들이 아니다. 남자들은 여행 가방을 들고, 여자들은 어린아이들을 업고 머리에 보따리를 이고 있다. 다들 바위를 옮기기라도 하듯 발걸음이 무겁고, 겁에 질린 표정이다. 병에 걸린 사람들인지도 모른다. 머리에 붕대를 두른 남자들도 있다. 그중 한 남자는 목발을 짚고 힘들게 걸음을 옮기는 내 또래의 사내아이를 부축하고 있다. 사내아이는 다리가 하나밖에 없다. 비키타까지 가려면 한 시간은 더 가야 한다. 한쪽 다리로는 힘들게 뻔하다. 저 사람들도 군인들이 무서워 이 길로 온 걸까?

"군인들이 내 다리를 가져가지 않아서 다행이야."

형이 목소리를 낮춰 말한다.

우리는 사람들이 다 지나갈 때까지 기다렸다가 길을 나선다. 어두워지기 전에 서장 아저씨 집으로 가야 한다. 아저씨네 텔레비전에서 영국 프리미어 리그 축구 시합이 나올지도 모른다. 아저씨는 위성 방송 수신 안테나가 있는데, 우리가 비키타에 갈 때마다 축구 시합을 보게 해 준다. 내 생각엔 서장 아저씨가 부인도 없고 자식도 없어서 우리한테 친절한 것 같다. 우리가 서장 아저씨를 찾아갈 때 엄마는 음식이랑 학교 선생님이어서 얻을 수 있는 외국 잡지를 꼭 챙겨 갔다. 서장 아저씨는 엄마한테 무척 다정했다. 엄마는 서장 아저씨가 음식을 해다 주는 대로 다 먹어 치워서 하마처럼 뚱뚱해질 거라고 했다. 서장 아저씨는 엄마의 농담에 늘 웃음을 터뜨리곤 했다. 엄마한테는 상대가 누구든 간에 자신이 세상에서 가장 소중한 사람처럼 여겨지게 하는 재주가 있다. 우리 엄마는 그런 사람이다.

우리 엄마는 그런 사람**이었다.**

가슴속의 뜨거운 덩어리가 목구멍까지 차오른다. 나는 그 덩어리를 꿀꺽 삼킨다. 다시 눈시울이 젖고 있지만, 울지 않을 것이다. 슬픔을 떨쳐 버리려고 나는 점점 더 빨리 걷는다.

형의 라디오 소리가 점점 약해진다. 형이 라디오를 귀에 대고 누른다. 나는 라디오 소리가 거의 나지 않는다는 걸 알고 있다. 형은 금방이라도 발작을 시작할 것이다.

건전지가 다 떨어지기 직전에 비키타에 도착했다.

"데오야, 라디오가 죽어 가고 있어."

"그걸 숨기는 게 좋을 거야."

형은 곧바로 폭발할 것 같다. 형은 내가 라디오를 고쳐 주기를 원한다. 라디오가 제대로 작동하도록 손봐 주길 바라면서 형이 내 손에 라디오를 쥐어 준다.

"군인들이 보기 전에 라디오 치워! 싱 아저씨 가게로 갈 거야."

그림자들이 길게 뻗어 있다. 분위기가 이상하게 다르다. 평상시와 달리 비키타는 졸린 듯한 모습이다. 사람들이 도망 다닌다. 문은 닫혀 있고 커튼이 내려져 있다. 사무실 건물 옆 계단에 앉아 있는 사람도 없다. 그런데도 무엇보다 먼저 형한테 줄 건전지를 구해야 한다. 형은 이제 터져 버리기 직전이다. 다리를 이리저리 흔들면서 모기한테 물리기라도 한 듯 손바닥으로 자기 머리를 때리고 있다.

형과 나는 '빵과 우유 가게'로 들어간다. 싱 아저씨가 근심스러운 표정으로 창밖을 내다보고 있다.

"건전지 있어요? 라디오 건전지 네 개요."

싱 아저씨는 우리를 보고 인사도 하지 않고 계산대 뒤쪽 선반에서 건전지를 꺼내 온다. 싱 아저씨 가게를 '빵과 우유 가게'라고 하는 이유를 모르겠다. 이 가게에 빵이나 우유가 있는 걸 본적이 없기 때문이다. 전에 왔을 때보다 선반이 더 비어 있는데, 다행히도 건전지는 있다. 싱 아저씨는 엄마나 뚱간 할아버지와 같이 오지 않은 나를 알아보지 못한다. 다른 때 같으면 나를 보고 미소를 지으면서 학교생활이 어떤지 물어볼 텐데 말이다. 지금은 무슨 일 때문인지는 모르겠지만 아저씨가 조급하고 경황없어 보이는데, 개미들이 아저씨 다리를 오르내리고 있는 듯한 표정을 짓고 있다. 싱 아저씨가 건전지를 가져오는 동안 나는 축구공에서 돈을 조금 꺼낸다.

내가 돈을 건네자, 싱 아저씨가 머리를 가로저으며 말한다.

"값이 세 배로 올랐어."

나는 당황하며 묻는다.

"하지만, 싱 아저씨, 왜요?"

"인플레이션 때문이야."

아저씨 말을 이해할 수 없지만 인플레이션 때문에 돈을 더 내야 한다. 싱 아저씨가 나를 속인다는 생각은 들지 않는다. 하지만 어떻게 한 달 사이에 물건 값이 세 배나 뛸 수 있지?

싱 아저씨는 다시 창밖을 내다본다.

"무슨 일이 생겼나요?"

"투표자 색출 작전."

싱 아저씨가 대답하는데, 근심스러운 표정이다. 그것도 몹시 근심스러운 표정이다.

"오늘 밤에 '펑위(pungwe, 정치 선전을 할 목적으로 개최되는 집회: 옮긴이)'를 한다는구나."

"펑위가 뭐예요?"

"짐바브웨 정당이 우리한테 지금의 대통령이 있는 게 얼마나 다행인지 깨우쳐 주는 시간이지. 그들은 그걸 부흥 작전이라고 부른단다."

싱 아저씨가 말한다.

나는 아저씨한테 더 물어보고 싶은데, 아저씨는 그만 나가라며 손까지 내저은 뒤 문을 잠근다. 내가 형한테 건전지를 건네자, 형이 치약 광고에 나오는 배우처럼 이를 활짝 드러내 놓고 웃는다. 형이 나한테 라디오를 건넨다.

"데오야, 라디오가 다시 나오게 해 줘."

"나중에 해 줄게. 지금은 워싱턴 서장님한테 가야 돼."

우리는 거리를 가로질러 마을 끝에 있는 서장 아저씨 집으로 간다. 아저씨가 사다리에 올라 안테나를 고치고 있다.

"서장 아저씨!"

내가 고함을 치자 아저씨가 놀라서 드라이버를 떨어뜨린다.

"데오구나! 어쩐 일이냐?"

아저씨가 사다리에서 내려온 뒤, 나와 형을 보고 초조하게 웃는다. 아저씨가 경찰복을 입은 채 잠들었던 게 분명하다. 경찰복이 온통 구깃구깃하고 더럽다. 아저씨는 우리를 보고 놀라는 정도가 아니라 당황하는 것 같다.

"이노센트? 얼굴이 왜 그러니?"

형이 머리를 홱 숙이고, 손으로 얼굴을 가린다.

"뭐 하시는 거예요?"

내가 담에서 반쯤 떨어진 위성 수신 안테나를 가리키며 물어본다. 아저씨한테 구투에서 일어난 일을 말하고 싶지 않다. 아직은.

"위성 수신 안테나를 떼 내야 돼. 위성 수신 안테나 철거 작전이야."

형은 '작전'이라는 말을 붙이는 걸 재미있어 하는 것 같다. 형이 손으로 입을 가린 채 온몸을 흔들며 킥킥 웃기 시작한다.

"그런데 이노센트, 왜 그렇게 웃니?"

"화장실 가기 작전. 제발."

형이 집을 가리키며 말한다.

서장 아저씨가 형을 보고 그냥 웃고 만다.

"문 열기 작전."

형이 닫힌 문 앞에 서서 말한다. 내가 서장 아저씨한테 눈을 굴려 눈짓을 한다. 앞으로 적어도 2주 동안은 이 농담이 유행하게 될 것이다.

서장 아저씨는 큰 벽돌집에 산다. 집에는 주방과 침실뿐만 아니라, 수세식 변기와 샤워기가 달린 화장실이 있다. 하지만 아저씨 집에서 가장 중요한 건 한쪽 구석에 텔레비전 스탠드가 있는 거실이다. 형과 나는 그 거실에 앉아서 영국 프리미어 축구 경기를 여러 번 보았다. 맨체스터 유나이티드와 첼시의 경기를 본 적도 있다. 하지만 단연 최고의 경기는 아프리카 컵 경기다. 작년 아프리카 컵 결승전에서는 세네갈과 나이지리아가 맞붙었다. 나는 아저씨 거실 때문에 엄마와 함께 비키타에 오는 걸 좋아했다. 엄마와 서장 아저씨가 침실에서 이야기를 나누는 동안 형과 나는 거실에 앉아 텔레비전을 보았다. 내가 디디에 드록바, 호나우지뉴, 데이비드 베컴과 같은 축구 거장들을 만난 건 모두 서장 아저씨 거실에서였다. 나는 선수들의 이름은 당연하고 득점과 포지션까지 알고 있다.

내가 서장 아저씨 집에 가는 걸 좋아하는 이유가 또 한 가지 있는데, 그 집에 가면 엄마가 늘 즐거워했기 때문이다. 내 생각엔 엄마도 서장 아저씨한테 다정했다. 엄마는 아저씨 침실에서 대화를 마치면 형하고 나랑 어울리곤 했다. 그때 엄마가 남모르는 웃음을 자꾸 웃었는데, 마치 서장 아저씨가 세상에서 가장 웃긴 농담을 들려주기라도 한 듯한 웃음이었다. 서장 아저씨도 엄마와 두 사람만의 시간을 보낸 뒤에 늘 만족스러운 표정을 지었다.

형이 화장실로 곧장 간다. 이제 형은 20분 동안 손을 씻을 거고, 그건 서장 아저씨한테 우리가 겪은 일을 알리기에 충분한 시간이다.

"엄마는 어디 갔니?"

서장 아저씨가 현관문을 닫자마자 물어본다.

그래서 서장 아저씨한테 말한다.

그 모든 것을.

어른들이 우는 걸 보는 건 기분 좋은 일이 아니다. 어른들은 아이들 앞에서 울지 말아야 한다. 서장 아저씨가 끅끅 흐느낀다. 눈길을 어디에 둬야 할지, 무슨 말을 해야 할지 모르겠다. 나는 무릎 위에 올려놓은 10억 달러짜리 축구공을 붙잡고 서장 아저씨가 울음을 그치기를 기다린다. 손으로 얼굴을 가리고 있는 서장 아저씨의 어깨가 흔들린다. 나는 축구공의 가죽 조각을 꿰고 있는 실을 손가락으로 당긴다.

새 축구공을 갖고 싶다. 축구공 값이 얼마나 할까?

서장 아저씨가 울음을 그쳤으면 좋겠다.

나는 아저씨한테 형은 엄마와 똥간 할아버지에 관해 아무것도 모른다고 말한다. 형한테 말하지 말아 달라는 부탁도 한다.

아저씨가 고개를 끄덕이면서 눈물과 콧물을 닦는다. 그리고 자리에서 일어나 주방으로 가더니 독한 술을 가지고 온다. 그 술을 입 안으로 퍼붓듯 넣고 꿀꺽꿀꺽 삼킨다. 저런 모습은 처음이다. 아저씨는 평소 무척 말쑥하다. 경찰복은 늘 다림질이 되어 있고, 모자도 항상 깨끗하다. 술을 마시는 동안만큼은 아저씨는 울지 않는다.

형이 돌아온다.

"이노센트 씻기 작전."

그렇게 말하면서 너무 닦아서 연분홍색으로 변한 손을 보여 준다. 형은 한결 나아 보이는데, 행복하기까지 한 표정이다. 부풀어 오른 얼굴은 여전히 엉망이지만, 눈동자가 반짝거린다. 구투에서 겪은 일은 벌써 다 잊은 것 같은 표정이다. 형은 서장 아저씨 집에 오면 늘 기분이 좋아진다. 이곳은 형한테 제2의 고향 같은 곳이다.

"서장님, 이노센트는 배고프다. 이노센트 식사 작전?"

형은 자기만 지을 수 있는 미소를 띠고 자기가 하고 싶은 걸 다 하고 있다. 형은 아는 사람들 앞에서는 수줍어하지 않는다.

나도 무척 배가 고프다는 걸 인정할 수밖에 없지만 아무 말도 하지 않는다. 때로는 형이 곁에 있는 게 편리하다. 서장 아저씨가 주방 냉장고에서 먹을 걸 꺼내 식탁 위에 올려놓는 걸 보니 기쁘다. 우리는 주방에 선 채로 오크라와 호박잎, 그리고 내가 세상에서 제일 좋아하는 음식인 먹다 남은 오리 고기를 먹는다.

"네 엄마가 만든 오리 고기는 정말 최고였는데."

아저씨가 갈색 껍질에서 하얀 고깃점을 잘라 내 우리한테 주며 말한다.

"네 엄마가 나를 위해 요리를 해 줄 때 너무 행복했어. 이노센트야, 네 엄마는 정말 좋은 분이었어."

아저씨가 휴대용 석유난로 위에 찻물을 올려놓는다. 나는 아저씨가 형 앞에서 엄마 얘기를 할 때 과거시제로 말하지 않기를 바란다.

내가 컵에 담긴 차를 절반쯤 마셨을 때, 누군가 시끄럽게 문을 두들기는 소리가 들린다. 아저씨가 나한테 조심하라는 표정을 지어 보인다.

"치팡가노(Chipangano, 짐바브웨 정당의 청년 단체: 옮긴이)야. 여기 꼼짝 말고 있어. 내가 처리할 테니까."

아저씨가 나를 보고 머리를 가로저으며 말한다.

밖에서 성나서 고함치는 소리가 들리더니, 아저씨가 현관에 닿기도 전에 벌컥 문이 열린다. 녹색 작업 바지 차림의 젊은이들이 고함을 지르며 우당탕퉁탕 들이닥치는데 막대기와 가죽 채찍을 들고 있다.

나는 청년 단체인 '치팡가노'에 대해 들어 본 적이 있다. 새드랙이 그들에 대한 이야기를 했었다. 새드랙은 그들을 '그린 봄바스'라고 불렀다. 녹색 작업 바지를 입고 대통령을 위해 활동한다는 청년들이다. 새드랙은 나중에 커서 '치팡가노'에 가입하고 싶다고도 했다. 그 애가 살아 있어서 저 꼴을 본다면, '치팡가노'에 가입하겠다는 게 얼마나 어리석은 생각이었는지 이제 알겠다고 할 것 같다.

그린 봄바스가 집 안을 가득 메운다. 우리를 잡으러 서장 아저씨 집까지 쳐들어온 게 틀림없다.

7

그린 봄바스

"누구예요?"

"내 친구들이네."

"왜 평위에 참석하지 않았죠?"

"애들은 지금⋯⋯."

"위성 방송 안테나가 아직 벽에 있던데요!"

"떼 내려는데⋯⋯."

"너희들 치팡가노야? 신분증은?"

"아니, 내 생각에는⋯⋯."

"대통령한테 투표했어?"

"나한테 대통령은 지금 대통령 한 분⋯⋯."

"서장님이 아니라 애들한테 물어보는 거잖아요."

"애들은 비키타 출신이 아니야."

"그럼 누구예요?"

"내 친구……."

"애들 MDC(Movement of Democratic Change, 짐바브웨 정당에 맞서 민주주의적 변화를 도모하는 남아프리카 공화국의 야당: 옮긴이)예요? 애들한테 제드 신분증 있어요?"

"아냐! 애들은 MDC가 아니라……."

"애들 신분증은 어디 있어요?"

저들의 말이 무슨 총알 같다. 그린 봄바스들이 던지는 질문이 방 안을 쌩쌩 날아다니다가 벽과 천장에 맞고 이리저리 튄다. 형이 벌떡 일어나 내 뒤로 숨는다. 형이 떨고 있는 게 느껴진다. 형은 자기가 대답할 수 없는 질문을 몹시 싫어한다. 그런 질문들은 형을 혼란스럽게 만든다. 그러다 보면 형은 엉뚱한 대답을 하기도 한다. 나는 그린 봄바스들한테 아무 말도 하지 않는다. 저들은 사람 수가 많아서 강한 것뿐이다. 내가 저들을 한 사람씩 상대한다면 저렇게 많은 질문을 쏟아 내지 못할 거다. 대신에 그린 봄바스는 어떻게 하면 코피를 멈추게 하고, 자기 엉덩이를 걷어차는 내 발을 피할 수 있을지 걱정해야 할 거다.

나는 형 손을 꽉 잡는다. 내가 겁내고 있지 않다는 걸 보여 주기 위해서다. 서장 아저씨가 쏟아지는 질문에 즉시 대답했는데도 그들은 아저씨의 대답은 들으려고도 하지 않는다. 그들이 형과 나를 밀친 뒤 내 얼굴 앞에서 막대기를 휘두른다. 그들의 눈은 분노로 이글거린다. 미소는 잔혹해 보인다. 똥간 할아버지는 어딜 가나 약한 자를 못살게 구는 사람이 있기 마련이라고 했다. 할아버지 주위에는 좋은 사람들이 많았고, 할아버지 얼굴에서 웃음이 떠나지 않았는데도 말이다.

그린 봄바스들이 쳐들어와서 집이 비좁다. 개중에는 의자 위에 올라선 사람들도 있고 탁자를 뒤집은 사람도 있다. 부엌문으로 두 명이 더 들어온다.

서장 아저씨는 그린 봄바스들이 우리한테 다가오지 못하게 하려고 안간힘을 쓴다. 그린 봄바스들을 밀쳐 내며, 우리를 가만두라고 고함을 지른다. 그들은 아저씨의 말을 듣지 않는다. 그중엔 형보다 나이 많은 아이가 없는 것 같은데도, 우리 지방에서 가장 뛰어난 경찰 말도 들으려 하지 않는다. 대체 이곳에서 무슨 일이 벌어지고 있는 걸까? 젊은이들이 더 이상 어른들을 존경하지 않게 된 걸까?

그들이 막대기로 형을 콕콕 찌른다. 형이 막대기를 치우려고 하자, 그들이 형을 보고 깔깔거리며 웃는다. 웃음소리가 시멘트 바닥에 접시 깨지는 소리처럼 요란스럽다.

지금 무슨 일이 벌어지고 있는 건지 알 것 같다. 그들은 우리가 자기네 편이 되길 바라서 이러는 거다. 형하고 나도 치팡가노 회원이 되어야 하는 거다. 그들은 형과 내가 반체제 인사들을 찾아내서 지저스 사령관한테 끌고 가기를 원한다. 사령관은 드럼통에 더 많은 피를 채워 넣으려고 한다. 사령관은 자기 부하들이 구투에서 한 것처럼 우리가 자신을 위해 일해 주기를 바란다. 그들은 당장이라도 형을 데려가서 녹색 작업 바지를 입힐 태세다. 형을 그린 봄바스로 만들려는 거다. 그들은 형이 자기들하고 다르다는 걸 모른다. 내가 없다면, 형은 죽게 된다.

얼른 방법을 생각해 내야 한다. 서장 아저씨도 지금은 우리를 도와줄 수 없다. 자기 집이라도 더 이상 마음대로 할 수 없다. 나는 형한테 이걸 시키는 게 정말 싫다. 나중에 형이 나한테 아주 많이 화를 낼 거다. 하지만 선택의 여지가 없다. 이것만이 우리를 구할 수 있는 유일한 방법이다.

나는 머리에 두 손을 얹고 뚱간 할아버지가 가르쳐 준 옛날 노래를 부르기 시작한다. 이 노래는 할아버지가 성인이 될 때 증조할머니가 가르쳐 준 것이기도 하다. 내 뒤에 있는 형이 얼어붙는 게 느껴진다. 형은 이 노래의 의미를 이해하지 못했지만, 이 노래를 들으면 몰입했다. 그러면 형은 집을 떠나게 될까 봐, 엄마를 떠나게 될까 봐 겁을 냈고, 마을 노인들은 형을 할례하지 않고 내버려 두었다. 형은 성인이 되기 위해 숲 속으로 들어간 적이 한 번도 없다.

"데오야, 안 돼!"

형이 말하는데, 그린 봄바스가 형한테 한 짓보다 내 노래가 더 두렵다는 말투다. 형은 자기한테 무슨 일이 생길지 알고 있다.

방안이 침묵에 잠긴다. 모두 내 노래를 듣고 있지만 아무도 귀

기울여 듣지는 않는다. 옛날부터 전해 내려오는 아주 오래된 노래다. 이 노래를 알고 있다고 생각하지만, 노래를 듣기 전까지는 기억하지 못하는 노래다. 사람들은 이 노래를 생래적으로 알고 있다. 그런데 이 노래를 부를 줄 아는 사람은 있지만, 이해할 수 있는 사람은 거의 없다고 봐야 한다.

나는 이 노래를 부를 수 있다. 내가 앞으로 나선다. 그린 봄바스들이 나를 노려본다. 나를 때릴 준비를 하며 막대기를 들어올린다. 엄마는 늘 노래를 불렀다. 이 노래가 아닌 다른 노래를. 나는 그린 봄바스의 엄마들도 이 노래를 불렀다는 걸 알고 있다. 사람들이 태어날 때부터 아는 노래니까. 나는 큰 소리로 노래를 부른다. 손뼉도 친다. 발도 몇 번 구른다.

노래가 나를 사로잡는다. 내 목소리는 더 이상 내 것이 아니다. 지금은 노래 것이다. 내가 부르고 있는 영혼의 노래가 그린 봄바스들한테 형의 진짜 모습을 보여 줄 것이다.

나는 서장 아저씨의 얼굴에 나타난 표정을 무시한다. 형 쪽으로 고개를 돌린 채 노래를 부른다. 형이 눈을 크게 뜨고 나를 쳐다본다. 형은 그대로 가만히 서서, 나를 빤히 쳐다보면서, 노래를 듣고 있다. 형은 노래를 못 들은 척할 수 없다.

형의 눈동자가 아무렇게나 굴러가기 시작한다. 형이 머리를 뒤로 퍽 젖힌다. 형 눈에서 흰자위만 보인다. 형이 으르렁거린다. 사람이 내는 소리가 아니다. 형이 노래를 따라 앞으로 걸음을 옮긴다. 뱀처럼 머리를 구부린다. 발가락으로 몸을 지탱한 채 팔을 옆구리 쪽으로 축 늘어뜨린다. 턱도 같이 늘어뜨려 입이 쩍 벌어진다. 형이 다시 으르렁거리며 몸을 떨면서 신음 소리를 낸다.

형이 바닥에 침을 흘린다. 형의 눈동자가 돌아간다. 형은 지금 제정신이 아니다. 노래가 제구실을 한 것이다.

형이 발작을 일으키는 모습을 지켜보는 건 언제 봐도 끔찍한 일이다. 형이 폭발할 때면 내가 왜 늘 형과 함께 다녀야 하는지를 생각하게 된다. 형이 이런 상태가 되면 사람들이 다들 두려움에 떤다. 사람들은 형이 귀신에 씌었다고 여긴다. 영혼이 형의 몸을 차지했다고 생각하는 것이다.

사람들은 더 이상 사람이 아닌 사람을 어떻게 다루어야 할지 모른다. 우리 가족은 이런 순간에 형을 어떻게 다루어야 하는지 알고 있다. 발작을 일으키는 모습도 형의 일부분에 지나지 않으니까.

그린 봄바스들이 형한테서 물러난다. 형을 보고 잔뜩 겁에 질린 상태다. 형의 얼굴이 바뀐다. 입술이 마구 뒤틀리면서 안쪽이 말려 올라간다. 눈썹이 치켜 올랐다가 내려간다. 이제 형은 사람이라기보다는 한 마리 짐승처럼 보인다.

형한테 이런 걸 시키는 게 정말 싫다. 이러고 나면 형은 며칠 동안이나 뻗어 있을 것이다. 똥간 할아버지는 형이 우리와 함께 지내기 위해 나흘 동안 쓸 근육과 에너지를 20분 만에 다 쓰는 거라고 했다.

나는 노래를 멈춘다.

형은 이제 내가 옆에 있다는 것도 모른다. 형이 이 세상에서 그 어떤 곳보다 가기 싫어하는 지경까지 내가 억지로 데려간 것이다. 형은 방 안에 있는 사람을 알아보지 못한다. 형이 발작을 일으켰을 때 무슨 일이 벌어지는지 물어본 적이 있다. 형은 어디로 가는 거야?

그때 형은 아주 높은 곳에서 자기 자신을 쳐다보고 있는 것 같다고 했다. 자기 몸을 내려다보고 있지만 몸이 끔찍한 짓을 해도 어쩔 수가 없다고 했다. 때로 멀리 날아가 버리고 싶지만 그랬다가는 그대로 죽고 말 거라는 걸 알고 있다고도 했다. 형은 몸이 없는 상태로 살고 싶지는 않다고 했다. 몸은 형이 가지고 있는 유일한 거니까. 형은 발작하는 게 잠을 자는 동안 고통을 느끼며 악몽을 꾸는 것 같은 거라고도 했다. 바로 그게 형이 항상 잠을 잘 자는 이유다. 형은 자는 동안에는 악몽을 꾸지 않는다. 누구나 볼 수 있게 낮에 악몽을 꾼다.

형이 무릎을 꿇는다. 이제 곧 옆으로 쓰러질 것이다. 그리고 몇 분이면 형이 혀를 삼키는 위험한 상황에 처할 것이다. 바로 지금이 형한테 내가 가장 필요한 순간이다. 형의 머리를 내 무릎에 받치고, 형의 입 안에 손가락을 집어넣어 혀를 삼키지 않게 해야 한다.

"우리 형은 아파."

내가 그린 봄바스들의 겁에 질린 얼굴에 대고 말한다.

"형은 미쳤어. 개한테 물렸어."

거짓말이지만 형이 개의치 않으리라고 믿는다.

"광견병이야!"

누군가가 그렇게 소리치며 뒷걸음친다.

내가 머리를 끄덕이며 슬픈 표정으로 말한다.

"광견병보다 더한 병이야. 태어날 때부터 이랬어. 그런데 개한 테 물리는 바람에 더 크게 도졌어."

그들이 내 말을 믿지 못할 이유가 없다.

그린 봄바스들은 더 이상 웃지 않는다. 화도 내지 않는다. 낮게 중얼거리고 있고, 개중 몇몇은 괴물을 보고 있기라도 하듯 뒷걸음질한다. 이제 그들은 주방에서 발작을 일으키는 어른을 두려워하는 바보 같은 아이들에 지나지 않는다. 형이 그린 봄바스들한테 아무런 해를 끼치지 않는데도 형을 두려워한다. 부엌문으로 들어왔던 두 명은 벌써 도망을 친 뒤다. 다른 아이들도 현관문으로 도망치고 있다.

"가자. 애들은 아무 쓸모 없어."

"워싱턴 서장님, 다시 보러 올게요."

"우리가 오기 전에 애들을 꼭 내보내요."

"'승리 아니면 전쟁' 작전을 명심해요."

그린 봄바스들이 떠나고 우리만 남는다.

나는 벌써 그들을 잊었다. 나는 형만 보고 있다. 형 머리를 내 무릎에 눕히고, 형의 혀를 잡고 있다. 형이 혀를 삼키려고 해도, 입 안에 든 내 손가락 때문에 그럴 수가 없다. 형 몸에서 점점 힘이 빠져나간다. 형 머리를 쓰다듬어 준다. 형이 몸을 떠는 게 점점 느려진다. 악몽이 끝난 것처럼 형이 심호흡을 한다. 악몽의 나라에서 형이 천천히 돌아오고 있다. 형은 곧 잠들 것이다. 나는 엄마가 하던 대로 형의 등을 문지른다. 형의 호흡이 정상으로 돌아오는 게 느껴진다.

내가 얼마나 오랫동안 이렇게 형하고 앉아 있었는지 모르겠다. 고개를 들어 보니 서장 아저씨가 식탁에 앉아 술을 마시며 나를 바라보고 있다.

"어떻게 형한테 그럴 수 있니?"

"그러고 싶지 않은데, 이 방법밖에 안 떠올랐어요."

서장 아저씨가 나를 도와서 형을 소파로 데리고 간다. 그리고 형한테 담요를 덮어 준다. 형은 누가 머리를 세게 때리기라도 한 듯 쓰러져 자고 있다.

"데오야, 여기서 지낼 수 없겠구나."

나도 이미 알고 있는 사실이다. 당연히 여기서 지낼 수 없다. 다른 그린 봄바스들이 와서 형을 새 회원으로 가입시키려고 할 테니까. 그들이 형을 해칠 테니까. 내가 똑같은 속임수를 다시 쓸 수 없을 테니까.

"알아요."

"남아프리카 공화국으로 가야 돼. 거기가 이노센트한테 안전한 곳이야. 너도 그렇고."

남아프리카 공화국으로 간다. 그건 구투에서 벌어진 일보다도,

72

서장 아저씨와 비키타에서 사는 것보다도, 이제까지 내가 생각했던 그 어떤 것보다도 훨씬 더 엄청난 생각이다.

"트럭을 얻어 탈 수 있어. 너희를 태워 줄 사람을 알고 있어. 그 사람은 내일 아침 일찍 떠날 거야. 그린 봄바스들은 다시 올 거야."

서장 아저씨가 말을 끝내고 창문으로 가서 거리를 내다본다. 멀리서 성난 벌들이 내는 소리가 들려온다. 나는 더 주의 깊게 귀를 기울인다. 성난 벌들이 아니다. 이 한밤중에 어딘가에서 북을 두드리며 노래를 부르는 소리다.

"평위야. 나도 가서 참석해야 돼. 가지 않으면 몰매를 맞을 거야. 평위를 시작하면 밤새도록 이어져. 너희들은 여기 있는 게 안전할 거야. 내가 아침에 깨워서 트럭 운전사한테 데려다 줄게. 신발 없지?"

서장 아저씨가 내 맨발을 보며 묻는다.

나는 머리를 가로젓는다.

"어디 보자. 이런 맨발로 남아프리카 공화국까지 갈 수는 없지."

남아프리카 공화국으로 간다.

나는 아저씨한테 머리를 끄덕인다. 내 입 속의 혀가 바람 빠진 타이어처럼 느껴진다.

서장 아저씨가 술을 한 잔 가득 따라 마신 뒤 밖으로 나간다. 형은 소파에서 가늘게 코를 골고 있다. 노랫소리와 북소리, 그리고 고함 소리가 들린다. 저런 소리는 난생처음이다. 성난 벌이 아니라 성난 사람들이 내는 소리.

형의 머리를 천천히 들어 쿠션을 받쳐 준다. 커튼을 젖히고 거리를 내다본다. 텅 비어 있다. 돌아다니는 사람이 하나도 없다. 비키타에 나 혼자 있는 것만 같다.

나는 서장 아저씨 방으로 들어가서 침대에 눕는다. 천장을 올려다본다. 엄마가 이 방에 앉아 서장 아저씨와 몇 시간이고 이야기를 나누곤 했는데.

엄마의 영혼이 내 곁에 있는 것 같다.

남아프리카 공화국으로 가.

엄마가 속삭인다.

8
트럭 여행

머리가 지끈거려 잠에서 깬다.

트럭 객석은 훅훅 찌는 듯이 덥다. 형 발이 내 코 위에 있는데 냄새가 지독하다. 형 발을 치우려 해도 객석이 너무 비좁다. 형이 투덜거리면서 발을 조금 옮긴다.

형은 두 눈 가득 꿈꾸는 듯한 표정으로 라디오를 듣고 있다. 형 목에는 우리가 떠나기 전에 서장 아저씨가 사 준 새 운동화 한 켤 레가 걸려 있다. 나는 내 운동화가 잘 있는지 재빨리 확인한다. 오늘 새벽 네 시에 트럭에 오르며 내 운동화를 한쪽 구석에 놔두 었는데 그 자리에 그대로 있다. 새 운동화에서 나는 냄새를 맡으 니 웃음이 난다. 축구공은 다른 쪽 구석에 있는데, 돈이 가득 차 있어 빵빵하다.

서장 아저씨는 오늘 새벽에 나를 도와 형을 트럭에 태운 뒤 작별 인사를 하며 나를 안아 줄 때 거의 울다시피 했다. 나도 울고 싶었다.

"괜찮을 거야. 남아프리카 공화국은 여기보다 나은 곳이야."

서장 아저씨가 새로 산 하얀 운동화 한 켤레를 건네며 말했다.

"베잇브리지에 도착하는 대로 마이 마리아를 찾으면 돼. 그 여자가 너희를 돌봐 줄 거야. 괜찮을 거야. 괜찮을 거야."

나는 서장 아저씨가 괜찮을 거라는 말을 그만하기를 바랐다. 그 말이 우리가 괜찮지 않을 거라고 말하는 것만 같았다. 게다가 엄마도 똑같은 말을 했었던 기억이 났다. 결국 괜찮은 건 아무것도 없었던 기억과 함께 말이다.

서장 아저씨는 트럭 운전사한테 우리를 잘 좀 돌봐 주고 베잇브리지까지 안전하게 데려다 달라고 몇 번이나 신신당부를 했다. 운전사는 어깨를 으쓱하고 머리를 끄덕인 뒤 담배꽁초를 버리고 운전석으로 올라갔다. 그러고 나서 객석의 커튼을 열고 형과 나한테 들어가서 자라고 했다.

잠시 후 우리는 비키타를 벗어났고, 그리고 얼마 안 있어 우리는 잠에 곯아떨어졌다.

나는 운전석 뒤의 객석 커튼을 열어젖힌다. 해가 환하게 비친다. 계기반의 시계를 확인해도 늦은 아침이다. 오랫동안 잠들었던 게 틀림없다. 운전사는 운전대 위에 구부린 채 도로를 주시하

76

고 있다. 그는 때때로 염소나, 길가의 아이들이나, 속도가 느린 차를 향해 경적을 울린다. 운전사는 서둘러 베잇브리지에 가려고 하는 것 같다. 그가 물병을 건넨다.

"커튼 뒤에 숨어 있어. 10분 있으면 군인들이 쳐 놓은 바리케이드가 나타날 거야."

트럭 운전사가 투덜거린다.

나는 물을 마신 뒤 형한테 물병을 건넨다. 형은 라디오를 끄고 빅스 상자 안에 집어넣는다. 형이 물을 마신 뒤 병을 돌려준다. 형이 나를 바라보는 표정에 뭔가 중요한 말을 하고 싶어 하는 게 보인다.

"그 사람을 만날 거니?"

형이 무슨 말을 하는지 모르겠다. 형이 바오밥 나무 아래서 보여 줬던 사진을 꺼낸다.

"그 사람을 만날 거니? 굿우드에서 말이야."

형이 다시 물어본다. 나는 어린 형을 안고 있는 남자를 자세히 본다. 남아프리카 공화국에서 이 남자를 찾을 수 있는 가능성은 거의 없다. 어디 가서 그를 찾아야 할지 모르니까.

"응. 남아프리카 공화국에서 만날 거야."

형한테 사진을 돌려주며 말한다.

"8. 3. 2. 7. 5. 6. 1. 3."

형이 말한다.

"응?"

"트럭 번호야."

나는 형한테 사진을 다시 달라고 해서 자세히 들여다본다. 엄마와 아빠와 형이 트럭 앞에 서 있어서 번호판이 가려져 있다.

"이 트럭의 번호를 기억하고 있는 거야?"

형이 천천히 머리를 끄덕인다.

그게 형의 남다른 면이다. 형은 숫자를 먹어 치운다. 어떤 숫자든, 어떤 순서든 삼킨 뒤에는 절대 까먹는 법이 없다. 형은 숫자들이 자기 친구이고, 아이들처럼 머릿속을 뛰어다닌다고 말한다. 형 머릿속에서 숫자들이 일정한 형식을 만드는데, 형은 숫자를 가지고 노는 걸 좋아한다. 형이 어떻게 하는 건지는 모르겠는데, 형은 전자계산기보다 더 빨리 더하고 곱한다. 똥간 할아버지는 형 같은 사람들이 때때로 남달리 뛰어난 재능을 갖고 태어나는 경우가 있다고 했다. 형 경우에는 그게 숫자였다. 엄마는 바로 그 점 때문에 형이 다른 사람들보다 뛰어나다고 했다.

"8. 3. 2. 7. 5. 6. 1. 3."

형이 트럭을 가리키며 다시 말한다.

"좋아. 훌륭해. 그렇다면 쉬울 거야."

나는 형한테 사진을 돌려주면서 그렇게 말한다. 그게 형이다. 형은 늘 놀라운 일을 몰래 준비해 두고 있다. 때로 골칫덩어리고 사고뭉치이지만, 형이 있어서 아주 다행이라고 생각한다.

"그리고 똥간 할아버지는 대통령한테 불평하면 안 돼. 나는 기분이 좋아지고 있어."

형이 말한다.

"그래, 할아버지는 틀림없이 공손하게 할 거야."

"대통령은 아주 바쁜 사람이야. 많은 작전을 하고 있잖아."

형이 웃으며 말한다.

트럭이 또 다른 웅덩이를 지나며 덜컹거린다. 우리 몸이 침상에서 들썩들썩한다. 형이 머리를 부딪친다.

"'좋은 말로 할 때 도로를 고쳐라' 작전."

형이 말한다.

나는 형 농담에 머리를 절레절레 흔들며 큰 소리로 웃어 댄다. 형은 누구든지 옆구리가 아플 때까지 웃길 수 있다. 형이 나를 가리키며 머리를 가로젓는다. 나는 웃다가 맺힌 눈가의 눈물을 닦아 낸다.

트럭 운전사가 속도를 줄인다.

"바리케이드야. 숨어 있어. 침상 뒤쪽에 있는 구멍으로 올라가. 빨리!"

트럭 운전사가 말한다.

나는 침상 뒤쪽 가운데 있는 쿠션을 한쪽으로 잡아당긴다. 침상 뒤쪽에 작은 공간이 나타난다. 형이 먼저 침상 뒤쪽으로 기어간다. 나는 축구공과 운동화를 들고 형을 뒤따른다. 작은 공간에서 가스 냄새가 난다. 한 사람만 겨우 들어갈 수 있는 공간이다. 운전사가 판자로 구멍을 가린다. 뒤미처 쿠션을 제자리에 갖다 놓는 소리가 들린다.

"잠자코 있어!"

트럭 운전사가 쉿 소리를 내며 말한다. 겁먹은 목소리다.

트럭의 시동이 꺼진다.

내 쪽에 나 있는 작은 구멍으로 빛과 공기가 조금 들어온다. 엔진 소음이 멈추면서 갑작스럽게 찾아온 침묵에 귀가 멍하다. 형은 손가락으로 귀를 막고 있다. 눈도 꼭 감고 있다. 형은 어둠을 좋아하지 않는다.

"군인들이 우리를 찾지 못하게 해야 한다는 걸 잊지 마. 그들이 형 옷을 다시 벗길 거야. 그러니까 아주 조용히 있어야 돼."

내가 형한테 속삭인다.

형이 손가락으로 귀를 막고 있어서 내 이야기를 들었는지 알 수 없지만 형은 쥐 죽은 듯이 있다.

나는 구멍으로 밖을 엿본다. 많이 보이지는 않는다. 군복 차림의 군인들, 가방과 짐 보따리와 여행 가방을 든 사람들이 떼를 지어 서 있는 게 보인다. 목소리도 들린다.

"열어!"

쇠막대기 같은 걸로 트럭 옆을 두드리는 소리가 난다. 형이 갑자기 일어난다. 나는 형을 진정시키려고 팔을 잡는다.

트럭 운전사가 조사를 받고 있다.

"어디 가는 길이야?"

"베잇브리지요. 그리고 무시나, 폴로콰네에도 갑니다."

"안에 든 건 뭐지?"

"아무것도 없어요. 2주 뒤에 옥수수를 싣고 돌아올 겁니다."

트럭 화물칸의 문이 열린다. 누군가 화물칸에 올라타서 쾅쾅거리며 소음을 낸다. 상자들이 뒤집어지면서 요란한 소리가 나기도 한다. 쿵쿵거리는 소리가 들릴 때마다 형이 움찔움찔한다. 형은 손가락으로 귀를 더 깊숙이 틀어막는다.

"쉿!"

나는 형의 팔을 쓰다듬으며 한껏 소리 죽여 속삭인다.

"괜찮을 거야."

내 입에서 서장 아저씨와 똑같은 말이 나온다.

트럭 화물칸의 문이 쾅 하고 닫힌다. 나는 마음을 졸이며 무슨 말이 오갈지 귀를 기울인다. 그런데 군인들은 이미 떠난 상태다.

소변을 봐야 한다. 소변이 너무 급하다. 나는 다리를 꼰 채 힘을 준다. 지금 소변을 보는 건 아주 멍청한 짓이다. 내 오줌이 트럭 밑으로 흘러 군인들의 군화 앞에 작은 강을 만드는 장면을 상상한다. 군인들이 운전사를 때리고, 객석 뒤쪽으로 기어 올라와서 형과 나를 구멍에서 끄집어내는 모습도 상상한다. 이런 생각을 하니 소변이 더 마렵다. 형 걱정도 된다. 형은 이렇게 좁아터진 객석에서 오랫동안 버티지 못할 것이다.

그때 말소리가 다시 들리기 시작하는데, 점점 더 커진다. 누군가 신음하고 있는 소리다. 누군가 간청하고 있는 소리도 들린다. 겁을 잔뜩 집어먹은 목소리다. 작은 구멍으로 카키색 군복이 보인다.

"어떤 셔츠를 입고 싶어? 긴팔? 아니면 반팔?"

한 군인이 그렇게 말한다. 트럭 주위에서 기다리고 있는 사람들이 다 들으라는 듯이 큰 소리로 말이다. 군인이 묻기에는 우스운 질문처럼 들린다.

아무도 대답하지 않는다.

"대답해! 긴팔이야, 반팔이야?"

군인이 날카롭게 소리친다.

누군가 대답하는 소리가 들린다. 남자 목소리다.

"반팔요."

왜 저렇게 소리를 지르는 걸까? 군인들이 왜 사람들한테 어떤 셔츠를 입겠냐고 물어보는 걸까? 나는 작은 구멍으로 내다본다.

바닥에 핏자국이 보인다.

지저스 사령관이 드럼통에 채울 피를 모으고 있는 게 틀림없다. 곧 군인들이 형과 나를 찾아낼 거다. 우리를 지저스 사령관한테 데려가겠지. 그러면 사령관은 자기 손을 내리친 형을 기억할 거고, 우리는 죽고 말 거다. 내 몸이 와들와들 떨리기 시작한다. 형 눈이 수많은 질문들로 휘둥그레진다. 나는 더 이상 괜찮을 거라고 말하지 못한다. 괜찮지 않을 테니까.

객석 문이 열린다.

이제 끝이다.

긴팔이니 반팔이니 물으면? 뭐라고 대답하지?

누군가 트럭에 올라와서 운전석에 앉는 소리가 들린다. 문이 쾅 하고 닫힌다. 트럭의 시동이 걸리면서 엔진이 요란한 소리를 내기 시작한다.

우리는 바리케이드를 지나 천천히 앞으로 움직인다. 잠시 후 운전사가 기어를 바꾸자 트럭이 속도를 내기 시작하면서 덜커덩거리며 도로를 달린다. 운전사가 서두르고 있는 게 분명하다. 트럭이 웅덩이로 질주하는지 심하게 덜컹덜컹한다. 형과 내가 숨어 있는 곳에서 가스 냄새가 피어난다. 형이 기침을 하기 시작한다.

"애들아, 이제 끝났다."

운전사가 말한다.

판자를 밀어서 열어도 될 정도로 안전하다는 생각이 든다. 형이 힘겹게 손으로 몸을 지탱하며 침상으로 재빨리 움직인다. 나도 형을 따라서 나간 다음 커튼을 열어젖힌다.

"무슨 일이에요? 화물칸에 무슨 일이 있었나요?"

운전사의 안색이 창백하다. 머리를 좌우로 흔들며 주먹으로 운전대를 친다. 내 질문에는 대답하지 않는다.

"오줌 눠야 돼요."

소음에 묻히지 않도록 큰 소리로 말한다.

"여기다 눠."

운전사가 물병을 건넨다.

"베잇브리지에 도착할 때까지 멈추지 않을 거야."

9
팻슨의 경기

오후 늦게 베잇브리지에 도착한다. 태어나서 이렇게 많은
트럭을 본 적이 없다. 트럭들이 다리를 건너기 위해 기다리는 커
다란 기계 짐승 떼처럼 꼬리에 꼬리를 물고 서 있다. 트럭의 사촌
뻘 되는 승용차와 소형 버스는 다른 차선에 있다.

국경 마을에는 낯선 풍경이 많다. 소형 픽업트럭이 가구, 저장
용 통, 자전거, 덮개로 가린 상자 들을 싣고 있는데, 그 모양이 커
다란 달팽이처럼 보인다. 어떤 남자는 자전거 양쪽에 상자와 여
행 가방을 잔뜩 싣고 있어서 타지는 못하고 끌고 간다. 여자들은
물건을 가득 실은 외바퀴 손수레를 밀고 있다. 약초, 뿌리, 과일,
채소, 약, 엽서, 건전지, 플라스틱 장난감, CD, 여행 가방을 파는

사람들이 물건 앞에 자리를 잡고 앉아 있다. 한쪽 구석에서 머리털을 자르고 있는 남자도 있다. 사진사가 때 묻은 흰색 판자를 배경으로 사진을 찍고 있다. 그리고 철조망이 여러 줄 쳐 있다. 아주 다양한 사람들의 모습이 보인다. 기다리는 사람, 떠나는 사람, 물건을 파는 사람, 물건을 사는 사람.

우리는 객석에서 기어 나온다. 다리를 뻗을 수 있어서 기쁘다. 형은 내 뒤에 서 있는데 이곳이 시끄럽고 낯설어 불안해하는 것 같다.

"나는 배를 채우고 눈 좀 붙일 거야. 국경에 다 왔어. 언제 국경이 열릴지는 아무도 몰라. 오늘 밤일 수도 있고, 내일일 수도 있고."

트럭 운전사가 말한다.

"우리는 뭐 해요?"

내 질문에 트럭 운전사가 어깨를 으쓱한다.

"기다려. 국경이 열린 다음에 어떻게 될지 보자고. 너희들은 나하고 같이 갈 수 있을 거야."

운전사를 믿지 못하겠다. 운전사는 나를 쳐다보지 않는다. 대신 주머니에서 돈을 조금 꺼내 나한테 준다.

"뭐 좀 사 먹어. 저 아주머니들이 줄 거야."

운전사가 줄 지어 음식을 팔고 있는 아주머니들을 가리킨다.

"소지품 잘 챙겨. 난 눈 좀 붙일 테니까."

운전사는 우리 때문에 더 이상 귀찮아지기 싫어하는 것 같다.

나는 돈을 받으며 고맙다고 말한 뒤, 음식을 파는 아주머니들한
테로 걸어간다. 형이 내 뒤를 쫓아온다.

"배고프지?"

내가 묻는 말에 형이 고개를 끄덕인다. 형은 오른팔로 빅스 상
자를 들고, 하얀 운동화는 목에 걸고 있다. 나는 트럭을 흘긋 쳐
다본다. 운전사가 우리를 지켜보고 있다. 그가 손을 든다. 작별
인사를 하려는 것 같지만 확실하지는 않다. 운전사가 트럭으로
올라가 문을 꽝 닫는다.

우리는 닭과 빵죽과 미지근한 환타를 산다. 축구공에서 돈을
조금 꺼내야 하지만 큰 액수는 아니다. 형과 나는 나란히 앉아 진
수성찬을 즐긴다. 형은 음식을 먹는 내내 콧노래를 부른다. 행복
하다는 신호다. 얼마 후 나는 사람들을 좀 더 주의 깊게 바라본
다. 사람들이 아이들을 데리고 있는데, 내 또래의 여자아이들과
남자아이들이다.

형이 축구공을 집어 나한테 던진다. 형은 내가 무슨 생각을 하
고 있는지 알고 있다

"데오야, 축구해. 나는 구경할 테니까 걱정 말고."

나는 운동화를 벗어 형한테 맡긴다. 나는 맨발에 느껴지는 축
구공의 감촉이 더 좋다. 허공으로 공을 차서, 무릎으로 받아 올려
두세 번 튀긴 뒤, 발 위에 올려놓는다. 발에 공을 올려놓은 채 잠
시 균형을 잡다가 공중으로 차올려 이마로 받는다. 그러고 나서
두 번 헤딩을 한 뒤 공을 다시 떨어뜨려 발로 잡은 다음에 주위를

살핀다.

자기들 볼일을 보느라 정신이 없는 사람들 중에 몇 명이 나를
지켜보고 있다. 계속 떠들어대며 돌아다니느라 자식들을 돌볼
틈이 없는 어른들 가운데서 구경꾼들이 두드러져 보인다. 남자
아이들이 나를 바라보고 있는데, 눈길이 온통 내 공에 쏠려 있다.
모두 나 같은 아이들이다. 그중 한 명이 앞으로 나선다. 그 아이
가 두세 걸음을 앞두고 멈춰 서서 기다린다.

내가 그 애한테 공을 찬다.

그 애가 발로 공을 잡아 나한테 다시 찬다. 다른 아이가 앞으로
나오더니 내가 이해할 수 없는 말로 소리친다. 그 애의 피부는 반
들반들한 석탄 같다. 나는 그 검은 피부 아이한테 공을 찬다. 자
기한테 공이 오자 그 애가 소리 내어 웃는다. 그 애는 가슴을 내
밀어 공을 땅에 떨어뜨린 뒤 고개도 들지 않고 공을 나한테 똑바
로 찬다.

점점 더 많은 아이들이 가족한테서 빠져나온다. 곧 열 명, 열한
명, 아니 열두 명이 되어 서로 어색하게 서 있다. 아이들은 기다
린다. 검은 피부의 아이가 말한다.

"아지즈 모하메드야. 축구 할래?"

나는 다른 아이들을 죽 훑어보다가 한 아이를 가리킨다. 키가
크고 억세 보이는 아이다. 수비를 잘 볼 것 같다. 그 애가 무척 기
뻐한다.

"무주루."

그 애가 말한다. 그게 그 애 이름인 것 같다.

나는 아지즈한테 고개를 돌린다.

"내 이름은 데오야."

아지즈가 나를 보고 이를 드러내며 씩 웃은 뒤 그곳에 서 있는 아이들을 찬찬히 살핀다. 아지즈는 좀 말랐지만 강단 있게 생긴 아이를 가리킨다.

"너, 신바바."

신바바라는 아이가 걸음을 빨리해 아지즈 옆에 선다.

내가 우리 편 선수를 뽑고, 아지즈가 자기 편 선수를 뽑는다. 그런 식으로 해서 축구 시합에 흥미를 보이는 아이들로 편을 가른다. 저 한쪽 편에 목발을 짚은 아이가 서 있는 게 보이는데, 다리가 하나밖에 없다. 바오밥 나무에서 그 애를 본 기억이 난다. 그애 가족도 국경으로 가고 있는 게 틀림없다. 그 애가 결심을 한 듯 앞으로 걸어 나온다. 열세 쌍의 눈이 일제히 그 애한테로 쏠린다. 저 애가 우리하고 같이 축구를 하자는 건 아니겠지?

그 애가 목발로 흙을 파헤치며 가까이 다가온다. 그 애 눈동자에서 불꽃이 튄다. 돌처럼 차가운 얼굴에 입은 앙다물고 있다.

아무도 움직이지 않는다.

그 애가 목발로 흙을 파내며 한 걸음 더 나온다. 그러고는 대담하게 나를 빤히 쳐다본다. 어떻게 한 발로 축구를 하겠다는 생각을 할 수 있지? 그 애한테는 미안하지만, 우리하고 공을 찰 수는 없다.

내 마음을 읽기라도 하듯 그 애가 나를 빤히 쳐다본다. 잠시 후 그 애가 머리를 뒤로 홱 젖히더니 뭔가를 달라는 듯이 목발 한 짝을 공중으로 치켜든다. 왜 그랬는지 모르겠지만, 내가 그 애한테 공을 던진다. 그 애가 앞으로 몸을 기울이고, 목발 두 짝을 땅바닥에 박은 채, 남아 있는 다리를 앞으로 휘두른다. 공을 어찌나 세게 찼던지 공이 우리 머리 위로 날아간다. 신바바가 점프해서 공을 잡는다.

"우리 편 해."

내가 말한다.

미소를 짓거나 고맙다는 말도 없이 예상했다는 표정으로 그 애가 내 옆으로 온다.

이름이 친숙한 짐바브웨에서 온 아이들도 있지만, 세네갈, 콩고, 앙골라에서 온 아이들도 있다.

경기를 하기 전에 내가 우리 편 아이들을 한데 모은다.

"무주루, 너는 중앙 수비를 맡아."

무주루가 고개를 끄덕인다. 나는 앙골라에서 온 어린 남자아이 두 명한테 고개를 돌린다. 발이 빨라 보이는 아이들이다.

"너희 둘은 왼쪽과 오른쪽 윙으로 뛰는 거야. 그리고 너희 둘은 미드필드를 보고. 또 너하고 나는……."

키가 나만하고 나처럼 튼튼해 보이는 아이를 가리키며 말한다.

"센터 포워드를 맡는 거야."

"판탄, 내 이름은 판탄이야."

나하고 센터 포워드로 뛸 아이가 말한다.

"좋아. 너는?"

나는 목발을 짚고 서 있는 아이한테로 고개를 돌린다.

"팻슨이야. 골키퍼로 뛸게."

목발을 짚은 아이가 말한다.

"팻슨, 고향이 어디니?"

내가 팻슨의 억양을 알아차리고 물어본다.

"마스빙고 지역."

팻슨은 그렇게만 말하고 재빨리 골문으로 뛰어간다.

"시작!"

아지즈가 소리친다.

경기가 시작된다.

처음에는 경기가 산만하게 진행된다. 아이들이 모두 가죽 감촉에 굶주렸는지, 여왕벌을 쫓아가는 벌떼처럼 다들 공을 따라 달린다. 우르르 공에 몰려들어 흙을 찬다. 말이 안 된다. 규칙도 없다. 초심자들이 하는 전형적인 시합이다. 모두들 자기 솜씨를 뽐내려고만 한다.

아지즈는 자기편에서 가장 뛰어난 선수다. 아지즈는 아이들 사이에서 재빨리 드리블을 하고, 공을 달라고 계속 요구한다. 또 우리 편이 알아차리기 전에 아지즈가 신바바한테 패스하면 신바바가 공을 가볍게 차서 아지즈한테 다시 연결해 아지즈가 손쉽게 팻슨 옆으로 슛을 쏜다. 그 슛을 막을 수 있는 아이는 없다. 아지즈와 신바바는 함께 시합을 해 본 게 틀림없다. 그 두 애가 자기들 말로 이야기를 나누면서 자기편 쪽으로 걸어간다.

나는 우리 편 아이들한테 소리친다.

"자기 자리를 지켜. 상대방 선수를 한 명씩 마크해. 공을 쫓아다니지 마. 공이 너희들한테 올 때까지 기다려."

우리는 다시 시합을 시작한다. 경기가 조금 나아졌을 뿐이다. 좋은 패스가 한두 개 나왔지만, 아지즈와 신바바는 실력이 월등하다. 두 사람은 공이 제멋대로 돌아다니면 매처럼 덥석 낚아챈 뒤, 무주루가 두 사람을 막는 수비를 하기도 전에 미끄러지듯 제치고 팻슨 옆으로 완벽하게 골을 차 넣는다.

두 번째 골이 들어갈 때 어른들 몇 명도 우리를 지켜보고 있다는 걸 알아차린다. 할아버지도 몇몇이 한쪽에 모여 자신이 아는 아이를 응원하거나 큰 소리로 작전을 지시한다. 나는 형을 흘긋 바라본다. 나와 눈이 마주치자 형이 손을 들어올린다. 형은 귀에 라디오를 댄 채 싱글거리고 있다.

나는 아지즈에게 집중한다. 그 애가 공을 가지고 묘기를 부리는데, 내가 아직 해 보지 않은 속임수를 쓰고 있다. 이를테면 공을 몰고 가다가 공 위로 뛰어오른 뒤 발목으로 공을 감싸고 나서 상대가 알아차리기 전에 공을 가지고 상대를 젖히는 식이다.

나는 공에서 눈을 떼지 않은 채 아지즈를 쫓아간다. 내가 쫓아오는 걸 보고는 아지즈가 고개를 숙인 채 동전이 돌아가듯 내 주위를 빙빙 돌며 춤을 춘다. 그러고는 나를 제치고 가는 바람에 나는 뒤에서 흙먼지만 마시고 만다. 내가 그의 뒤를 쫓아가서 고의로 그의 발목을 걷어차는 반칙을 한다. 아지즈가 넘어지자 같은 편 아이들이 나한테 막 소리친다. 신바바가 성큼성큼 다가와 말한다.

"파울이야."

나는 신바바를 노려본다. 그 애는 자기가 옳다는 태도를 취하고 있다. 아지즈가 일어나서 무릎을 살핀다. 피가 흐르고 있다.

"데오, 이건 페널티 킥 감이야."

아지즈가 무릎을 문지르며 말한다. 무척 화가 났을 텐데도 자제력을 잃지 않고 말한다.

"알게 뭐야. 얼른 공이나 차자고."

판탄이 다급히 지나가며 말한다.

"아니야! 이건 페널티 킥 감이야. 쟤도 알아."

아지즈가 말한다.

나는 아지즈가 무안하도록 빤히 쳐다본다. 하지만 아무 소용 없다. 내가 잘못했다는 걸 누구보다 잘 알고 있으니까.

"페널티 킥."

나는 아지즈의 말을 인정하고 팻슨한테로 간다. 팻슨의 눈에서는 여전히 불꽃이 타오르고 있다. 내가 실수를 했으니 내가 골을 막겠다고 말하려는데, 팻슨이 그렇게 하도록 놔두지 않을 거라는 게 보인다.

팻슨이 페널티 킥을 막을 준비를 하는 사이 아이들이 모여든다. 아지즈가 거리를 재서 표시한 뒤 공을 내려놓는다. 페널티 킥을 어디서 차야 하는지 옥신각신했지만, 마침내 공을 놓는 장소에 합의를 본다. 나는 축구공의 가죽 조각을 꿰고 있는 실이 괜찮은지 재빨리 확인한다. 집에서 만든 내 축구공은 꽤 그럴듯하다.

내가 아지즈한테 공을 던져 주자, 그 애가 페널티 킥을 할 곳에 공을 갖다 놓는다. 아지즈가 몇 걸음 뒤로 물러난 뒤 팻슨과 눈을 마주친다. 나는 아지즈가 무슨 생각을 하고 있는지 알고 있다. 그건 간단하다. 팻슨은 한쪽 다리로 균형을 잡으며 두 팔을 벌리고 서 있다. 팻슨이 뻗친 목발은 골대 전체를 가릴 정도다. 경기장 주위에 모여든 사람들이 잠시 일손을 멈추고 페널티 킥의 승패를 지켜본다.

아지즈가 페널티 킥을 차려고 달려간다. 아지즈가 왼쪽으로 차는 시늉을 했지만, 팻슨은 꼼짝하지 않는다. 공이 팻슨의 오른쪽 위의 구석을 향해 세차게 날아간다. 팻슨이 제대로 타이밍을 맞춘다. 오른쪽으로 몸을 날려 목발 끝으로 공을 쳐 낸다. 공이 팻슨의 발밑에 떨어진다. 팻슨이 재빨리 한 발로 깡충 뛰더니 목발로 땅을 짚고 있는 힘껏 공을 찬다. 판탄이 공을 잡아 내 오른발로 곧바로 패스한다. 나는 공을 왼발로 옮긴 뒤 신바바를 제치고 빈 골문 안으로 밀어 넣는다.

우리 팀 아이들이 열광한다. 형이 팔짝팔짝 뛴다.

"골인!"

형이 환호를 올린다.

나는 팻슨한테 달려간다.

"멋지게 막아 냈어!"

내 말에 팻슨이 처음으로 이를 드러내 놓고 웃는다. 경기가 다시 시작된다.

경기장 주위에 더 많은 사람들이 모여들어, 다들 박수를 치거나 응원의 함성을 보낸다. 팻슨의 선방이 우리 팀 아이들의 사기를 북돋아 이제는 우리 팀이 주도권을 잡고 공격한다. 아지즈와 신바바가 무슨 일이 벌어졌는지 알아차리기도 전에 판탄이 수비수를 제치고 들어가 센터필드가 길게 연결한 패스를 받아 그대로 골을 성공시킨다.

벌레들이 국경 초소의 높다란 조명 주위를 윙윙거리며 날아다니고, 어느새 베잇브리지에 밤이 찾아올 때까지 우리는 계속 공을 찬다. 공이 이 선수에서 저 선수에게로, 발에서 머리로, 머리에서 골대로 움직이자 모든 걸 잊어버리게 된다.

그 순간만큼은 내가 바라던 대로 된다. 걱정도 없어지고, 불안에서도 해방된다. 나는 그 순간만 생각한다. 경기장 한쪽에서 그 옆으로 뛰어가고, 상대편 선수들을 평가하고, 그들의 약점을 파악하고, 적당한 기회를 기다리고, 공이 날아오는 걸 계산하고, 우리 편 선수들이 다음에 어떤 플레이를 펼쳐야 하는지 예측한다.

이제 내 머릿속엔 어제나 그저께의 기억 같은 건 없다. 내일이나 모레만 있을 뿐이다. 지금 이 순간만 있을 뿐이다. 축구공이 있고, 선수들이 좌우로 뛰고 있고, 경기장 끝에는 골문이 있다.

달린다는 건 기분 좋은 일이다. 무거운 발걸음으로 걷는 신바바를 앞지르거나 번개처럼 빠른 아지즈를 제칠 때면 절로 속도가 올라간다. 형은 내가 시합을 할 때면 늘 그렇듯이 경기장 옆에서 왔다 갔다 하고 있다. 내가 공을 잡거나, 상대편 수비 선수를 제칠 때면 형이 환호하는 소리가 들려온다.

"데오야, 자알했어!"

이제 점수는 별로 중요하지 않다. 7 대 6이나 9 대 8쯤 되었을 것이다. 시합에서 이기는 데 관심을 갖는 아이는 없다. 아이들은 그냥 공을 찰 뿐이다. 한 시간쯤 지나자 아이들이 휴식 시간을 갖고 출입국 관리소 건물 뒤쪽의 수돗가로 가서 물을 마신다. 나는 얼굴에 물을 튀기며 수돗물을 벌컥벌컥 마신다.

"아지즈, 네 기술 좀 보여 줘."

경기장으로 돌아가는 길에 내가 아지즈한테 공을 던지며 말한다. 아지즈가 느린 동작으로 기술을 보여 준다. 나도 따라해 본다. 그 기술을 제대로 구사하려면 연습을 많이 해야 할 것 같다.

우리는 한 시간 남짓 더 공을 찬다. 하지만 시합은 전 같지 않다. 한두 명이 엄마한테 불려간 데다가 남은 아이들도 많이 지친 상태다. 나는 고개를 들고 형이 뭘 하고 있는지 살핀다. 형은 흙바닥에 앉아서 다리를 꼰 채 라디오를 듣고 있다. 남아프리카 공화국으로 들어가기 전에 건전지를 몇 개 더 사는 걸 잊지 말아야 한다.

건전지 생각이 나자 트럭하고 운전사한테도 생각이 미친다.

트럭 행렬이 움직이고 있다. 기계 짐승이 서서히 이동하고 있다. 우리가 축구 시합을 하는 동안 국경이 열려 일부 트럭들이 통과한 게 틀림없다.

나는 축구공을 잡는다.

"가야 돼."

그길로 형한테 달려가 형을 일으켜 세우고 우리가 타고 온 트럭이 있는 곳으로 뛰어간다.

트럭이 사라지고 없다.

운전사를 찾으려고 황급히 트럭 행렬을 쫓아간다. 하지만 우리가 타고 온 트럭은 흔적도 보이지 않는다. 운전사가 우리를 놔두고 떠난 것이다.

"데오야, 불빛 좀 봐. 굉장히 커. 무진장 환해. 대낮 같아."

형이 국경 초소 위로 우뚝 솟아 있는 조명을 쳐다보다가 불빛에 최면이라도 걸린 듯 천천히 고개를 돌린다. 나는 국경 초소 주위를 살핀다. 사람들이 아직 떼 지어 앉아 기다리고 있는 게 보인다. 나는 건물에서 약간 떨어진 나무 아래를 발견한다. 그 어떤 곳보다 훌륭한 장소다.

"따라와 형. 잠자러 가자. 내일 마이 마리아를 찾아야 돼."

내가 말한다.

형하고 내가 나무를 향해 걸어가는데 아지즈와 신바바가 쫓아온다.

"우리를 따라와. 거기서 자면 안 돼."

이지즈가 말한다.

"여기는 강도가 많아."

신바바가 사람들 사이에서 어슬렁거리는 사내들을 머리로 가리킨다.

"혼자 자는 건 안 좋아. 특히 돈을 많이 가지고 있을 때는 말이야."

신바바가 축구공을 가리킨다. 내가 축구공 안에 뭘 채워 넣었는지 신바바는 다 알고 있었던 것이다. 나도 모르게 축구공을 꼭 껴안는다.

"강도라고?"

형이 놀란 표정으로 말한다.

"우리 형은 강도를 안 좋아해."

"걱정 마. 가자."

아지즈가 말한다.

우리는 아지즈와 그 애 가족이 남아프리카 공화국으로 가기 위해 야영하고 있는 곳으로 간다. 그 애 가족은 이틀 동안 여기서 기다리고 있는 중이라고 한다. 신분증에 문제가 있어서 그렇다고 아지즈가 설명하려고 했지만, 나는 두세 마디만 겨우 알아들었을 뿐이다.

아지즈는 내가 잘 모르는 말을 한다. 아지즈네 가족은 이슬람교도다. 아지즈 아빠는 모자를 쓰고 있고, 엄마는 머리에 스카프를 두르고 있다. 내가 축구공을 보여 주자 아지즈 아빠가 소리 내어 웃는다.

"우리 아지즈도 이런 공을 갖고 싶다고 하더구나."

아지즈 아빠가 공을 돌려주며 말한다.

"데오야, 잘 왔다. 잠은 저기서 자면 돼. 여보, 애들이 깔고 자
게 도티(dhoti, 인도, 파키스탄 등에서 힌두교도 남성들이 허리에 두르는
면포: 옮긴이)를 갖다 주고, 자기 전에 달콤한 차이(chai, 인도 식으로
조리해서 마시는 홍차: 옮긴이) 좀 내 오구려."

아지즈 엄마는 우리가 깔고 잘 매트도 갖다 주고, 덮고 자라면
서 얇은 시트도 가져다준다.

맨바닥에 눕는 것보다 훨씬 낫다.

10
마이 마리아 찾기

아침에 일어나 보니 베잇브리지에 지난밤보다 두 배나 많은 사람들이 모여 있다. 짐바브웨 사람들 전부가 국경이 열리기를 기다리고 있는 것만 같다. 아침 공기가 바삐 움직이는 사람들로, 물건들을 진열하는 아주머니들로, 줄을 선 채 떠밀고 하는 사람들로 부산한 활기를 띠고 있다. 국경이 열리기만을 기다리는 하루가 시작된 것이다. 아지즈네 가족은 짐을 챙긴 뒤 출입국 관리소 앞의 긴 줄에 서둘러 끼어든다. 어젯밤에 축구를 했던 곳은 떠들썩한 택시 승강장으로 바뀌어 있다. 소형 버스들이 나란히 주차되어 있는데, 운전사와 차장이 승객을 태우거나 내리고, 타이어를 수리하고, 바람막이 유리를 닦고, 차비를 받기 위해 다른 운전사나 차장보다 더 큰 목소리로 고함을 지르느라 정신이 없다.

"차비는 국경 지나서! 차비는 국경 지나서!"

운전사와 차장 들이 소리친다.

"무지나. 폴로콰네. 차비는 국경 지나서!"

"에어컨 있어요! 번개처럼 빨라요!"

"차비는 국경 지나서! 차비는 국경 지나서!"

나는 아지즈한테 저 사람들이 하는 말이 무슨 뜻인지 물어본다.

"서류가 있으면 저 차를 탈 수 있는데, 차비는 나중에 남아프리카 공화국에 가서 내라는 거야."

아지즈가 대답한다.

"이곳에 있는 사람들은 돈이 없단다. 그래서 택시 운전사들이 손님들을 남아프리카 공화국에 있는 가족한테 데려다 주고 그곳에서 차비를 받는 거란다."

아지즈 아빠가 설명해 준다.

"남아프리카 공화국까지 택시비가 얼마인데요?"

"2,000 랜드(남아프리카 공화국의 화폐: 옮긴이)."

아지즈 아빠가 대답한다.

나는 그 액수가 짐바브웨 달러로 얼마나 되는지 모른다.

"2,000억 짐바브웨 달러야."

아지즈 아빠가 대답한다.

도대체 그런 돈이 어디 있다고! 내 수중에도 2,000억 달러가

없고, 남아프리카 공화국에 간다고 해도 그런 돈을 줄 사람은 없
다. 차비는 국경 지나서 내라는 건 우리한텐 쓸모없는 말이다.

마이 마리아를 찾아야만 한다. 나는 아지즈 가족이 떠나려고
할 때 마이 마리아를 아느냐고 물어본다. 아지즈 아빠는 머리를
가로저으며 먹을거리를 파는 아주머니들을 가리킨다.

"저 아주머니들한테 물어봐라. 이곳에서 벌어지는 일은 모두
알고 있으니까."

아지즈 아빠는 그렇게 말한 뒤 서둘러 떠난다. 아지즈가 나한
테 고개를 돌려 손을 흔들어 작별 인사를 한다.

"아지즈, 기술 가르쳐 줘서 고마워."

내가 아지즈한테 소리친다. 하지만 아지즈는 출입국 관리소 쪽
으로 밀려가는 인파에 휩쓸려 벌써 자취를 감춘 뒤다.

마이 마리아를 찾는 건 생각보다 어렵지 않을 것 같다. 베잇브
리지 국경 마을에 사는 사람들은 모두 그녀를 알고 있다. 아주머
니들이 국경에서 철조망 울타리 너머 덤불까지 이어진, 사람들
이 많이 다니는 길을 가리키며 말한다.

"그 여자가 너희를 잡아먹지 않게 조심해야 할 거야."

한 아주머니가 경고하자, 다른 여자들이 형 얼굴 표정을 보고
깔깔대며 웃는다.

"그 여자는 마녀야. 조심해라, 얘들아!"

나는 길을 따라 걷고, 형은 내 뒤를 따르며 말을 더듬거린다.

"데오야, 저 여자들이 뭐라고 한 거니? 누가 마녀인데?"

형은 마녀와 식인종 이야기를 몹시 싫어한다.

"데오야, 어디로 가는 거니? 데오야, 나는 마녀 만나기 싫어."

"아주머니들이 농담한 거야. 우리 보고 정신 바짝 차리라고 그러는 거야. 그런 말은 안 들어도 돼."

"마이 마리아는 나쁜 여자야. 아까 아주머니들이 그랬어. 그 여자 보기 싫어. 이노센트는 여기 있을 거야."

형이 멈춰 선다.

"형, 잘 들어. 우리한테는 택시비가 없어. 우리를 태우고 왔던 트럭 운전사는 떠나 버렸고. 서장 아저씨가 했던 말 기억나지? 우리는 마이 마리아를 찾아가야 돼."

"하지만 마녀잖아! 나는 그 여자 찾아가기 싫어."

형이 화를 내며 말한다.

"남아프리카 공화국에 가고 싶지, 그렇지?"

나는 형한테 고함을 지른다.

"아빠를 찾고 싶지, 그렇지? 그런데 국경 이쪽에서는 아빠를 찾을 수 없어. 국경을 넘어가야 한단 말이야. 마이 마리아가 우리를 도와줄 거야. 자, 형이 원하는 대로 해."

내가 형한테 너무 냉정하게 군다는 걸 알지만, 때로는 그럴 수밖에 없다.

"그래. 네 말이 맞아. 하지만 그 여자가 마녀라면······."

형이 말한다.

나는 림포포 강기슭으로 이어지는 길을 걷느라 형 말을 듣지 않는다. 강은 은빛 리본 모양으로 천천히 흐르고 있다. 이쪽으로 이어지는 다리는 보이지 않는다. 마이 마리아한테 사람들을 태우고 강을 건너는 배가 있는 걸까? 우리는 한 시간을 더 걸어간다. 형이 웅얼거리며 발을 질질 끌고 있지만, 나는 신경 쓰지 않는다. 길을 따라 걷는데, 형이 강기슭의 진흙에 누워 해를 쬐고 있는 악어들을 가리킨다. 멀리서 봐도 악어들이 얼마나 거대한지 알 수 있다. 림포포 강에 악어가 있다는 건 물론 알고 있었다. 하지만 어떻게 저렇게 살이 쪘을까?

악어냐? 마녀냐? 나는 어느 쪽을 골라야 할지 알고 있다.

"데오야, 오늘은 축구 안 해?"

형이 나를 따라잡아서 내 뒤로 바짝 다가서며 말한다.

"우리는 오늘 남아프리카 공화국으로 갈 거야."

내가 대답한다.

형은 아까 자기가 고집을 부린 걸 만회하려고 하고 있다. 내가 형한테 계속 화낼 이유가 없다. 형은 우리가 말싸움한 걸 금방 잊어 먹으니까.

"형, 림포포 강 건너편을 봐. 저기가 남아프리카 공화국이야."

"저기 가면 아빠를 찾을 수 있어."

형이 말한다.

"그럴 거야."

내가 말한다. 강 맞은편에 도착해서 어디로 가야 할지 모르는데도 말이다. 뭘 어떻게 해야 할지 전혀 모르는데도.

택시비를 들고 난 다음부터는 가지고 있는 돈을 더 이상 쓰고 싶지 않다. 가슴에 구멍이 난 느낌이다. 돈이 충분하다는 생각이 들지 않으니까.

한 시간을 걸어 작은 오두막들이 있는 빈터에 도착한다. 림포포 강에서 얼마 떨어지지 않은 곳이다. 우리는 멈춰 서서 주위를 살펴본다. 아무도 없다. 오두막은 다 텅 비어 있다. 그런데 빈터 한가운데서 연기가 피어오른다. 그 옆에 커다란 검은 냄비가 뒤집혀 있다. 내 배 속에서 우르르하는 소리가 난다. 형과 나는 오늘 아침에 아무것도 먹지 못했다. 냄비 안을 살피니 바닥에 빵죽이 타서 눌러 붙은 게 보인다. 나는 누룽지를 최대한 많이 긁은 뒤 형과 함께 땅에 앉아 차갑고 검게 탄 걸 먹는다.

"도대체 뭔 짓거리를 하고 있는 거야?"

빈터에 울려 퍼지는 우렁찬 소리에 깜짝 놀라 나도 모르게 벌떡 일어난다. 지금 나한테로 돌진하는 건 내가 본 사람 가운데 가장 못생기고 뚱뚱한 데다 잔뜩 화가 난 여자다. 나는 황급히 입 안의 것을 삼키고, 누룽지를 냄비에 떨어뜨리고, 나를 향해 주먹을 휘두르는 뚱뚱한 여자를 빤히 쳐다본다. 여자의 팔뚝 살이 금방이라도 떨어져 나갈 듯이 출렁거린다. 여자는 굵다랗고 검은 맘바 독사 같은 레게 머리를 하고 있고, 흉터가 이마에서 시작해 코를 지나 입가까지 기다랗게 나 있다. 입이 쩍 벌어지면서 안쪽의 금니가 반짝이는 게 보인다.

"맙소사! 이런 뻔뻔한 놈들을 봤나. 겁대가리 없이 내가 피워

놓은 불 옆에 앉아, 내 음식을 처먹고, 제멋대로 돌아다니다니!
네놈들을 독수리 먹잇감으로 내놓을 테다."

나는 손가락으로 귀를 틀어막고 그 상스럽고 거친 말을 듣지
않으려 한다. 그렇다고 해서 그냥 물러설 여자가 아닌 것 같다.
암만 봐도 정말 마녀처럼 생긴 여자다. 맨발은 시멘트벽돌 같고,
새빨간 바지가 뚱뚱한 넓적다리를 가까스로 가리고 있다. 또 가
슴은 티셔츠 안쪽에 위험스러울 정도로 헐겁게 매달려 있는데,
코를 쿵쿵대는 한 쌍의 개미핥기처럼 마구 덜렁거린다.

"이 도둑놈들! 이 개자식들! 짐바브웨 사자 같은 놈들! 도대체
여기서 뭣들 하고 있는 거야?"

한쪽 눈알은 풀려서 눈구멍 안에서 멋대로 돌아다니고, 다른
쪽 눈알은 먹이를 노리는 매 같은 눈으로 나를 잡아먹을 듯 노려
보고 있다. 나로서는 죽기 살기로 도망치고 싶은 마음밖에 없다.

그런데 형이 우스꽝스러운 행동을 한다. 형이 내 손목을 잡더
니 자기 뒤로 끌어당긴다. 형은 벌벌 떨면서 애써 여자를 마주 보
고 있다.

"마녀야, 거기서 꼼짝 마! 우리를 잡아먹을 수는 없을 거야. 마
녀한테 잡아먹히려고 온 게 아니니까."

형이 큰 소리로 말한다.

여자의 매 같은 눈알이 형한테로 쏠린다.

"뭐라는 거야?"

여자의 말소리가 우렁우렁 울린다.

"데오를 잡아먹을 수 없어. 얘는 내 동생이야. 잡아먹으려면 나부터 잡아먹어."

형의 목소리가 떨려 나오지만, 무시무시한 여자 얼굴에서 눈을 돌리지는 않는다.

여자가 갑자기 폭소를 터뜨린다. 짐승이 우르릉우르릉 포효하는 것 같다. 남자 못지않게 커다란 손으로 박수를 치고, 고개를 뒤로 젖히고, 발까지 쿵쿵 굴러 댄다. 굵고 검은 맘바 독사처럼 생긴 여자의 레게 머리카락이 몽구스(mongoose, 인도 산의 족제비 비슷한 육식 짐승으로 뱀의 천적: 옮긴이)를 보기라도 한 것처럼 어깨 주위에서 소용돌이친다. 여자가 화를 내는 건지, 웃는 건지, 숨이 막혀 죽으려는 건지 분간이 되지 않는다.

"누가 너희를 잡아먹는다고?"

여자가 묻다가 말고, 기침을 캑캑하고 숨을 헐떡헐떡하면서 형을 손가락질하다가, 또다시 박장대소를 한다.

"마이 마리아라는 마녀가 사람들을 잡아먹는댔어."

형이 대담하게 말한다.

"마이 마리아가 난데! 난 사람은 안 잡아먹어."

"당신이 마이 마리아라면, 강을 건너게 해 줘요. 아버지를 찾아야 돼요. 아버지는 강 건너에 있어요."

형이 말한다.

"아하! 강을 건너고 싶다는 말이군. 누가 너희한테 마이 마리아에 대해 말해 줬지?"

여자가 눈물을 닦으며 물어본다.

"워싱턴 서장님이요."

내가 형 뒤에서 앞으로 나오며 말한다.

마이 마리아가 풀리지 않은 눈알로 나를 노려본다.

"내 친구 워싱턴 서장이라고? 그럼 너희들이 마스빙고에서 온 아이들이냐? 비키타에서?"

"예. 구투에서 왔어요."

내가 대답한다.

"구투에서 무슨 일이 있었는지 들었다. 끔찍하더군. 너무 끔찍해. 그러니까 너희들이 강을 건너 남아공으로 가고 싶다는 거지? 내가 남아공으로 사람들을 데려다 주고 얼마나 받는지 아니?"

나는 머리를 가로젓는다.

"200 랜드야. 오늘 짐바브웨 달러로 계산하면 200억이야. 내일이면 300억이 될 거고. 오늘 가는 게 나을 거야."

내 가슴이 철렁 내려앉는다. 우리가 가진 돈으로는 모자란다. 하지만 나는 축구공을 집어 들고 가죽 조각을 꿰맨 실을 푼다. 내가 바로 앞에서 바닥에 돈을 쌓아 놓고 세기 시작하자 마이 마리아가 흥미롭다는 듯이 지켜본다. 돈은 100억 달러도 되지 않는다. 마이 마리아도 봐서 알 거라고 생각한다.

"그러니까 네가 그 축구공 아이구나? 간밤의 축구 시합에 대해 들었다. 다리가 한쪽뿐인 아이를 너희 팀 선수로 뽑았다고?"

나는 고개를 끄덕이며 일어선다.

"이따가 그 아이를 만나게 될 거다. 제 아빠하고 이곳으로 올 거야. 두 사람은 내일 강을 건너기로 했다."

무슨 말을 해야 할지 몰라 나는 다시 고개만 끄덕인다. 서장 아저씨의 말이 맞는 것 같다. 마이 마리아는 국경을 건너려는 사람들에 대해 모두 알고 있다.

"좋아. 이렇게 하자. 너희 두 명은 특별 손님이야. 10억 달러 축구공을 가진 아이와 마이 마리아가 애들을 잡아먹는다고 생각하는 정신 나간 형이라. 너희들이 마음에 든다. 거래를 하자. 네가 가진 돈과 운동화를 나한테 주면 남아공으로 데려다 주마. 이건 우리끼리만 아는 비밀이야. 이렇게 싼값으로 강을 건넌다는 이야기를 아무한테도 하면 안 돼. 알았지? 안 그러면 사람들이 이 마이 마리아가 물러졌다고 생각할 거야."

형이 목에 걸린 운동화를 꽉 잡는다. 형은 서장 아저씨가 운동화를 준 뒤로 한 번도 신어 보지도 않았다. 일이 쉽지 않을 거라는 생각이 든다.

"내가 잘 말해 볼게요."

나는 형을 데리고 모닥불에서 몇 걸음 떨어진 곳으로 간다.

"데오야, 저 마녀가 내 운동화를 빼앗아 가게 할 수 없어."

"형, 강을 건너가고 싶지, 그렇지? 아빠를 만나고 싶지? 그럼 이것밖에 방법이 없어."

내가 다급하게 속삭인다.

"우리가 가진 돈으로 부족해? 우리 돈을 전부 주면 되잖아. 그걸로 충분할 거야."

"형, 이 돈으로는 부족해. 어쩔 수 없어. 그리고 거기 가면 우리 돈은 하나도 쓸모없어. 그곳에서는 다른 돈을 쓰니까."

"그래도 서장 아저씨가 나한테 준 운동화인데……."

"강 건너가면 운동화를 사줄게. 똑같은 걸로. 약속할게."

"약속?"

"약속."

"좋아요, 그렇게 해요."

나는 마이 마리아한테 돌아가 운동화를 건네며 말한다.

아주머니가 코를 킁킁거리며 운동화를 살피고 안창의 냄새를 맡는다. 그리고 돈을 주워 모아서 옷 안쪽 어딘가에 집어넣는다. 나는 더 이상 축구공 모양이 나지 않는 가죽을 접어서 셔츠 안에 넣어 둔다.

"이제 너희들은 하루하고 반나절 동안 이 마이 마리아의 손님이다. 사람들이 더 모여들어서 밤이 되면 사람들로 북적북적할 거야. 다들 모닥불 가에 둘러앉아 노래를 부르고 고향에 작별 인사를 할 거야. 너희들도 곧 보게 될 거야."

아주머니가 말하면서 코를 씨근거리다가 다시 배를 잡고 한바탕 웃는다.

"너희들이 첫 손님이니까 마음대로 오두막을 골라잡아. 오늘 밤에 거기서 자고 내일 아침까지 있을 거야. 그리고 내일 어두워지고 악어들이 잠들면 강을 건널 거야."

11
림포포 강의 악어들

엄마 꿈을 꾼다. 엄마가 내 뺨을 어루만지며 미소 짓고 있다. 엄마 얼굴이 맴돌다가 내 곁으로 가까이 온다. 엄마 눈가의 잔주름을 보니 엄마 웃음이 기억난다. 엄마를 껴안으려고 손을 내민다. 그런데 엄마가 나를 흔든다. 나를 흔들어 깨운다.

그렇게 눈을 뜨고, 잠에서 깨어났지만, 엄마가 너무 보고 싶어 죽겠다.

밖은 아직도 어둡다.

오두막은 서로 바짝 붙어 자고 있는 사람들의 소음과 냄새로 가득하다. 새 한 마리가 새벽을 알리며 울어 댄다. 밖에서 중얼거리는 목소리가 오두막 안으로 스며든다. 나는 팔을 뻗어 형을 찾는다.

내 옆에서 자고 있어야 할 형이 없다. 정신이 번쩍 들어 자리에서 벌떡 일어난다. 형을 찾아야 한다.

형이 밤새 헤매고 다녔다면?

형은 때때로 돌아다니다가 집을 못 찾을 때가 있다. 이런 낯선 곳에서는 형이 베잇브리지로 다시 가는 건 쉽지만, 마이 마리아의 오두막으로 다시 돌아오는 길을 찾는 건 불가능할 것이다. 나는 출입문으로 가려고 잠자는 사람들을 넘어간다.

어떤 남자가 나한테 욕을 한다. 내가 그의 머리에 부딪친 것이다. 나는 신경 쓰지 않는다. 어서 오두막을 빠져나가 형을 찾아야 하니까. 오늘은 강을 건너 남아프리카 공화국으로 가기로 한 날이다. 우리한테는 단 한 번의 기회밖에 없다. 형이 사라진 거라면 여기 남아서 형을 찾아야 한다. 그렇게 되면 마이 마리아한테 건넨 돈은 물 건너가고 만다.

오두막 밖의 빈터 한가운데서 모닥불이 타고 있고, 커다란 검은 솥에서 김이 모락모락 피어오르고 있다. 거기서 형이 팻슨하고 이야기를 나누는 데 골몰하고 있다. 형은 지난밤에 다른 사람들과 달리 팻슨의 다리에 관해 물어보면서 팻슨하고 친해졌다. 팻슨한테 형 라디오로 음악을 들려주었는데, 나한테도 그래 본 적이 없는 행동이었다.

지난밤 일을 생각하며 나는 재빨리 다른 오두막 두 개를 흘깃 쳐다본다. 하라레에서 온 남자들은 보이지 않는다. 빈터는 고요하다. 몇 사람이 오두막에서 나와 기지개를 켜고는 마이 마리아 오두막 뒤쪽의 수돗가에서 세수를 하고 나서 소지품을 챙겨 강을 건널 준비를 한다.

나는 간밤에 오늘 우리가 겪게 될 위험에 관해서 많은 이야기를 들었다. 사람들이 구마구마(ghuma-ghuma, 피난민들을 약탈하는 범죄 집단: 옮긴이)에 관해 말했는데, 그게 뭔지 알아들을 수 없었다. 또 사람들이 공원을 건너다 죽었다는 말도 들었다. 그런 이야기들을 믿고 싶지 않았지만, 어른들이 무척 심각하게 이야기했기 때문에 걱정이 되었다.

그런 다음에 모닥불 근처에서 싸움이 벌어졌다. 하라레에서 온 남자 셋과 여자 둘이 맥주를 달라고 고함을 지르기 시작했고, 맥주 값이 비싸다고 마이 마리아한테 불평했다. 어떤 남자가 마이 마리아의 얼굴에 대고 욕설을 퍼붓는 험악한 순간도 있었다. 그 남자는 마이 마리아를 추잡한 라스타 여자라고 불렀다. 마이 마리아는 아무 말도 하지 않았다. 그저 손을 엉덩이에 얹고 떡하니 버티고 서서 그 남자를 바라보았는데, 그 모습에 내 오금이 굳으면서 생각만 해도 몇 주 동안 잠을 이루지 못할 것 같았다. 사람들이 고함을 지르고 욕을 퍼붓기 시작할 때 나는 형을 끌고 오두막으로 돌아갔다. 나로서는 이미 시끄러운 일에 지칠 대로 지친 상태였다.

나는 형과 팻슨이 앉아 있는 곳으로 걸어간다. 한 남자가 차를 끓이고 버터 바른 빵을 한 조각씩 나눠 주고 있다. 오두막 위로 새벽 여명이 밝아 오고 있지만 빈터는 아직 어둡다.

"우리가 건너갈 곳에는 악어가 없을 거야. 팻슨이 그랬어."

형이 나한테 자리를 내주느라 통나무 위로 올라가며 말한다.

나는 차를 한 모금 마시고 나서 팻슨의 눈을 쳐다본다. 팻슨은 내가 무슨 생각을 하고 있는지 알고 있다. 오늘 서른두 명이 강을 건너갈 것이다. 과연 몇 명이나 성공할까?

"우리 아빠는 나를 데리고 가야 돼. 마이 마리아한테 내가 다른 사람한테 방해되지 않게 하겠다고 약속했거든. 나는 방해되고 싶지 않아."

팻슨이 씁쓸하게 말한다.

팻슨의 다리가 있어야 할 곳을 쳐다보지 않는 게 힘들어 눈길을 위로 돌린다. 오두막에서 점점 더 많은 사람들이 빠져나오고 있다. 하라레에서 온 세 남자와 두 여자가 마지막으로 나온다. 그들은 차가 식은 데다 마지막 남은 빵을 나눠 먹어야 하자 투덜거린다. 마이 마리아는 어디에도 보이지 않는다.

"10분 후에 출발합니다."

마이 마리아의 조수가 모닥불 가에 모인 사람들한테 말한다. 우리는 차를 다 마시고 나서 소지품을 챙긴다.

팻슨 아빠가 우리한테 온다. 키는 크지만 팻슨을 데리고 강을 건널 정도로 힘이 세 보이지는 않는다. 팻슨 아빠가 커다란 배낭을 매고 팻슨한테 손을 내밀자 팻슨이 아빠의 손을 잡고 일어나서 목발을 짚는다.

"준비 됐니?"

팻슨 아빠가 묻는다.

"준비 됐어요."

팻슨이 남은 차를 모닥불에 버리며 대답한다. 찻물이 금방 지글지글하는 소리를 낸다. 팻슨이 이곳에 관한 기억을 모두 던져 버리려는 것만 같다.

"너희 둘은?"

"우리는 오늘 강을 건널 거야. 우리도 너하고 같이 갈 거야."

"강을 건너 남아프리카 공화국으로 가면 뭘 할 건데?

팻슨이 묻는다.

나는 어깨를 으쓱한다. 내가 굳이 생각하지 않으려 애썼던 질문이다.

"뭐든 생기겠지."

나는 그렇게 대답한다.

우리는 빈터를 나와서 림포포 강으로 이어진 가파른 길을 따라간다. 처음에는 강물 소리가 멀리서 들리는 것 같았는데, 강에 가까워지자 강물 소리가 점점 더 커진다.

"마녀를 다시 만나게 될까?"

형이 묻는다.

"나도 몰라. 넘어지지 않게 조심해서 걸어."

형은 균형 감각이 모자라서 가파른 오솔길을 내려가는 게 쉽지 않다. 형이 발을 헛디뎌 넘어지면 아무나 붙잡고 일어나려고 할 것이다. 그렇게 되면 줄지어 가던 사람들이 모두 굴러 떨어질 수도 있다. 우리 앞에 사람들이 한 줄로 서서 오솔길을 따라 내려가는데, 차갑고 어두컴컴한 강을 향해 천천히 걸어가고 있다.

세차게 흘러가는 강물을 보니 절로 몸이 떨린다. 간밤에 어떻게 강을 건너는지 물어봤을 때 어떤 사람이 이렇게 대답했다.

"글쎄, 걸어서 건너가겠지."

다른 사람들은 그의 농담에 웃음을 터뜨렸지만, 나는 사람들이 왜 웃는지 알 수 없었다.

지금 저쪽에 강 맞은편이 보인다. 그런데 이곳은 우리가 건널 지점이 아닌 게 분명하다. 너무 멀다!

마이 마리아의 조수들이 이 바위에서 저 바위로 건너뛰며 강기슭을 따라 계속 나아가고 있다. 그들은 어디로 가면 되는지 잘 알고 있는 것 같다. 우리는 그들 뒤를 최대한 바싹 쫓아간다. 팻슨하고 그 애 아빠가 우리 뒤에서 애를 쓰며 따라온다. 바위를 넘을 때면 팻슨 아빠는 배낭을 앞쪽으로 돌려 멘 뒤 팻슨을 반은 끌고 반은 부축해서 데려간다. 내가 배낭을 들어주겠다고 해도 팻슨 아빠는 거절한다.

우리가 바위를 기어 올라가 모퉁이를 돌자 바위에 앉아 강물을 내려다보고 있는 사람이 있는데, 바로 마이 마리아다. 여기서 우리를 기다리고 있던 게 분명하다.

"저 강을 건너면 남아프리카 공화국이에요. 저편으로 건너가면 사람들이 나와서 공원을 통과할 수 있게 안내해 줄 겁니다. 그 사람들 말을 잘 들어야 돼요. 여러분 목숨이 달린 일이니까. 그들은 이런 일을 많이 해 봤어요. 당신들은 딱 한 번만 하면 돼요."

마이 마리아의 목소리는 평소처럼 아주 우렁차서 강물이 흘러가는 소리에도 방해받지 않는다.

나는 남아프리카 공화국을 건너다본다. 저쪽에도 짐바브웨와 똑같이 덤불과 나무, 그리고 하늘이 있다. 사람들은 모두 월급을 많이 받는 좋은 일자리를 얻을 기회에 대해 이야기한다. 다들 남아프리카 공화국에 가면 짐바브웨보다 더 잘살게 될 거라고 한다. 나로서는 군인들이 들이닥치기 전까지 구투에서 살던 것보다 더 나은 모습을 상상하기 어렵다. 하지만 나는 구투에서 14년밖에 안 살았으니까…….

"깊어 보여."

형이 말한다.

"데오야, 다리는 어디 있니?"

형은 수영을 할 줄 모르기 때문에 안달한다.

"형, 우리는 베잇브리지를 떠나왔어. 괜찮을 거야."

"다들 각자 오른손에 장대를 잡게 될 거예요."

마이 마리아가 말하자 그녀의 조수들이 바위 뒤에서 기다란 대나무 장대를 꺼낸다. 장대에는 일정한 간격을 두고 밧줄 매듭이 묶여 있다. 우리는 장대 한 개 당 예닐곱 명씩 무리를 짓는다. 형은 눈앞에서 벌어지는 일을 보면서 더 겁에 질린다. 형이 머리를 좌우로 흔들기 시작한다.

형을 데리고 어떻게 림포포 강을 건너야 할지 모르겠다. 맞은 편 강기슭은 믿기 어려울 정도로 멀어 보인다.

"절대로 장대를 놓치면 안 돼요! 그랬다가는 그길로 강물에 휩쓸려 여러분이 이곳에 오면서 보았던 악어 떼한테로 떠내려갈 거예요. 발을 계속 강바닥에 디딘 채 강물을 헤치고 가야 돼요. 발을 너무 높이 들면 물살에 휩쓸려요."

마이 마리아가 말하는데, 하라레에서 온 세 남자와 두 여자가 첫 번째 장대를 잡은 사람들을 밀어제치고 맨 앞으로 나간다.

그들은 마이 마리아한테 욕을 하면서 조수들한테 빨리 가자고 말한다. 마이 마리아는 그들을 그냥 바라보기만 한다. 마이 마리아가 맨 앞에 선 조수와 눈빛을 교환하는 게 보이더니, 세 남자가 차례차례 그 조수를 따라 강물 속으로 들어간다. 두 여자는 강물이 너무 차갑다고 투덜거린다.

우리 머리 위로 동쪽 하늘의 황금빛이 점점 짙어지고, 아침 햇살에 나무 꼭대기 빛깔이 선명해지고 있다. 강물 아래쪽은 아직 어스레하고, 아침이 완전히 밝지 않은 상태다.

나는 첫 번째 무리를 주의 깊게 지켜본다.

마이 마리아의 조수는 장대 앞을 잡은 채 강물 속에서 발을 끌면서 쉬지 않고 걸어간다. 강물이 조수의 종아리에서 소용돌이 친다. 여자들이 강물이 다리 위로 올라오자 비명을 질러 댄다. 물살은 세차지만 강은 그리 깊지 않다. 그때 한 여자가 미끄러지면서 머리가 물속으로 사라진다.

"놓치면 안 돼!"

마이 마리아가 고함을 지른다.

여자 뒤에 있던 남자가 그 여자를 붙잡자, 여자가 강물 위로 얼굴을 내밀고 물을 내뿜으며 기침을 한다. 그 여자가 다시 걷기 시작한다. 이제 그들은 강 한가운데로 걸어 들어간다. 두 번째 무리가 얕은 물로 들어선다.

형은 내 뒤에서 두려움에 와들와들 떨고 있다.

"데오야, 안 돼, 이노센트는 이런 거 하고 싶지 않아. 집으로 가자. 이건 별로야. 정말 별로야."

형이 내 팔을 잡아당기며 말한다.

지금 형 기분이 어떤지 나는 안다. 내 기분도 그러니까. 강을 건너가는 게 큰 실수일지도 모른다. 형이 미끄러져 넘어지기라도 해서 먹잇감을 기다리고 있는 악어들한테 떠내려가면 어떡하지? 형이 강물에 빠져 죽으면 나 혼자 어떻게 살아가지?

내가 강물에 휩쓸려 간다면? 내가 강물에 빠져 죽으면 누가 우리 형을 돌봐 주지?

조수들은 이제 세 번째 무리를 건넬 준비를 하고 있다. 마이 마리아가 큰 소리로 지시를 한다.

우리 둘 다 미끄러져 떠내려갈 수도 있어. 우리가 여기서 사라져도 아무도 모를 거야. 뛰어서 비탈길까지 가면 국경으로 돌아갈 수 있어. 남아프리카 공화국으로 건너갈 수 있는 다른 방법이 있을지도 몰라.

"이노센트 형, 나 좀 도와줄래?"

팻슨이다. 팻슨이 우리 앞에 서서 형한테 목발을 내밀고 있다.

"아빠가 나를 등에 업고 가야 해. 그 방법밖에 없어. 네가 도와주지 않으면 나도 강을 건널 수 없어."

내가 지금 무슨 생각을 하고 있는지 안다는 듯이 팻슨이 나를 빤히 쳐다보고 말한다.

"데오야, 가지 마. 넌 해낼 수 있어. 네가 할 수 있다는 걸 난 알아."

팻슨이 나에 대해 뭘 안다는 걸까? 내가 할 수 있는지, 할 수 없는지 안다고? 내가 무슨 생각을 하는지 어떻게 알았지?

"넌 해낼 수 있어."

팻슨이 다시 말한다.

"봐!"

첫 번째 무리가 맞은편 진흙 기슭에 거의 다다랐다. 아직 더 건너가야 하지만 강에서 가장 깊은 곳은 지나간 것이다.

형이 팻슨의 목발을 잡고 비틀비틀 걸어간다. 지금 형한테는 팻슨을 돕겠다는 생각밖에 없다.

"레녹스, 이쪽으로 와!"

마이 마리아의 목소리가 바위 위에서 쩌렁쩌렁 울린다.

"이 아이들을 잘 보살펴 줘. 어때, 문제없겠지?"

마이 마리아가 우리를 기다리고 있는 키 큰 남자를 손짓하며 말한다.

"구마구마가 첫 번째 무리를 데려가더라도, 이 세 아이들만큼
은…… 이 아이들은 잘 챙겨."

레녹스가 마이 마리아를 보고 고개를 끄덕인다. 구마구마가 뭔
지 물어보고 싶지만, 지금은 때가 아니라는 생각이 든다.

레녹스가 형한테서 목발을 받아 대나무 장대에 묶는다. 팻슨
아빠가 오른손으로 장대의 첫 번째 매듭을 잡고 팻슨을 등에 업
은 뒤 왼손으로 팻슨의 엉덩이를 잡는다. 팻슨은 아빠 허리에 다
리를 감고 목에 매달린다. 팻슨 아빠가 배낭을 가슴에 멘다. 무척
불편해 보이는 모습이다.

형이 오른손으로 장대 손잡이를 붙잡는다. 나는 형의 빅스 상
자와 소지품을 내가 찾아낸 비닐 가방에 집어넣는다. 내 뒤에는
남자 두 명이 우리 장대의 나머지 손잡이 매듭을 잡고 있다. 그리
고 맨 끝에는 마이 마리아의 다른 조수가 자리를 잡고 있다. 우리
는 강물로 걸어 들어가기 시작한다.

이제는 돌이킬 수 없다.

"야, 축구 꼬마, 공원에 도착하면 멈추지 말고 달려. 내 말 들리
지? 무슨 일이 있어도 달려!"

마이 마리아가 쩌렁쩌렁 외치는 소리가 들리는데, 무슨 뜻인지
는 모르겠다.

나는 형을 데리고 림포포 강을 건너야 한다. 강물은 차갑다. 물
살이 내 발목을 세게 잡아당긴다. 형이 내 앞에서 걸어가면서 두
려움에 훌쩍거린다.

"형, 발을 끌어. 발을 강물 밖으로 들어 올리면 안 돼."

내가 말한다.

"장대를 놓치지 말아요!"

앞쪽에서 레녹스가 소리친다.

"강물이 잡아당겨도 장대를 놓치면 안 돼요."

우리는 강물로 철벅철벅 걸어가 점점 더 진흙 속으로 들어간다. 발가락에 돌이 차인다. 강물이 무릎까지 차오른다. 나는 오른팔로 장대를 감싸고 밧줄 매듭을 붙잡는다.

"형, 꽉 잡아. 꽉 잡으라고!"

내가 소리친다.

"잡고 있어. 잡고 있다고."

형이 외친다.

물살이 내 넓적다리를 할퀸다. 물살이 나를 악어들이 기다리고 있는 하류로 끌어당기려고 한다. 나는 비닐 주머니를 머리 위로 들어 올리고 균형을 잡으려고 애쓴다. 아직 절반도 안 왔는데, 강물이 벌써 내 배를 휘감고 지나간다. 강물이 더 깊어진다면 견디기 힘들 것 같다.

그때 형이 미끄러진다. 물살이 형 발을 감아 쓰러뜨렸지만, 형은 두 손으로 장대를 붙잡고 있다.

"놓치지 마!"

레녹스가 소리친다.

"그 애는 내버려 둬. 그 애 때문에 우리 모두 물에 휩쓸려 갈 거야."

내 뒤에 있는 남자가 큰소리친다.

"안 돼! 형, 꼭 잡아!"

우리는 걸음을 멈춘다. 내가 장대를 붙잡고 있는 손을 놓고 빅스 상자를 떨어뜨리지 않고서는 형을 도울 수가 없다. 레녹스는 이제 완전히 몸을 돌려 팻슨 아빠를 지나 와서 형을 도와주려고 안간힘을 쓴다. 누군가 강물을 첨벙첨벙 튀기며 다가오는 소리가 들린다. 장대 뒤쪽에 있던 마이 마리아의 또 다른 조수가 앞으로 달려온다.

"그 애를 잡아!"

그 조수가 소리친다.

팻슨이 자기 아빠 등에서 빠져나와서 형을 도우려고 한다.

"팻슨, 안 돼!"

팻슨 아빠가 소리치지만 이미 늦은 때다. 팻슨이 물속에서 형을 일으켜 세우려고 발버둥을 치고 있다.

형이 물속으로 사라진다.

형이 몸부림을 치며 필사적으로 장대를 잡으려고 한다. 형 얼굴이 수면 위로 떠오른다. 물결이 다시 형을 덮친다. 형이 물을 내뱉으며 기침을 한다.

"데오야, 도와줘! 도와줘!"

형을 끌어올리려고 하지만 나한테는 너무 무겁다. 나는 장대를 놓치고 만다. 뒤쪽에 있던 마이 마리아의 조수가 한 손으로 형의 가슴을 감싸 안고 어떻게든 형을 물속에서 꺼내려고 한다. 형이 손으로 장대를 움켜잡고 있어 조수가 형을 일으켜 세우는 데 애를 먹는다.

"형, 왼손을 놔! 일어나, 형! 일어나!"

내가 형한테 소리친다.

형이 기를 쓰고 일어나려고 한다.

"데오야, 미끄러져. 자꾸 미끄러져."

형은 두려운 나머지 날카로운 비명을 질러 댄다. 그런데 그 조수가 형을 홱 잡아당겨 엉거주춤하나마 형이 서 있게 만든다.

"전진!"

그 조수가 레녹스한테 소리친다.

레녹스가 몸을 돌려 멀리 강기슭으로 걸어가기 시작한다. 팻슨 아빠는 팻슨을 붙잡고 있으려고 안간힘을 쓰고, 팻슨은 형을 붙잡고 있으려고 하고, 형은 조수를 붙잡고 있으려고 한다.

"팻슨, 그 사람을 붙잡고 있는 손을 놔! 내가 잘 붙잡고 있으니까. 장대를 잡아."

그 조수가 소리친다.

팻슨은 때로 다리를 차며 강물로 빠져든다. 그러면 팻슨 아빠가 장대를 강물 위로 들어 올리는데, 팻슨을 끌어당기면서 동시에 들어 올린다. 형은 아직도 겁이 나서 울먹이고 있지만, 그 조수가 붙잡아 주고 있기 때문에 다리를 질질 끌면서 강물을 헤치고 간다.

다리가 아프다. 넓적다리에 쥐가 나 뻑적지근하다. 얼마나 더 장대를 붙들고 버틸 수 있을지 모르겠다. 강 맞은편은 아직도 너무 멀어 보인다.

"형, 이제 거의 다 왔어. 계속 가. 한 번에 한 걸음씩. 거의 다 왔어."

형과 나 자신을 격려하려고 나는 그렇게 말한다.

그때 갑자기 물이 얕아지면서 강물이 발목을 부드럽게 휘감고 간다. 우리는 강기슭을 기어 올라가 땅바닥에 쓰러진다. 림포포 강을 건너 남아프리카 공화국에 온 것이다.

"서둘러! 지금 쉴 때가 아니야. 구마구마가 올 거야. 위험이 끝난 게 아니야."

레녹스가 소리친다.

레녹스는 이런 일을 그렇게 많이 했다면서 왜 구마구마를 두려워하는 걸까?

12
구마구마

레녹스가 강기슭으로 뛰어 올라가서 가장 가까운 덤불로 전력 질주한다. 앞으로 무슨 일이 벌어질지, 나는 아는 게 없다. 마침내 남아프리카 공화국에 왔는데, 여기서 우리가 두려워할 게 뭐란 말인가?

팻슨 아빠가 가까스로 일어나서 대나무 장대에서 팻슨의 목발을 풀려고 미친 듯이 애를 쓴다. 하지만 강물 때문에 매듭이 팽팽해져 목발을 떼어 내지 못한다.

"기다려요! 내 아들은 목발이 있어야 돼요."

팻슨 아빠가 레녹스의 등에 대고 소리친다.

우리와 함께 강물을 건넌 두 남자도 레녹스를 따라 도망친다.

아무도 팻슨을 도와주려 하지 않는다.

"내 빅스 상자 안에, 내 빅스 상자 안에."

형이 말한다.

내가 형한테 함석 상자를 건넨다. 형이 상자에서 주머니칼을 꺼내 팻슨 아빠한테 준다. 팻슨 아빠가 목발을 묶은 줄을 재빨리 잘라 내자 팻슨이 목발을 겨드랑이에 끼고 바위를 건너간다.

나는 강기슭을 위아래로 훑어본다. 우리 보다 앞서 강을 건넌 무리들은 이미 덤불로 사라지고 없다. 그런데 하라레에서 온 남자와 여자 들은 강기슭 바위 위에서 쉬고 있다. 그중 한 여자는 큰 소리로 불평을 늘어놓으면서 치마의 물을 짜내고 있다. 남자들은 아침 햇살을 만끽하며 담배를 피우고 있다. 그들을 데리고 강을 건넌 마이 마리아의 조수들은 이미 자취를 감춘 상태다.

그때 난데없이 덤불에서 한 무리의 남자들이 빠져나와 바위 위로 나타난다. 개중 한 사람은 화력이라고 해 봤자 별것 아닐 듯싶은 소총을 들고 있다. 그 사람과 같이 나타난 사람들은 육중한 방망이와 큰 칼을 들고 있다. 강가 바위에 앉아 웃으면서 담배를 피우고 있는 하라레 사람들은 덤불에서 나온 사람들을 아직 발견하지 못했다.

"구마구마야. 서둘러! 저들한테 들키면 안 돼. 큰일 나. 어서 가자!"

마이 마리아의 조수가 속삭인다.

팻슨이 절뚝거리며 아빠를 쫓아간다. 팻슨의 목발이 강기슭의 진흙 때문에 미끄러진다. 형이 강기슭에 기어 올라갔을 때, 구마구마가 바위를 넘어 하라레 사람들한테 다가가는 게 보인다.

"저 사람들이 원하는 게 뭔데요?"

"네가 가진 모든 것."

누군가 대답한다.

구마구마가 하라레 사람들한테 달려든다. 그들이 방망이와 큰 칼을 치켜들자 하라레 남자들이 도망치려고 한다. 여자들은 울면서 살려 달라고 애원한다. 구마구마와 강물 사이에 갇히게 된 것이다. 강도들의 손아귀로 들어가고 만 것이다.

형이 멈춰 서서 고개를 돌린다. 소음의 원인을 알고 싶어 하는 거다. 나는 형을 강둑으로 밀어 올린다.

"뛰어! 형, 뛰어!"

우리는 덤불로 뛰어든다. 거친 손이 나를 잡아당긴다. 레녹스다.

"가만히 누워 있어. 한마디도 하지 마. 조용히 하지 않으면 저들이 우리를 찾아낼 거야."

레녹스가 쉿 하고 말하면서, 팻슨 아빠를 덤불 안쪽으로 더 밀어붙인다.

"너."

레녹스가 형을 가리키며 말한다.

"조용히 해. 안 그러면 불알을 잘라 버릴 테니까."

내가 형을 눌러 앉힌다. 간발의 차이로.

구마구마가 방금 전에 우리가 서 있던 곳으로 달려온다. 개중 두 사람은 하라레 남자들의 가방을 들고 있다. 간밤에 어른들이 속삭이던 말이 이제야 이해가 간다. 이 사람들은 림포포 강을 건너는 사람들을 기다리고 있는 강도들이다. 구마구마는 강을 건너온 사람들을 두드려 패서 강도질을 하려고 기다리고 있는 거다. 너무나 간단하다!

레녹스가 내 옆에서 숨을 낮추고 있다. 손에 큰 칼을 쥐고 앞을 주의 깊게 지켜보면서. 나는 형의 팔을 꽉 붙잡는다. 형도 위험을 알고 있다. 형은 손가락으로 귀를 틀어막고 눈을 질끈 감고 있다.

구마구마가 오솔길을 아래위로 훑어본다. 소총을 든 남자가 무릎을 꿇고 앉아 모랫바닥에 남겨진 우리 발자국을 살핀다. 그가 고개를 들고 우리가 있는 쪽을 빤히 쳐다본다.

나는 숨을 죽인다. 레녹스는 바위처럼 꼼짝 않는다.

그런데 그때 한 남자가 강 위쪽으로 건너오는 또 다른 무리를 발견한다. 그가 소총을 든 남자한테 소리치자 구마구마가 다음 희생자를 공격하러 강 쪽으로 달려간다. 소총을 든 남자도 쫓아간다.

"지금이야! 가자."

레녹스가 속삭인다.

우리는 덤불에서 빠져나와 달리기 시작한다.

팻슨은 아빠 등에 업혀 있다. 형이 레녹스의 뒤를 쫓아가고, 내가 그 뒤를 따라간다. 남자 두 명은 나를 쫓아온다. 우리는 좀처럼 레녹스를 따라잡지 못한다.

너무 빠른 속도로 오랫동안 달렸더니 옆구리가 쑤신다. 잠시 후 레녹스가 속도를 늦춘다. 우리 앞에 거대한 철조망 울타리가 나타난다.

"여기가 첫 번째 공원이에요. 이 철조망 너머에도 커다란 위험이 도사리고 있어요. 이제부터 두 시간 동안 계속 달려야 돼요."

"여긴 사냥 금지 구역이잖소."

팻슨 아빠가 말한다.

"그럼 야생 동물이 있다는 거 아니요?"

"원하면 여기 남아 있어도 돼요. 그리고 아까 그 사람들하고 타협해 보든가요."

레녹스가 말하면서 우리가 지나온 곳을 손가락질한다.

레녹스가 우리를 철조망 울타리 밑에 굴을 파 놓은 곳으로 데려간다. 우리보다 앞서 철조망을 잘라 내고 길을 낸 사람이 있다는 얘기다.

"내 뒤를 따라오고, 내가 시키는 대로 해요."

레녹스가 그렇게 말한 뒤 셔츠를 벗어 꼭꼭 말아 바지 앞쪽에 밀어 넣는다.

"부끄러워할 때가 아니야. 우리 모두 셔츠를 벗을 거야. 그래야 쉽게 통과할 수 있어."

내가 형한테 나지막하게 말한다.

나는 형이 셔츠 단추를 풀고 셔츠를 벗어 공처럼 돌돌 마는 걸 도와준다. 형이 바지 앞쪽에 셔츠를 쑤셔 넣는다.

우리는 손과 무릎으로 엉금엉금 기어 울타리 밑을 지나 철조망을 통과한다. 나는 철조망 가시에 긁힌다. 피가 흐른다. 내 뒤에 따라오던 남자가 외마디 비명을 지른다. 나만 철조망 가시에 긁힌 게 아니다.

"계속 가요!"

레녹스가 말한다.

"데오야? 뒤에 있니?"

형이 나를 찾는다.

"바로 뒤에 있어. 계속 기어 가. 뒤돌아보지 말고. 천천히."

내가 그렇게 말하는데, 형이 철조망 가시에 뜯긴다.

"형, 최대한 바닥에 납작 엎드려."

우리는 차례차례 기어서 철조망을 통과한다. 레녹스는 우리가 모두 지나갈 때까지 철조망을 들고 있다. 그의 얼굴에서 땀이 비 오듯 흘러내린다. 레녹스가 셔츠를 꺼내 재빨리 입는다. 우리도 그를 따라 셔츠를 꺼내 입는다. 강을 건널 때 형을 도와주었던 또 다른 조수는 철조망을 넘어오지 않았다. 이제 우리한테는 레녹스뿐이다.

"이제 달려야 해요. 이곳은 동물들이 사는 곳이에요. 하이에나, 들개, 버펄로, 코끼리가 사는데, 최악은 사자도 여기 산다는 거예요. 줄지어 달려야 돼요. 가능한 데서는 서로 손을 잡고 있어야 해요. 끔찍한 장면을 볼 수도 있어요. 그렇다고 멈추면 안 돼요.

멈추는 사람이 생기면, 그 사람은 그냥 놔두고 갈 거예요."

　나는 초조하게 주위를 살핀다. 동물은 보이지 않는다. 덤불은 평화로워 보인다. 하지만 레녹스의 찌푸린 이맛살과 근심 가득한 눈빛을 보면 우리가 무척 위험한 곳에 있다는 걸 알 수 있다. 두 남자가 불안한 표정으로 덤불을 살핀다. 나는 구투에서 있었던 거와 같은 공포의 냄새를 다시금 맡는다.

"팻슨은 어떻게 해요? 저 애는 뛰지 못해요."

　형이 말한다.

"애는 내가 데리고 갈 거요."

　팻슨 아빠가 말한다.

　우리가 떠나온 짐바브웨의 저 먼 숲 위로 해가 떠오른다. 남아프리카 공화국의 아침 공기는 매미와 새 들의 날갯짓으로 분주하다. 하늘은 평소처럼 구름 한 점 없이 맑다. 오늘은 무더울 것 같다. 공원 덤불에 녹색 그늘이 드리워져 있는데, 자세히 보니 저 멀리 수사슴이 우리가 있는 것도 모른 채 평화롭게 풀을 뜯어 먹고 있다. 하지만 이런 풍경을 즐기고 있을 시간이 없다.

"출발!"

　레녹스가 말한다.

　지금은 달려야 할 때다.

13
공원

우리는 달린다. 우리는 서로 붙어 다닌다.

팻슨 아빠는 팻슨을 업고 레녹스 바로 뒤에서 달린다. 형은 팻슨이 오른손에 들고 있는 목발 끝을 잡고 있다. 나는 형 손을 잡고 있다. 우리는 뒤처지지 않으려고 안간힘을 쓴다. 다른 남자 둘은 내 뒤에서 조금 떨어져 달린다. 그렇게 광활한 초원을 달려, 우리 인간 열차를 발견하고 펄쩍펄쩍 뛰어가는 영양 떼를 지나쳐 간다.

멀리 언덕마루에서 얼룩말 몇 마리가 낯선 발자국 소리에 놀라 우리를 쳐다본다. 기린들은 우리가 달려가는 걸 한가로이 지켜본다. 기린들의 긴 목이 가시나무 꼭대기 위로 미끄러지듯 움직이는 모양이 덤불로 만든 배처럼 보인다. 어린 기린 두 마리도 우리를 쫓아오기 시작하는데, 사람들이 줄지어 달리는 게 신기한 눈치다. 잠시 후 기린들이 멈춰 서더니 우리가 달리는 걸 지켜보다가 머리를 돌려 나뭇잎을 물어뜯는다. 저렇게 많은 야생 동물들을 이렇게 가까이에서 지켜보는 건 처음이다. 하지만 지금은 동물들을 구경하고 있을 때가 아니다.

형은 내 앞에서 숨을 헐떡거리면서도 레녹스를 잘 따라가고 있다. 서장 아저씨가 사 준 운동화가 있으면 좋을 텐데 하는 생각이 든다. 가시와 뾰족한 돌 때문에 발이 얼얼하다. 달리는 걸 멈추고 가시를 뽑을 시간도 없다. 마이 마리아가 우리한테 제값을 다 받아 낸 것 같은 생각이 든다.

우리는 달린다.

레녹스가 손을 들기 전까지 쉬지 않고 달린다. 검은 버펄로 떼가 광활한 초원에서 풀을 뜯어 먹고 있다. 검은 버펄로들은 우리를 쳐다보지 않는다. 녀석들은 한가로이 풀을 뜯어 먹는다. 거대한 턱을 좌우로 움직이며 꼬리를 휘둘러 파리를 쫓기도 한다. 모든 게 평화로워 보이는데, 레녹스는 무슨 소리를 듣는다. 우리는 높이 자란 풀밭에 쭈그리고 앉는다. 쉴 수 있다는 것이 기쁘다.

"데오야, 피곤해."

형이 헐떡거리며 말한다.

"거의 다 왔어."

나는 그 말이 사실인지 아닌지도 모르면서 그렇게 말한다.

팻슨이 바닥에 두 팔을 뻗고 누운 아빠 옆에 쭈그리고 앉는다. 팻슨 아빠가 다시 일어날 수 있을지 확신이 서지 않는다.

"하이에나!"

남자가 소리친다.

우리는 벌떡 일어나 뒤를 돌아본다. 하이에나 한 마리가 우리를 쫓아오고 있다. 놈은 내가 본 가장 커다란 개의 두 배만 한 크기다. 놈이 옆길에서 달리는데, 코를 공중으로 치키고 냄새를 맡다가 이내 머리를 땅으로 떨어뜨린다. 놈은 우리의 체취를 따라온 것이다. 레녹스가 재빨리 행렬의 맨 뒤로 간다. 그가 한 남자한테 고개를 돌린다. 그 남자의 셔츠가 피로 흠뻑 젖어 있다. 철조망을 통과하다가 아주 심하게 긁힌 게 틀림없다. 그 남자가 줄곧 피를 흘리는 바람에 흔적을 남기게 된 것이다.

"저 하이에나는 당신 피 냄새를 맡은 거예요. 왜 피가 난다고 말하지 않았어요?"

레녹스가 화를 내며 말한다.

레녹스가 그 남자의 셔츠 등 부분을 찢어 붕대를 만든다. 그 천으로 그 남자의 가슴을 단단히 감싼다. 그 남자는 하이에나가 가까이 다가오자 겁을 집어 먹은 것 같다. 하이에나가 코를 처들고 신선한 피 냄새를 맡고 있다.

"모두 짐 가방을 높이 처들어요. 그리고 나를 따라와요."

레녹스가 소리친다.

나는 깜짝 놀라 바라본다. 레녹스가 가방을 공중으로 처들고 우리한테 다가오는 하이에나를 향해 곧장 달려가고 있다.

"다들 이렇게 해요! 이 방법밖에 없어요. 하이에나는 저보다 키가 큰 걸 무서워해요."

형이 그 자리에 얼어붙고 만다. 하이에나가 공격해 오는 길로 형을 달리게 할 방법이 없다. 팻슨 아빠는 팻슨을 등에 업은 채로는 저렇게 달릴 수 없다. 내가 하려는 일이 믿기지 않지만, 나는 생각하고 말고 할 겨를도 없이 팻슨의 목발을 집어 든다.

"형, 팻슨 돌보기 작전, 꼼짝 마 작전이야. 알지?"

형이 고개를 끄덕인다.

"내가 팻슨을 돌볼게."

형이 말한다.

나는 발길을 돌려 레녹스를 쫓아간다. 그가 있는 힘껏 소리를 지르며 하이에나한테 달려가고 있다. 레녹스는 가방을 머리 위로 높이 든 채 달린다. 두 남자도 레녹스를 똑같이 따라하고 있다. 나는 목발을 공중에 흔들고 고함을 지르며 그들을 따라간다.

그런데 그때 레녹스가 넘어지면서 굴러 긴 풀밭으로 곤두박질쳐 사라진다. 두 남자가 무엇을 어찌해야 할지 몰라 하며 멈춰 선다. 하이에나가 턱을 다물고 으르렁거리며 앞으로 달려온다. 남자들이 발길을 돌려 도망가려는 순간, 날카로운 휘파람 소리가 터진다.

나는 쳐다보지도 않고 그게 뭔지 안다. 그건 주심의 호루라기 소리다.

형이 나를 지나쳐 달려가면서 호루라기를 불고 빅스 상자를 머리 위로 높이 쳐들고 흔든다. 나도 형을 따라가면서 하이에나를 향해 고함을 지르고 팻슨의 목발을 머리 위로 들고 흔들어 댄다. 남자들은 형이 그들 옆을 지나 달려가는데도 빤히 쳐다보기만 한다. 레녹스가 일어나 남자들한테 소리친다.

"어서 뛰어요!"

우리는 형 뒤를 따라가며 있는 대로 고함치고 소리친다.

효과가 있다! 하이에나가 깜짝 놀라 꼬리를 다리 사이로 내리고 후다닥 내뺀다. 레녹스가 우리를 따라잡은 뒤 멈춰 서서 돌멩이를 집어 든다. 그가 하이에나한테 돌멩이를 던진다. 나도 그를 따라 돌멩이를 던진다. 하지만 하이에나는 이미 멀리 도망간 상태다. 형이 호루라기를 두세 번 더 분다.

"이제 그만 불어도 돼!"

내가 소리친다.

형이 입에서 호루라기를 떼며 몸을 떨면서도, 나를 보고 씩 웃는다.

"데오야, 하이에나 겁주기 작전이야. 우리가 녀석을 쫓아냈어!"

형이 눈을 반짝이며 말한다. 제정신이 아닌 것처럼 들릴지 모르겠지만, 형은 이 상황을 즐기는 것 같다.

"호루라기는 어디서 났어?"

내가 묻는다.

"빅스 상자."

형이 장난스럽게 웃으며 말한다.

"내가 상자에 뭘 넣었는지 모르지."

형이 상자에서 끈을 꺼내 호루라기를 묶은 뒤 목에 건다.

"만약을 위해서야."

형이 말한다.

레녹스가 웃으며 말한다.

"내가 네 형한테 한 가지 배웠어."

레녹스가 팻슨하고 그 애 아빠가 기다리고 있는 곳으로 걸어가며 말한다.

"다음번에는 나도 호루라기를 가져와야겠어."

레녹스가 남자의 남은 셔츠 조각을 집어 가시나무에 묶어 놓는다. 피에 젖은 셔츠 조각이 산들바람에 퍼덕거린다.

"이것 때문에 하이에나가 잠시 바쁠 거예요. 이제 또 달려야 해요. 아직 갈 길이 멀어요."

팻슨이 아빠 등에 업히고, 우리는 다시 달리기 시작한다. 평야를 따라 달리는 길에 풀을 뜯어 먹다 말고 거대한 머리를 들고 우리를 쳐다보는 검은 버펄로를 지나고, 가시나무의 나뭇잎을 뜯어 먹고 있는 코끼리 떼도 지나고, 하마들이 깊은 웅덩이에 누워 있는 작은 강도 통과한다. 녀석들의 코와 눈과 괴상하게 작은 귀만이 녀석들이 엄청난 몸을 하고 있는 하마라는 걸 알려 준다.

두 남자가 무릎을 꿇고 게걸스럽게 강물을 마시고, 푸푸거리며 얼굴에 강물을 연신 끼얹는다.

"아직 멀었어요. 물을 너무 많이 마시면 더 힘들어요. 아직 공원을 빠져나간 게 아니라고요."

레녹스가 경고한다.

물에서 진흙 냄새가 나지만 어쨌든 물이다. 나는 물을 조금만 마시고, 물로 얼굴의 땀을 씻어 낸다. 강가의 진흙에 발도 담갔는데, 시원해서 기분이 좋다. 그때 강 건너편 수면 바로 위에 하얀 뼈와 두개골 더미가 쌓여 있는 게 보인다. 나는 얕은 물로 들어가서 쪼그리고 앉아 햇살 아래 모습을 드러낸, 마치 표백한 것처럼 하얗고 깨끗한 더미를 바라본다.

"그게 뭐니?"

팻슨이 묻는다.

"모르겠어."

그렇게 말하면서, 나를 지켜보고 있는 레녹스를 올려다본다.

"개코원숭이 아니면 그냥 원숭이 뼈일 거야."

레녹스가 재빨리 말한다.

"내버려 둬. 우리는 여기서 멈추지 않아."

레녹스 말을 못 믿겠다. 두 남자가 눈빛을 주고받는 게 내 눈에 잡힌다. 우리 모두 저 뼈의 정체를 알고 있다. 저 뼈의 주인이 개코원숭이나 그냥 원숭이가 아니라는 것도.

우리는 다시 힘을 내어 달린다.

팻슨 아빠도 속도를 낸다. 잠시 후, 우리는 최후를 맞이할 수도 있었던 끔찍한 기억을 뒤로 하고 강을 영원히 벗어난다.

해가 쉬지 않고 하늘을 가로지르고, 아침이 한낮으로 바뀌면서 날이 점점 더워지고 있다. 몇 시간은 족히 달린 것 같다. 림포포 강을 건넌 게 일주일 전인 것만 같다. 강에서 마신 물이 증세를 나타내기 시작한다. 나는 옆구리의 통증 때문에 거의 쓰러질 지경이다. 내 뒤의 남자들이 속도를 늦춘다. 두 사람 다 격심한 고통에 시달리고 있다. 한 남자가 레녹스한테 멈추라고 소리친다. 레녹스의 경고에도 불구하고 두 사람 다 강물을 너무 많이 마셨고, 결국 탈이 나서 괴로워하고 있는 거다.

레녹스가 작은 조약돌을 집어 든다.

"이걸 혀 밑에 넣고 핥아요. 도움이 될 거예요."

그의 말대로 조약돌을 입에 넣고 핥았더니 고통이 조금 가라앉는다. 하지만 급속하게 더해 가는 다리의 통증은 아무래도 멈추지 않는다. 우리는 점점 더 지쳐 간다. 레녹스조차도 이제는 천천히 뛰고 있다. 팻슨은 아빠 등에서 내려 한 발로 뛰거나 아빠와 형이 부축해서 끌고 간다.

레녹스의 표정이 어둡다. 그는 계속 우리를 뒤돌아보면서 용기를 돋워 주는 한편 계속 뛰라고 우리를 다그친다. 두 남자는 레녹스와 나란히 달리고 있다. 한 남자가 말한다.

"저 사람들은 내버려 둬요. 저들 때문에 우리까지 느려지고 있잖아. 왜 저 사람들 때문에 우리까지 위험해져야 하는 거냐고?"

"우리는 함께할 겁니다. 당신을 이 공원에 혼자 남겨 놓고 떠나면 좋겠어요?"

레녹스가 대꾸한다.

대화가 끝난다.

우리는 계속 달린다.

비틀거리면서 걷는다는 게 더 정확한 표현이다.

아무 감각이 없다. 내 심장 박동 소리만 들릴 뿐이다. 옆구리의 통증이나 발이 베인 상처나 얼굴에서 뚝뚝 떨어지는 땀은 지금 나한테는 아무것도 아니다. 자동적으로 숨을 들이쉬고 내쉴 뿐이다. 한 발을 다른 발 앞으로 내미는 걸 일정한 리듬으로 반복하고 있을 뿐이다. 발과 다리가 살려 달라고 내 머리에 고함을 지르고, 폐는 공기를 더 많이 달라고 조르고, 심장은 두 배로 빨리 뛰고 있지만, 내 머리는 그 모든 걸 다 무시해 버린다.

'계속 뛰어. 뛰다 보면 괜찮아질 거야. 계속 뛰어.'

내 머리는 그렇게 말할 뿐이다.

팻슨이 다시 아빠한테 업힌다. 형과 나는 팻슨의 양쪽에서 달리면서 그의 몸무게를 덜어주려고 한다. 팻슨 아빠는 절대 포기하지 않을 것이다. 나는 그의 눈에서 의지를 확인한다. 팻슨 아빠의 눈은 완전히 풀린 상태다—두 눈은 아무것도 보고 있지 않다. 팻슨이 좌절감에 눈물을 흘린다. 팻슨은 우리가 자기 때문에 느려지고 있다는 걸 안다.

"아빠, 날 내버려 둬요. 내버려 둬요."

팻슨이 중얼거리지만, 아빠는 아들의 말을 무시한다. 팻슨 아빠는 아들의 다리를 더 꽉 잡은 채 계속 달린다.

우리는 오르막 꼭대기에 올라서 또 다른 초원을 내려다본다. 멀리 울타리가 줄지어 있는 게 보인다.

"저기가 공원의 끝이야."

레녹스가 그렇게 말한다.

이제 거의 다 온 것이다. 그때 내가 땅에 있는 물체를 발견하고 걸음을 멈춘다.

"레녹스! 저기 봐요!"

나는 내가 발견한 걸 손으로 가리키며 소리를 지른다. 하지만 나는 내 눈으로 본 걸 믿고 싶지 않다.

"쳐다보지 마! 쳐다보지 말라니까. 달려."

레녹스가 소리친다. 그도 그 물체를 본 것이다.

하지만 나는 그걸 쳐다본다. 내가 본 걸 이해할 때까지 시간이 조금 걸린다. 사람의 다리가 보이는데, 몸통은 없다.

내 머리가 그걸 완전히 이해하기도 전에, 내 심장을 멎게 만드는 소리가 들린다. 그건 내 호흡을 멎게 하는 소리고, 내 배 속으로 들어와 모든 고통을 사라지게 하는 소리다. 그리고 이제까지 내가 들은 소리 중에 가장 무서운 소리다.

그토록 소름끼치는 소리를 내는 짐승이 보이지도 않는데 어떻게 소리가 그렇게 가까이 들릴 수 있을까?

짐승이 포효하는 소리를 들으니 내 몸이 반으로 쪼개지는 것 같다. 비명을 지르고 싶은데, 너무 무서워 입이 열리지도 않는다.

"사자다!"

레녹스가 흥분하며 말한다.

나는 그제야 우리를 위협하고 있는 게 뭔지 알아차린다.

형의 바지가 거뭇해진다. 오줌 냄새가 난다. 내 뒤에 있는 남자들이 신음 소리를 낸다. 사자가 으르렁거리는 소리에 우리는 그대로 조각상이 되어 버린다. 아직 아무것도 보지 못했는데도. 그저 사자의 울음소리만 들은 것뿐인데도.

"내 말 잘 들어요. 주의해서 들어요."

레녹스가 속삭인다. 그러면서 소리가 어디서 들리는지 확인하려고 주위를 살핀다.

"아무도 뛰어선 안 돼요. 달아나려고 하면 그걸로 끝이에요."

레녹스의 목소리는 낮지만, 우리가 할 게 그것밖에 없다는 듯 단호하다.

"레녹스의 말을 잘 들어."

나는 형한테 가까스로 속삭인다. 형은 우리를 엄습해 온 무시무시한 소리에 당황해 정신없이 주위를 둘러보고 있다.

"서로 손을 잡아야 해요. 그리고 천천히 걸어 나가야 돼요. 울타리 쪽으로요"

레녹스는 몹시 두려워하면서도 주의를 집중하려고 한다.

나는 레녹스가 원하는 걸 알아차린다. 우리들 가운데 한 명이라도 도망치면 사자가 달려들 것이다. 우리가 함께한다면 빠져나갈 수도 있을 것이다. 다른 사람들도 레녹스의 말을 이해한 것 같다. 이곳에서는 혼자 성공할 가능성이 없다. 우리는 다시 서로의 손을 잡는다. 다 함께 줄을 짓는다. 그리고 천천히 움직여 사자의 울음소리에서 빠져나가기 시작한다. 사자가 한 마리 이상일지도 모른다.

레녹스는 먹잇감을 찾아 포효하는 사자를 피해 우리를 데리고 조심조심 비탈을 내려간다. 지금 내 다리는 날아가고 싶어 안달한다. 내 심장이 두방망이질한다. 내 모든 게 내 머리를 향해 날카로운 비명을 질러 댄다. 살려면 뛰어!

하지만 우리는 걷는다.

이제 우리는 조금 빨리 걷는다. 이제는 천천히 달린다. 레녹스가 우리한테 뛰어도 좋다고 말한다. 레녹스가 아빠 등에 업힌 팻슨을 들어 올린다. 그러고는 자기 가방을 나한테 던지고 팻슨을 어깨 위로 올려 목말을 태우고 달린다.

울타리가 가까워지면서 사자의 울음소리가 등 뒤로 희미하게 사라져 간다. 팻슨 아빠는 등에 업고 있던 아들을 레녹스한테 넘기고 달린다. 형은 내 손을 잡고 달리는데 우리는 바람처럼 빨리 달린다. 우리 다리는 펌프질을 하듯 상하로 움직이고, 우리 몸은 풀밭 위를 휙휙 날아간다.

두 남자는 우리보다 앞서 달린다. 그들이 울타리에 맨 먼저 도착한다. 그길로 그들이 울타리를 올라가기 시작한다.

"안 돼!"

레녹스가 소리친다. 이미 늦은 때다. 철망에서 지지직하면서 탁탁거리는 소리가 나더니, 남자들이 비명을 지르며 땅으로 떨어진다. 감전이 된 것이다.

"그쪽이 아니에요. 나를 따라와요."

레녹스가 말하면서 멍한 상태로 있는 남자들을 일으킨 뒤, 우리를 데리고 철조망이 잘린 곳이 나올 때까지 울타리를 따라 걸어간다. 잠시 후 멀쩡한 것처럼 보이도록 엮어 놓은 철망이 나타나자, 레녹스가 구멍을 열고, 우리는 공원 밖으로 빠져나간다.

우리는 지친 데다 달리지 않아도 된다는 안도감에 천천히 걸어서 울타리 옆의 먼지가 자욱한 길에 이른다.

"여기서 기다려요. 여기는 안전해요. 다른 사람이 와서 여러분을 차에 태우고 갈 거예요. 이제 기다리기만 하면 돼요."

레녹스 말에 두 남자가 서로의 얼굴을 흘긋 본다. 그들은 인적이 끊긴 이곳에서 기다리지 않으려 한다. 그들이 도로를 따라 뛰기 시작한다. 팻슨과 그의 아빠는 너무 지쳐서 아무 데도 가지 못한다. 형도 마찬가지다. 우리는 여기서 기다릴 수밖에 없다.

"아저씨는요?"

내가 레녹스한테 묻자, 공원을 가리킨다.

"돌아가야지."

"고맙습니다. 우리를 남아프리카 공화국으로 데려다 줘서 정말 고맙습니다."

내 인사말에 그가 고개를 끄덕이며 형한테 미소를 보인다.

"하이에나를 쫓아 줘서 고마워."

144

레녹스가 형한테 그렇게 말하고 나서 우리가 왔던 길로 총총걸음을 친다.

우리는 인적이 끊긴 길가에 주저앉는다. 목이 마르다. 너무 목이 말라 목구멍이 아플 정도다.

잠이 든다.

자동차 엔진 소리에 잠에서 깬다.

반짝이는 빛살 너머로 트럭 한 대가 뿌연 먼지를 일으키며 우리 쪽으로 달려오는 게 보인다. 트럭이 우리 옆에 멈춰 선다.

토마토 냄새가 난다.

백인 남자가 창문 밖으로 얼굴을 내민다.

"일자리 구하니?"

팻슨 아빠가 일어난다. 형은 손차양으로 햇살을 가린 채 백인 남자를 쳐다본다.

"일하고 싶으면 트럭 뒤에 타. 아니면 그냥 놔두고 갈 거야."

백인 남자가 엔진 회전 속도를 높이며 말한다.

형과 내가 먼저 트럭에 탄 뒤, 팻슨 아빠가 팻슨을 들어 올리는 걸 도와준다. 형이 나무 상자 위에 앉자 나무에 금이 간다.

"빌어먹을 상자 위엔 앉지 마!"

트럭 운전사가 소리친다.

상자 옆에 라벨이 붙어 있다.

플라잉 토마토 농장

제 2 부
요하네스버그로 오게 된 사연
8개월 후

14
플라잉 토마토 농장

길 위의 빈 깡통을 발로 차자, 공중으로 붕 날아가다가 쨍 소리와 함께 바닥에 떨어진다. 코멜레 마을에서 하는 일요일 축구 시합도 이제 끝이다. 그런 일이 벌어졌으니, 이제 다시는 그곳에 갈 수 없다. 축구를 못 하는 건 아쉽지만, 어른들의 화난 눈길은 보고 싶지 않다.

나는 플라잉 토마토 농장의 정문을 지나가면서 빨간 토마토에 천사 날개가 달린 그림이 그려진 간판을 올려다본다. 농장은 이제 더 이상 천국이 아니다. 8개월 전에 트럭 화물칸에 타고 농장에 도착했을 때는 천국이었지만.

포장 창고 뒤에 있는 내 숙소로 걸어가는데 이런 생각이 머릿속에 불쑥 떠오른다. 코멜레 마을에서 남자들이 나한테 했던 말이 내 마음속에서 빙빙 맴돈다. 그들이 말한 걸 모두 이해할 수는 없지만, 그들의 얼굴에서 보았던 건 확실히 안다. 형하고 내가 그곳에 필요 없다는 거다.

"데오야, 그 사람들이 왜 우리한테 고함을 지른 거니?"

형이 멀찌감치 떨어져서 물어본다. 나는 형 말에 귀를 기울이고 있지 않다. 형은 나하고 나란히 걸으면서, 발을 땅에 질질 끌고 머리를 좌우로 흔들어 댄다.

"난 아무 짓도 안했어. 그 사람들한테 말이야. 그 사람들이 나한테 고함을 질러선 안 돼. 난 그런 게 싫어. 네가 골을 넣어서 난 기뻤어. 늘 그랬듯이. 네가 골을 넣으면 나는 날잖아. 늘."

나는 형한테 아무 대답도 하지 않는다. 오늘 코멜레 마을에서 있었던 일이 다시 생각난다.

우리가 처음 플라잉 토마토 농장에 도착했을 때, 나는 아침마다 꿈을 꾸고 있는 게 아닌지 꼬집어 봐야 했다. 형과 나한테 우리만의 담요와 베개가 있는 침대가 생겼다. 머리 위에는 지붕이 있고, 더 이상 도망치지 않아도 되었다. 또 하루에 두 끼를 먹을 수 있었고, 토마토를 따는 일만 했는데도 월말에는 남아프리카 공화국 돈으로 50랜드를 받았다. 그 돈은 짐바브웨 돈으로 거의 70억 달러에 해당하는 거액이다!

내 평생 그렇게 아름다운 농장은 본 적이 없었다. '비의 여왕 모자지(Modjadji, 남아프리카 공화국의 여왕: 옮긴이)'의 먼 친척뻘이라는 벤저민 할아버지는 내가 농장 구경을 하다가 입을 헤 벌리는 걸 보고 웃었다. 그는 이른바 '농장의 아버지'로, 이 농장에서 평생을 일했다고 했다. 그의 조카인 필라니는 툭하면 형하고 나를 괴롭혔다. 필라니는 형과 내가 뭐든지 입을 헤 벌리고 바라본다고 우리를 '하우 웨 how—whe' 새라고 불렀다.

토마토 밭은 멀리 소우트판스버그 산맥의 기슭을 향해 똑바로 뻗어 있다. 어린 토마토 덤불 위에는 하얀 비닐 텐트를 일렬로 세워 림포포의 뜨거운 햇살을 가렸다. 번쩍이는 트랙터와 경작 기계가 포장 창고에서 토마토 밭까지 난 도로를 오르내렸다. 눈부신 형광등이 켜져 있는 포장 창고에서는 컨베이어 벨트에 빨간 토마토가 굴러다니고, 스무 개의 재빠른 손들이 토마토를 골라 내 상자에 포장했다. 반바지를 입은 백인 남자들은 항상 바쁘게 승용차나 트럭에 뛰다시피 타거나 내리고, 늘 헛기침을 하는 소리처럼 들리는 말로 고함을 지르고 지시를 내렸다. 또 늘 일꾼들을 감시하고, 항상 휴대전화로 통화를 하고 있었다.

처음에는 우리가 도착한 곳이 천국이고 여기보다 나은 생활은 없을 거라고 생각했다. 형하고 나는 매일같이 새벽 6시에 일어나 우리를 토마토 밭으로 싣고 갈 트럭을 기다렸다. 그곳에서 아침나절까지 일했는데, 씨를 뿌릴 준비를 하고, 나뭇잎에 물을 뿌리고, 토마토를 따고, 트럭 화물칸에 실릴 나무틀에 토마토를 채우는 게 우리 일이었다. 아침을 먹고 오후 3시까지 다시 일한 뒤, 농장으로 돌아와서 토마토를 씻고 분류하는 일을 했다. 정각 5시를 알리는 종이 울리면, 그제야 우리는 다시 먹을 수 있었다.

팻슨하고 그 애 아빠가 어떻게 되었는지, 나는 그다지 크게 신경 쓰지 않았다. 감독이 팻슨한테 일자리를 주지 않으려고 하는 이유를 굳이 알고 싶지 않았다. 결국 팻슨 아빠도 농장에서 지낼 수 없게 되었고, 두 사람 다 경찰에 넘겨졌다. 팻슨하고 그 애 아빠한테 작별 인사를 하지 못한 게 나로서는 유감이었다. 그들은 농장에서 이틀을 머물렀고, 사흘째 되는 날 아침에 일어나 보니 두 사람의 침대가 비어 있었다. 경찰이 정문에서 그들을 기다리고 있다가 데리고 갔다는 이야기를 나중에 필라니한테 들었다.

"우리 아저씨도 이 사람들을 위해 일하는 사람이야. 아저씨는 여기서 무슨 일이 벌어지고 있는지 알지만 떠나지 않아."

필라니가 며칠 후에 씁쓸하게 말했다.

"아저씨가 평생 여기 있었다면 이 농장을 떠나고 싶어 할 이유가 없잖아요?"

내가 물었다.

"잠깐만. 림포포 강물이 아직 네 귀때기를 적시고 있어. 공원에서 막 도망친 신선한 고기인 셈이지. 내가 말한 걸 곧 이해하게 될 거야."

필라니가 말했다.

필라니는 농장에서 우스갯소리를 잘한다. 그런데 나는 그가 농담을 하는 건지, 비웃는 건지 잘 구분이 되지 않는다. 내 생각에 필라니하고 아저씨는 사이가 좋지 않은 것 같다. 벤저민 할아버지는 필라니한테 아주 엄격하게 군다. 필라니가 열여덟 살이 되었다고 해서 성인이 된 건 아니라는 말도 한다. 두 사람은 말다툼을 많이 한다. 필라니는 농장에 있고 싶어 하지 않는다. 그래서 늘 농장을 떠날 궁리만 한다.

그동안 농장 생활이 너무 바빠서 팻슨하고 그 애 아빠한테 무슨 일이 벌어졌는지 걱정할 틈이 없었다. 또 모든 노동자들이 만족해하지 않는 이유를 궁금해 할 여유도 없었다. 필라니와 일부 노동자들이 늦은 밤에 내 방 창문 밖에서 잔뜩 화난 목소리로 소곤거리는 이유나, 그들이 농장 감독인 거버 씨를 증오심이 가득한 눈빛으로 바라보는 이유를 알려고도 하지 않았다.

처음에는 그저 행복하기만 해서 다른 생각을 할 틈이 없었다. 형하고 내가 풋내기라는 사실만 걱정했을 뿐이었다. 또 내 입장에서는 형을 계속 지켜봐야만 했다. 특히 농장 주인이 근처에 있을 때는 형한테 다른 사람들처럼 어른 놀이를 잘하도록 시켜야 했다.

"지금부터 이노센트 형하고 데오가 어른인 척하기 작전을 펼치는 거야."

농장에 들어오고 나서 사흘째 되는 날, 나는 형한테 그렇게 말했다. 우리가 계약서에 서명한 다음부터 감독이 형을 주의 깊게 지켜보는 걸 내가 눈치채고 나서였다.

"할 수 있어."

형은 그렇게 말했고, 형이 말한 대로 해냈다. 백인 감독들 가운데 형이 다르다는 걸 눈치챈 사람은 없었다. 그들이 있을 때면 형이 우리가 약속한 '작전'을 여지없이 펼쳤기 때문이다. 우리가 첫 월급을 받는 날 거버 감독이 형한테 50랜드짜리 지폐 한 장을 건네자 형이 이를 드러내고 웃기 전까지는 그랬다.

"나머지 돈은 어디 있어요?"

형이 큰 목소리로 이어 말했다.

"지폐 한 장으로는 내 라디오 건전지를 살 수 없단 말이에요."

나는 재빨리 형 돈을 챙기고, 형을 데리고 가서 이곳의 돈은 짐바브웨 돈과 다르다는 걸 설명했다. 그때 필라니가 들어와서 우리가 아직도 짐바브웨에서처럼 외바퀴 손수레로 하나 가득 돈을 받고 싶어 한다고 농담을 했다. 다들 웃어 대는 바람에 형한테 쏟아졌던 관심이 딴 데로 흩어졌다. 벤저민 할아버지가 나중에 우리가 밥을 먹고 있을 때 찾아왔다. 그는 한동안 아무 말도 없이 포장 창고 벽에 기댄 채로 형을 주시했다.

"누가 누구를 돌보는 거냐?"

마침내 벤저민 할아버지가 물었다.

형은 그를 쳐다보고 어깨를 으쓱한 뒤, 빵조각으로 접시의 고기국물 소스를 찍어 먹었다. 저 백발노인을 믿어도 되는 걸까?

"우리는 서로 돌봐요."

내가 조심스럽게 대답했다.

"그렇구나. 우리 모두 형제의 보호자가 아닌데도?"

벤저민 할아버지가 눈을 반짝이며 말했다. 나는 그 말이 함정인지 아닌지 알 수 없어, 대답하지 않고 그를 쳐다보기만 했다.

"너 몇 살이냐?"

"열일곱 살이에요."

나는 두 살을 더 보태어 재빨리 말했다.

"아니야, 데오야."

느닷없이 형이 끼어들어 재잘거리기 시작했다.

"너하고 나는 열 살 차이가 나. 나는 스물다섯 살이야. 그러니까 데오 너는 딱 열다섯 살이야."

나는 그렇게 말하는 형한테 뭐라고 할 수도 없었다. 그런데 벤저민 할아버지가 형을 보고 웃었다.

"데오야, 나는 겁내지 않아도 된다. 네 형에 관해 아무한테도 말하지 않을 테니까. 이제 이곳에서 안심하고 있어도 되지만, 형이 문제를 일으키지 않게 잘 돌봐야 할 거야. 거버 감독이나 다른 사람들 말도 잘 듣고. 플라잉 토마토 농장보다 더 나쁜 곳이 많아. 열심히 일한다면 이곳에서 잘 지내게 될 게다."

벤저민 할아버지가 그렇게 말했는데 그 말이 맞았다. 우리는 열심히 일했고, 아무 문제도 없었다. 그래서 농장에서 잘 지냈다.

처음에는 벤저민 할아버지의 말을 잘 듣고, 다른 곳에 가지 않고 농장에서만 지내는 게 행복했다. 이런저런 일들을 다 겪고 난 뒤라 나는 한곳에서만 지내고 싶었다. 매일 아침 눈을 뜨면 어디로 가야 할지, 다음에 먹을 게 있을지, 어디서 어떻게 잠을 잘지 걱정하지 않아도 된다는 사실이 너무 좋았다. 매일매일 똑같은 일을 반복하는 게 좋았다.

내가 내 몸에 붙어 다니는 유령처럼 느껴질 때가 있었다. 토마토에 물을 뿌리고, 토마토를 따고, 토마토를 포장하고, 토마토를 먹는 내 모습을 내가 지켜보았다. 엄마와 똥간 할아버지한테 일어난 일을 생각하지 않는 건 쉬웠다. 열심히 일하면 엄마와 할아버지는 가까이 다가서지 않았고, 그들이 내 마음속에 들어설 여유도 없었다. 또 내 목으로 올라오는 덩어리를 억지로 삼키지 않아도 되었다. 밤이 되면 피곤에 지쳐 엄마와 할아버지를 생각하거나 구투에서 벌어진 일을 떠올릴 겨를도 없이 이내 잠에 곯아떨어졌다. 일요일에도 다른 일을 하느라 그런 생각을 할 틈이 없었다.

일요일에는 플라잉 토마토 농장 바로 옆에 있는 코멜레 마을로 가서 아이들과 어울려 축구를 했다.

나는 언제 어디서나 축구장이 있는 걸 알아차렸는데, 플라잉 토마토 농장에 오고 나서 두 번째 주말이 되었을 때 동네 아이들이 축구를 하는 곳을 찾아냈다. 어느 일요일, 나는 큰길을 건너 코멜레 마을로 가서 축구 구경을 했다. 그다음 주 일요일에도 그곳을 찾아갔는데, 아이들이 나한테 같이 공을 차자고 했다. 나는 처음엔 중심이 아닌 가장자리에서 조심스럽게 공을 차며 다른 아이들의 실력을 살폈다.

나는 늘 마지막에 선수로 뽑혔지만, 신경 쓰지 않았다. 어쨌든 경기에 낄 수 있으면 되었다. 나는 그곳 아이들이 나하고 아주 다르게 공을 찬다는 걸 금세 알아차렸다. 무엇보다 축구공이 달라서 경기 진행이 훨씬 빨랐다. 그 아이들의 축구공은 내 10억 달러짜리 축구공—이제는 10억 달러가 아니라 분홍색 50랜드 지폐 16장이 들어 있지만—보다 훨씬 잘 튀었다. 발에서도 빠르게 튀어나가는 바람에 컨트롤하기 힘든 공에 적응해야만 했다. 또 공을 가지고 묘기를 부리는 게 그 아이들 눈에는 무척 대단해 보인다는 사실도 알았다.

매주 일요일마다 시합을 하면서 나는 점점 대담해졌다. 그러다가 두세 골을 넣고, 좋은 패스도 하고, 멋진 묘기도 선보이고, 맨 처음 뽑히는 아이가 되었다.

거기서 더 바랄 게 뭐가 있을까? 일요일마다 축구를 하고, 마음껏 먹고, 잠잘 곳이 있고, 아름다운 농장에서 지내고, 매달 돈을 받고, 구투에서의 기억이 희미해져가고, 형은 즐거워했다. 내가 천국에 있다고 생각한다고 해서 누가 나를 비난할 수 있을까?

하지만 오늘 코멜레 마을에서 벌어진 일 때문에 나는 다시 생각할 수밖에 없었다.

나는 축구를 하고, 형은 사이드라인에서 라디오를 듣고 있었다. 내가 골을 넣기 전까지는 말이다. 그건 특별히 멋진 골이었다. 네 번의 패스를 거쳐 나한테 온 공을 왼발로 멋지게 차자, 공이 커브를 그리며 골키퍼의 손이 미치지 않는 곳으로 들어갔다. 우리 팀 아이들이 내 골을 축하했고, 우리는 텔레비전에서 본 것처럼 셔츠를 들어 올린 채 고함을 지르며 운동장을 뛰어다녔다. 형도 매양 하던 대로 양팔을 활짝 펴고 사이드라인을 따라 뛰면서 "골인!"이라고 외쳤다. 그러다가 형이 구경하러 온 남자들하고 부딪혔는데, 개중 한 남자가 형의 팔을 잡고 세게 밀쳐 버렸다.

"짐바브웨 놈들은 여기서 꺼져! 코멜레에서 뭣들 하는 거야?"

내가 달려가서 그 남자들한테 맞섰다.

"여기서 일요일마다 공을 차요. 왜 우리 형을 미는 거예요?"

"왜냐하면 쟤가 우리 음식을 먹어 치우려고 이곳에 온 짐바브웨 사자니까."

젊은 남자가 형을 가리키며 말했다.

"그리고 우리 일자리도 빼앗아가지."

다른 남자가 말했다. 술에 취한 사람처럼 눈이 벌겋게 충혈된 사람이었다.

"너도 플라잉 토마토 농장에서 일한다는 거 알아. 그 농장 트럭에 탄 걸 봤어. 너는 학교에 다녀야 돼. 어른들 일을 하기에는 나이가 너무 어려."

이번엔 오두막집 밖에 나와 앉아 있던 나이 든 남자가 말했다. 그가 말할 때 다른 사람들이 잠잠해지는 걸로 봐서, 코멜레 마을의 연장자 가운데 한 사람인 듯했다.

다들 너무나 분노에 찬 얼굴들이라, 내가 거기다 대고 달리 뭐라고 할 말이 없었다. 어찌나 증오에 찬 눈으로 형하고 나를 바라보는지 숨이 막힐 지경이었다.

"한 달에 얼마씩 받니?"

눈이 충혈된 남자가 물었다.

"50랜드요."

내가 뒷걸음질 치며 대답했다.

"우리 같으면 한 달에 50랜드로는 먹고살기도 힘들어. 하지만 너희처럼 굶주린 사자들은 돈이 뭔지 모르지. 더 나은 삶도 모르니까 그렇게 조금 받고도 너희들은 만족하는 거야."

젊은 남자가 씁쓸하게 말했다.

"데오야, 가자."

형이 내 뒤에서 말했다.

"당장 여기서 나가!"

코멜레 마을의 연장자인 남자가 그렇게 말한 뒤, 가만히 서서 지켜보던 그 마을 아이들한테로 고개를 돌렸다.

"얘들이 코멜레 마을에 다시 와서 공을 차면 너희들도 더 이상 축구를 못 하게 될 게다. 우리 마을에 크웨레크웨레는 필요 없어."

마을의 연장자가 말했다.

"다시 나타나면 그땐 이 주먹맛을 봐야 할 거다."

젊은 남자가 형한테 주먹을 휘두르며 말했다. 형이 황급히 뒷걸음질 치면서 손을 들어 사과의 표시를 했다. 운동장에 있던 아이들은 우리를 쳐다보지 않으려고 했다. 아이들 가운데 한 명이 축구공을 집어 들고 그 자리를 떠났다. 시합은 끝났다.

다음 주 일요일에는 공을 차러 오지 못할 것이다.

'크웨레크웨레.'

처음 들어 보는 말이었다.

나는 코멜레 마을을 걸어 나오면서, 그 작은 마을을 새삼스레 바라보았다.

그곳은 플라잉 토마토 농장하고 많이 달랐다. 풍차는 고장 나고, 집에는 페인트칠이 되어 있지 않고, 땅은 경작되지 않았다. 흙을 갈아엎는 트랙터도 보이지 않았다. 대신 마을 남자들은 쟁기를 썼다.

큰길 맞은편은 모든 게 바삐 움직이는데, 코멜레 마을에는 활기가 없었다. 남자들은 오두막집 앞에서 빈둥거리며 시간을 보내고, 여자들만 집안일을 하느라 바빴다. 또 그 마을에는 컨베이어 벨트도, 형광등도, 지붕 높이의 채소 상자도 없었다.

플라잉 토마토 농장에는 그 마을 남자들이 일할 자리가 없었던 걸까? 한 달에 50랜드라도 버는 게 한 푼도 벌지 않는 것보다 더 낫지 않을까?

그나저나 그 '크웨레크웨레'라는 게 무슨 뜻이었을까?

15
거래

플라잉 토마토 농장의 일요일은 조용하다.

포장 창고는 텅 비어 있다. 도로는 한산하다. 밭에는 아무도 없다. 형과 나는 다른 때보다 일찍 돌아왔다. 할 일이 없어서 나는 방구석의 침대로 가서 베개 밑에 있는 축구공을 꺼낸다. 내 축구공은 이제 팬케이크처럼 납작하다.

형은 세면대로 가서 손을 씻는다. 손톱 밑을 파내고 손바닥을 북북 문지른다. 손을 말린 뒤 형은 매트리스 다리 밑에 넣어 둔 빅스 상자를 꺼낸다. 형은 내가 다시 생각에 잠겨 있다는 걸 알기에 잠자코 나를 지켜보기만 한다.

그러는 동안 나는 실을 풀어 50랜드짜리 지폐 16장을 꺼낸다.

그 지폐 열여섯 장을 베개 위에 한 장씩 펼쳐 놓는다.

"돈을 그렇게 아무렇게나 꺼내 놓으면 안 돼. 간수를 잘해야 할 거야. 농장에는 탐욕스러운 눈이 많거든."

필라니가 열린 문에 기대선 채 돈을 빤히 쳐다보고 있다. 나는 얼른 돈을 긁어모아 베개 밑에 쑤셔 넣는다.

"오늘 코멜레 마을에서 있었던 일 들었어."

필라니가 내 방으로 들어서며 말한다. 그는 내 침대 아래쪽에 구부정하게 앉아 형한테 윙크를 하고는 벽에 등을 기댄다.

"다른 곳을 찾아 봐야 할 것 같은데. 여기서 8킬로미터 떨어진 언덕 너머에 운동장이 있기는 해. 하지만 축구 시합이나 하자고 걸어가기엔 너무 멀지."

"그런 애들하고는 축구 안 해도 돼요."

내가 바보스럽게 말한다.

"그 사람들이 네 형을 아프게 했구나."

필라니가 고개를 끄덕이며 말한다.

"나는 그 사람들한테 아무 짓도 안 했어. 그들이 나한테 고함을 쳐서는 안 돼. 그건 이노센트 잘못이 아니야. 조금도 아니야."

형이 슬프게 말한다.

나는 필라니한테 할 말이 없지만, 그의 말이 옳다. 그들이 형을 위협했고, 나는 다시는 그곳에 가지 않을 것이다.

"그 사람들이 왜 우리를 미워하지?"

형이 묻는다.

"이노센트 네가 그 사람들의 일자리를 빼앗아 갔으니까. 짐바 브웨 사람들이 강을 건너오기 전까지는 코멜레 지역 사람들이 플라잉 토마토 농장에서 일했어. 그때는 거버 감독이 그들한테 월급으로 400랜드씩 줬지."

"그게 큰돈이야?"

형이 묻는다.

"그랬는데 짐바브웨 사람들이 공원에 나타나서 거버 씨의 토 마토를 훔쳐 먹었어. 거버 씨는 그들을 잡아 경찰에 넘기고, 경찰 은 그들을 국경 밖으로 내쫓았지. 그런데 그때 거버 씨한테 묘책 이 떠올랐건 거야. 거버 씨는 그들을 잡아 농장으로 데려와서 둘 중 하나를 선택하라고 했어. 자기 밑에서 일을 하든가, 아니면 경 찰에 체포되든가. 새로운 나라에 오면 그곳 사정을 전혀 모르는 법이지. 도와줄 친구도, 가족도 없으니까. 그런 상황에서 음식을 주고, 잠자리를 제공하고, 돈을 준다는데, 일하지 않을 사람이 어 디 있겠니?"

"그 사람들이 우리 보고 크웨레크웨레라고 했어요. 그게 무슨 뜻이에요?"

내가 묻는다.

"외국인. 이방인. 이 나라에 속하지 않는 타인."

그게 바로 나다. 이 나라에서 나는 외국인이다. 나는 다른 나라 에서 왔고 이 나라 사람이 아니다. 나는 그런 말이 있는 줄은 꿈 에도 몰랐다.

"너 혼자만 그런 게 아니야. 남아프리카 공화국에 일자리를 얻으러 온 사람이 수천 명이나 돼. 그래서 코멜레 지역민들한테 곤란한 문제가 된 거야. 코멜레 지역민들은 하루아침에 일자리를 잃고, 강을 건너온 사람들이 자기들이 먹던 음식을 빼앗아 먹고 자기들이 받던 돈을 가져가는 걸 지켜봐야만 했어. 몹시 화가 날 수밖에 없지. 코멜레 지역민들을 비난할 수는 없어."

"나라도 화가 났을 거예요. 그렇다면 여기서 일하는 사람들이 자신들을 불행하다고 하는 건 왜 그런 거예요?"

"아, 그야 간단하지. 여기서 일하는 사람들은 선택의 여지가 없으니까. 여기 온 사람들은 플라잉 토마토 농장의 노예가 되었거든. 월급이 적다고 불평하는 사람이 있으면, 거버 씨는 그 사람들을 바로 남아프리카 공화국 경찰한테 넘길 거야. 그러면 경찰은 그들을 경찰차에 태워 강 건너편으로 데려가지. 강을 건너 다시 돌아가고 싶어 하는 사람은 아무도 없어. 그래서 다들 잠자코 있는 거야. 그들이 죽도록 일하고 쥐꼬리만큼 월급을 받는 반면에, 코멜레 지역민들은 일자리를 잃고 돈도 못 받는 거지."

"그래서 거버 감독이 월급을 자기 마음대로 주는 거군요. 50센트만 줘도, 우리는 감지덕지할 테니까요."

그제야 나는 왜 사람들이 한밤중에 화가 나서 속삭였는지 알게 된다.

"조시(Jozi, 남아프리카 공화국 동쪽에 있는 큰 도시인 요하네스버그의 속어: 옮긴이)에서 지내는 게 이 감옥 같은 곳에서 일하는 것보다 훨씬 낫지. 조시에 자동차 수리를 하는 친구가 있어. 내가 거기서 일할 때, 그 친구가 월급으로 1,000랜드씩 줬지."

"한 달에 1,000랜드라고요! 너무 어마어마한 액수예요."

필라니가 나를 보고 웃는다.

"맞아, 큰돈이야. 그리고 내가 부탁만 하면, 너와 네 형한테도 일자리를 줄 거야. 두 사람의 거처를 마련하기 전까지 나와 지내면 되고."

필라니가 어찌나 상냥하고 빠르게 말하는지, 그가 하는 말을 쉽게 믿게 된다.

"조시에는 네가 한 번도 본 적이 없는 것들이 많아. 이 농장에 처박혀 있는 것보다 백배는 나을 거야. 내가 너희들을 데려가 줄게. 그러자면 네가 내 택시비까지 대 줘야 돼. 우리가 일을 시작하면 택시비는 바로 갚을게. 아저씨가 나한테 돈을 주지 않아서 그래."

이제 진심이 밝혀진다. 필라니는 돈이 없어 플라잉 토마토 농장을 떠나지 못하는 것이다. 그게 필라니의 거래다. 우리를 요하네스버그로 데려가 일자리와 잠자리를 마련해 주는 대신 그의 택시비를 내달라는 것이다. 공평한 거래처럼 보인다.

"택시비가 얼마인데요?"

내가 묻는다.

"무시나에서 조시 기차역까지 가는 편도 요금이 100랜드야."

나는 재빨리 계산한다. 우리 세 사람이 요하네스버그까지 가는

데 300랜드가 드니까, 남은 500랜드로 형하고 내가 지낼 수 있을 것이다. 500랜드는 짐바브웨 달러로 수십억에 해당하는 금액이다. 그곳에 가더라도 적어도 6개월 동안은 생활하는 데 아무 문제가 없을 것이다.

형이 빅스 상자에서 아빠 사진을 꺼내면서 나지막이 말한다.

"0 2 1 6 5 8 3 2 1 4."

"알았어, 형. 지금 그 번호를 말하는 거지?"

"0 2 1 6 5 8 3 2 1 4."

다시 한 번 숫자를 말하고 나서 형이 나를 보고 씩 웃는다. 형이 나를 필라니와의 대화에서 빠져나오게 해 줘서 다행이다.

"그래서?"

"아빠가 있는 곳이야."

형이 사진을 가리키면서 말한다.

"리무벌즈 트럭의 전화번호야. 아빠가 일하는 데야. 데오야, 우리 아빠 찾으러 갈 거지? 그렇지?"

형이 몸을 숙여 나한테 사진을 건넨다.

나는 형이 말한 대로 아빠를 찾을 생각은 한 번도 해 보지 않았다. 아빠가 우리를 보고 싶었다면 아주 오래전에 구투로 돌아왔을 테니까. 그런데 남아프리카 공화국에서 기적적으로 아빠를 만나게 되면 어떻게 하지? 아빠가 우리를 만나 반가워하면? 아빠하고 같이 지낼 수 있을까? 아빠한테 집이 있겠지? 내가 형을 돌볼 줄 아니까, 아빠는 형 걱정을 안 해도 될 거다. 우리가 생활하는 데 돈도 많이 들지 않을 거고, 나는 다시 학교에 다닐 수 있을 거고, 함께 모여 살 수 있을 것이다. 나는 사진 속의 아빠를 바라본다. 아빠가 행복해 보여서 짐바브웨 가족과 함께 지내고 싶어 하는 것 같지만…….

"이곳을 떠날 때가 되었어."

내가 찾아주기만을 바라며 그늘에서 확신 없이 기다리고 있는 결정을, 마침내 내린다.

"그래. 잘 생각했어. 무시나로 가서 택시를 타고 조시로 가는 거야. 이 근처에서 서성거리다가는 경찰에 발견되어 체포되고, 짐바브웨로 추방될 거야. 도시로 나가야 돼."

요하네스버그. 조시. 들어 본 적이 있는 곳이다. 모든 사람들이 조시로 가는 이야기를 하니까. 일자리가 넘쳐나고 돈이 넘쳐난다는 곳이니까.

우리가 구투를 떠나지 않았다면, 그린 봄바스한테서 도망치지 않았다면, 림포포 강을 건너지 않았다면, 구마구마의 손아귀에서 벗어나지 못했다면, 공원을 지나 이 농장까지 오게 되지 않았을 것이다.

"필라니, 우리가 조시로 갈 수 있게 도와줄 거죠?"

16
요하네스버그

형과 필라니와 나는 택시를 타고 도망쳤다. 요하네스버그로
가는 다른 열세 명의 남자들과 여자들 사이에 끼어서.

무시나 시내에서 내리자, 필라니는 우리를 데리고 '1+1' 행사
를 하는, 근사한 옷들이 즐비한 PEP가게로 들어간다.

"조시로 가려면 폼 나게 입어 줄 필요가 있어. 그 옷들은 벗어
던지고 마음에 드는 걸로 사 입어."

품질도 뛰어나고 모양도 가지각색인 옷을 보고 놀라서 눈이 휘
둥그레지는 우리를 보고 필라니가 말한다.

"한 개는 공짜라고?"

형이 티셔츠를 앞으로 내밀며 물어본다.

"그래, 얘들아, 여기는 그런 식이야. 한 개 값에 두 개를 살 수 있는 거지."

우리는 새 셔츠를 사고 바지하고 신발도 산다. 나는 낡은 옷을 그 자리에서 벗어 버린다. 필라니가 우리를 보고 웃는다. 우리가 옷을 산더미처럼 들고 탈의실을 들락거릴 때 필라니가 점원한테 곁눈질한다.

"이제 너희들도 조시로 갈 준비가 된 거야."

우리가 옷 가방을 흔들며 가게를 나설 때 필라니가 한 말이다.

소우트판스버그 산맥은 잊힌다. 줄지어 늘어선 빨간 토마토도 잊힌다. 코멜레 마을의 아이들도 잊힌다. 시골 따위는 쌩하고 지나고 버린다고 필라니가 쉬지 않고 떠들어 댄다. 형하고 나는 그때까지는 상상도 못 했던 것들을 구경하느라 얼이 빠져 정신이 없다. 넓고 넓은 도로는 5차선이나 되는 데다 번쩍번쩍하는 고급 차들로 가득하다. 하늘에 불빛으로 도로가 나 있다. 2차선의 긴 터널이 산을 관통하고 있다.

루이스 트리카트라는 다음 정거장에서, 필라니는 우리를 시끄러운 음악이 흘러나오는 가게로 데려간다. 너무나 깨끗한 가게 선반에 사탕, 초콜릿, 땅콩, 껌 등이 가득가득 쌓여 있다. 커다란 흰 빵은 내가 짐바브웨에서 먹던 것보다 두 배나 크다. 우리는 가게 안에 있는 여자들이 구투의 여자들은 입어 본 적이 없는 현대적인 옷을 입고, 남자들처럼 맥주를 마시고 담배를 피우면서 큰 소리로 이야기하고 있는 모습을 넋을 잃고 바라본다.

"남아프리카 공화국에서는 모든 게 가능하지. 하루아침에 거지가 될 수도 있고, 천만장자가 될 수도 있어. 저것 봐. 토요일의 로또 당첨금이 천만 랜드야. 천만 랜드라고!"

필라니가 그렇게 말한 뒤 우리한테 로또에 어떻게 응모하는지 알려 준다.

필라니 말은 사실이다. 게시판에 토요일에 당첨되면 천만 랜드를 받을 수 있다고 쓰여 있다. 그 돈이 짐바브웨 달러로 얼마나 되는지 나로서는 계산할 수도 없는 금액이다.

"숫자 여섯 개를 골라 봐, 이노센트. 그럼 백만장자가 될 수 있어. 칸을 채우고, 20랜드를 낸 뒤, 토요일 밤의 추첨을 기다리는 거야. 네 이마에 '행운'이라고 박혀 있어. 나한테는 다 보여. 데오야, 20랜드 더 줘 봐. 너도 응모할 수 있어. 야아, 우리 셋 다 응모해야 하는 거 아니야? 그럼 당첨 확률도 세 배가 되잖아. 20랜드 더 줘 봐. 나도 해 보게. 내가 이 복권을 모두 보관하고 있을게. 세 장 가운데 한 장이 당첨되면 우리 셋이서 나누는 거야. 끝내주지? 끝내주는군."

그게 필라니의 새로운 거래다. 필라니는 자기가 뭘 하고 있는지 잘 알고 있다는 듯이 말한다. 나는 필라니한테 60랜드를 주고 내 번호를 고른다. 그리고 숫자가 기계에 입력되는 걸 지켜본다.

"이번 주말이면 우리 모두 백만장자가 될 거야."

필라니가 복권에 뽀뽀를 한 뒤 호주머니에 집어넣는다.

나한테도 아주 그럴듯한 거래로 보인다.

모코파네에서는 필라니가 손가락으로 빨아 먹는 통닭과 환타 그레이프를 주문하는 법을 알려 준다.

"먹고 싶은 걸 주문해, 이노센트. 저 사진을 봐. 배가 꼬르륵거리지 않니? 세상 물정에 밝으면 닭고기 두 조각과 튀김, 시원한 음료수를 마시게 되는 거야. 데오, 너는 뭐 먹을래?"

너무나 쉬워 믿기지가 않는다. 사진은 보고만 있어도 음식 맛이 느껴질 정도로 진짜처럼 보인다. 계산대 뒤의 남자와 여자들이 멋진 제복 차림으로 요리하고, 포장하고, 판매하느라 바쁘다. 사람들이 줄을 서서 주문을 하고, 잠시 후에 닭고기와 감자튀김이 든 갈색 종이봉투를 들고 가게를 나선다. 필라니가 그걸 "패스트푸드"라고 부르는데, 그 이유를 알 것 같다.

"데오야, 44랜드야. 50랜드짜리 지폐를 줘 봐. 그걸로 충분할 거야. 은화는 없어도 돼. 동전은 값어치가 얼마 안 되거든. 이봐, 정말 싸지? 농장의 토마토보다 훨씬 낫다니까."

필라니의 말이 맞다. 음식은 정말 맛있다. 이렇게 맛있는 음식은 먹어 본 적이 없다. 형이 손가락을 빨면서 씩 웃는다.

"간판에 있는 말하고 똑같아. 진짜 손가락으로 빨아 먹는 닭고기야. 데오야, 더 먹어도 돼?"

나는 세상 물정에 밝은 거래로 닭고기를 세 상자를 더 사서 나

뭐 먹는다. 지금까지 내가 먹어 본 것 가운데 최고다.

 도로에서 몇 시간을 보낸 뒤, 배가 부르고 한꺼번에 너무 많은 걸 봐서 눈이 피곤해, 나도 모르게 택시에서 잠이 든다. 형은 무릎 위에 빅스 상자를 느슨하게 올려놓고 창문에 기댄 채 가늘게 코를 곤다. 나는 형 어깨에 머리를 기댄 채 금방 잠이 들어 꿈까지 꾼다.

 택시가 울퉁불퉁한 도로를 덜커덩거리며 지나갈 때 잠깐 깨어 '웜바스 WARMBATHS 10킬로미터' 라는 간판이 반짝이는 걸 본다.

 웜바스. 멋진 곳 같다. 더운 물로 목욕하고 싶다는 생각이 들게 하는 곳이다. 다시 잠이 들려는데, 내 뒷자리에 앉은 승객들이 두런두런 말하는 소리가 들린다.

 "우린 이런 사람들하고는 거래할 수 없어. 오늘은 자기를 압둘이라고 했다가, 내일이면 모하메드라고 하니까."

 "무슨 말인지 알겠어. 소말리족은 아랍사람이면서 이슬람교를 믿는 사람들이야. 그 나라들은 돈이 많아. 그리고 그들은 자기 동포만 돕지."

 "반면에 우리 조국은 우리를 하나도 도와주지 않고."

 "소말리족을 수용소에 집어넣었다가 자기들 나라로 돌려보내야 돼."

 "이런 피난민들은 너무 많은 문제를 일으켜."

"골칫거리지."

나는 다시 꿈을 꾸고, 승객들의 목소리는 멀어져 간다.

눈이 부셔 떠 보니, 고층 유리 건물이 하늘을 찌를 듯이 서 있다. 불빛이 어찌나 현란하게 쉬지 않고 깜박이는지, 끝도 없이 이어지는 불빛 행렬에 어질어질 현기증이 날 정도다. 우리는 택시에서 뛰어 내려 대낮처럼 밝은 밤 풍경을 둘러본다.

빽빽하게 들어선 고층 건물들이 풀과 나무를 먹어 치우고, 수많은 사람들이 이리저리 다니면서 떠들고, 소리치고 있다.

요하네스버그.

어느 곳을 먼저 구경해야 할지 모르겠다. 도시가 나를 에워싸고 있는데 시끄럽고, 번쩍번쩍하고, 압도적이다. 넬슨 만델라 다리 옆에 커다란 축구 경기장이 있다. 내가 본 것 가운데 가장 큰 경기장이다.

"저게 뭐예요?"

내가 필라니한테 물어본다.

"월드컵 축구 몰라? 세계 각국 팀들이 이곳에서 경기를 하게 될 거야."

물론 나도 월드컵이 뭔지는 안다. 하지만 그게 여기 남아프리카 공화국에서 열리는 줄은 몰랐다.

형은 내 손을 꼭 잡고, 왼쪽 검지로 귀를 틀어막고 있다.

"데오야, 폭풍이 몰려오고 있어."

형이 말하면서 머리를 흔드는데, 벌레가 형 머릿속을 휘젓고 있는 것 같다.

"폭풍이 몰려오고 있어. 나는 느낄 수 있어."

형은 때로 그런 능력을 발휘한다. 형은 날씨가 바뀌는 걸 느낀
다. 폭풍이 몰려오기 며칠 전에 우리한테 알려 준다. 똥간 할아버
지는 형이 우리 집 기상 위성이고, 라디오 기상 예보보다 더 믿을
만하다고 했었다. 형은 손가락으로 귀를 틀어막은 채 괴로운 표
정으로 서성거린다.

"내 옆에 바짝 붙어 있어. 필라니가 우리를 자기 집으로 데려
갈 거야. 폭풍 걱정은 하지 마."

내가 형한테 속삭인다.

필라니한테 무슨 문제가 있는 게 틀림없다. 뭔지 모르지만 초
조해하고 있다. 이제는 말수도 확연히 줄고, 그를 따라 다음 택시
정류장으로 가는 우리를 흘낏 돌아본다.

"알렉산드라로 가는 택시를 또 타야 돼."

필라니가 말하면서 돈을 더 달라고 손을 내민다. 나는 너무 지
쳐 물어볼 기운도 없어 지폐를 몇 장 건넨다.

우리는 다른 택시에 올라탄다. 택시가 속력을 높여 어둠 속을
질주하자 아무도 말이 없다. 택시 운전사는 다급해 보인다. 그는
빨간 신호등에서도 멈추지 않고, 택시 안의 다른 승객들이 고함
을 지르자 자기도 맞받아 소리친다. 그는 앞에 가는 차들을 향해
마구 경적을 울리고 신경질적으로 전조등을 밝힌다. 화가 난 것
처럼 보이더니, 코너에서 앞차를 추월해 버린다. 나는 커다란 트

럭이 우리를 덮치는 걸 보고 싶지 않아 눈을 질끈 감는다. 승객들
이 운전사한테 소리치는데도 그는 일언반구 대꾸도 없이 택시를
더 빨리 몬다.

형은 뒤쪽 구석자리에서 눈을 감은 채 손가락으로 귀를 막고
있다.

"너희 형 왜 그러니?"

우리가 택시에서 내려 알렉산드라의 어두운 거리를 따라 걸을
때 필라니가 물어본다.

"아무것도 아니에요. 좀 무서웠나 봐요. 괜찮아질 거예요."

나는 따닥따닥 붙어 있는 판잣집과 오두막집들을 빤히 보면서
말한다. 이제 우리는 도로를 벗어나 좁은 골목길을 따라 걷는다.
필라니를 따라 알렉산드라는 흑인 구역의 중심부를 지나간다.
필라니가 걸음을 재촉한다. 그는 가끔 고개를 돌려 우리가 따라
가고 있는지 확인한다.

총소리가 터져 내가 깜짝 놀란다. 비명 소리와 성난 목소리가
그 뒤를 잇는다.

"얼른 와."

필라니가 말한 뒤 달리기 시작한다. 그를 따라가기가 힘들다.
필라니가 우리한테서 도망치려고 하는 것 같다. 판잣집의 대문
은 모두 닫혀 있다. 호기심 가득한 얼굴들만 창문 밖으로 모습을
보인다.

필라니는 이제 초조한 것 이상이다. 흥분을 하다가 나중에는

174

화를 낸다. 필라니가 골목 끝에 두 개의 오두막집 사이에 있는 작은 판잣집 앞에 멈춰 선다. 판잣집 안쪽에 불빛이 보이고, 사람들이 서성거리고 있다. 필라니가 우리를 보고 머뭇머뭇하다가 오두막으로 몸을 돌린다.

"여기서 기다려."

필라니가 명령하듯 말한 뒤 누군가를 부른다. 문이 열리고 한 남자가 나오더니 필라니를 쓱 째려보다가 손바닥으로 뺨을 후려친다. 그 동작이 어찌나 갑자기 벌어졌는지, 내 눈으로 직접 보고도 믿지 못할 정도다.

필라니가 뺨을 어루만지며 울면서 뒷걸음질한다. 그러고는 형과 나를 가리키며 내가 이해할 수 없는 말을 쏟아낸다. 그러자 그 남자가 집 밖으로 나와 우리를 노려본다.

일이 잘 안 풀리고 있다. 형이 슬그머니 내 뒤로 와서 내 손을 찾는다. 그 남자는 불만이 가득한 표정이다. 나는 그 남자의 못마땅한 표정이 영 마음에 들지 않는다.

"이리 와."

그 남자 말에 내가 앞으로 걸어 나간다.

'내 뺨도 때리는 게 아닐까?'

"필라니 말이 네가 무시나에서 여기까지 오는 차비를 냈다고 하는데 맞니?"

나는 고개를 끄덕인다. 필라니는 판잣집 안으로 사라져 버렸고, 안에서는 "누가 왔는지 봐!", "필라니가 돌아왔어." 하는 소리로 시끌시끌하다.

"하룻밤 묵을 곳이 필요하다고?

"제 생각에는…….

나는 말을 채 마무리하지 못한다.

"저기 뒤쪽에 가서 자. 하지만 내일 내가 일어나기 전에 꺼져야
돼. 우리는 더 이상 피난민을 받아 줄 수 없어. 알겠니?"

나는 다시 고개를 끄덕인다. 화가 난 데다 몸집까지 큰 이 남자
한테 무슨 말을 더 할 수 있을까?

필라니하고 이야기하고 싶은데, 그는 집 안에 들어가 있다. 그
남자가 형과 나를 뒤쪽으로 데려간다. 그가 작은 차고로 가서 문
을 열고 불을 켠다. 차고에는 자동차 부품, 전지, 배기관 들이 가
득하다. 구석에는 타이어들이 한 줄로 쌓여 있다.

"아무것도 만지지 마. 그랬다가는 작살날 테니까."

남자는 그 말만 하고 문을 닫아 버린다. 그가 맹꽁이자물쇠를
잠그는 소리가 들린다. 형과 나는 졸지에 그의 차고에 갇힌 죄수
꼴이 되고 만다.

형은 무척 속상한 것 같다. 금방이라도 울음을 터뜨릴 것 같은
얼굴이다. 형은 손가락으로 오른쪽 귀를 꽉 틀어막는다.

"플라잉 토마토 농장으로 돌아가고 싶어. 우리가 왜 여기 있어
야 하는 건데?"

형이 말한다.

나는 형 목소리에 담긴 비난을 견디지 못한다.

"내가 이럴 계획이었다고 생각해? 이럴 거라고 누가 예상이나 했겠냐고? 필라니가 우리가 잘 곳을 마련해 준다고 했단 말이야. 그게 차고 바닥일 줄은 나도 몰랐어."

나는 화를 내면서 아무렇게나 놓인 타이어를 걸어찬다.

"그런데 데오야, 잠은 어디서 잘 건데? 플라잉 토마토 농장에 서는……."

"형, 우리는 지금 농장에 있는 게 아니야. 조시에 있다고."

형이 처음으로 나를 올려다본다.

"그런데 데오야, 나는 이곳이 마음에 안 들어. 여기 사람들은 너무 불친절해. 사람들이 다른 언어로 말해. 나를 우습다는 듯이 쳐다보고."

"그거야 형이 우스우니까 그렇지!"

나는 형한테 마구 고함을 지른다.

"형은 손가락으로 귀를 막고 다니잖아. 그 시시한 시리얼 상자를 끼고 말이야. 말도 아기처럼 하잖아. 보고도 모르겠어? 그래서 사람들이 자꾸 형을 쳐다보는 거야. 형은 우습게 보여. 우스운 사람이라고!"

내가 내뱉은 말의 파편은 바위보다 단단하고, 못보다 날카롭다. 형이 얻어맞기라도 한 것처럼 고개를 푹 숙인다. 형은 나를 쳐다보지 않고 고개를 저으면서 차고의 구석진 저편으로 재빨리 걸어간다. 형 발이 고철에 걸려 바닥에 쓰러진다. 형이 빅스 상자를 놓치는 바람에 보물들이 쏟아진다.

나는 형이 일어나는 걸 도와주고 싶지만 그러지 않는다.

형은 손가락 한 개로 귀를 막은 채 잡동사니들을 집어 함석 상자에 조심스럽게 넣는다.

형이 흐느낀다.

"그건 이노센트 잘못이 아니야. 너는 의사하고 말해야 돼. 의사가 잠이 든 건 내 잘못이 아니야."

형이 울음을 참으며 말한다.

형은 빅스 상자 뚜껑을 닫고 타이어가 쌓여 있는 곳으로 걸어가서 나를 등지고 앉는다.

"의사가 실수한 거야. 의사 잘못이야. 이노센트 잘못이 아니야. 나한테 큰소리치는 건 옳지 않아. 엄마도 그러는 걸 좋아하지 않아. 똥간 할아버지한테 말하면 너한테 화를 내실 거야. 나는 너한테 아무 짓도 안 했어."

나는 화가 나서 소리를 지르려다가 애써 참는다. 사람들이 나를 바라보는 시선 때문에 애먼 형한테 고함을 질렀던 것이다.

나는 요하네스버그에 도착했을 때 겁이 났다. 택시 안에서도 겁이 났고, 흑인 구역을 지나 필라니 집으로 달려올 때도, 남자가 문간에서 필라니의 뺨을 때렸을 때도 너무 겁이 났다. 지금도 겁나고 무서워서 아무 잘못도 없는 형한테 소리친 것이다.

갑자기 피곤이 몰려온다. 자고 싶다. 나는 타이어 더미에서 타이어를 몇 개 꺼내 침대 모양으로 가지런히 늘어놓는다. 그리고 축구공에 옷을 집어넣어 베개를 만든다. 형은 나를 못 본 체한다.

나는 타이어 위에 누워 머리에 축구 베개를 받치고 천장을 응시한다.

"0 2 1 8 5 6 1 2 4 2."

내가 나지막이 말한다.

"아니야. 이게 아니야."

나는 다른 일련번호를 외워 본다.

"아니야. 이것도 아니야. 얼마나 멍청하면 그렇게 중요한 번호를 까먹을 수 있을까?"

나는 또 다른 일련번호를 큰 소리로 말한 뒤 형을 흘낏 본다. 형이 듣고 있다는 걸 알고 있다.

"소용없어. 이런 쪽으로는 정말 머리가 나빠. 번호도 외우지 못하는데 어떻게 아빠를 찾을 수 있겠어? 나는 바보야. 잊어먹기 전에 번호를 적어 놓았어야 하는 건데. 그 번호를 기억할 정도로 똑똑했어야 하는 건데. 이젠 아빠한테 전화를 걸 수 없어. 그 번호를 기억할 수만 있다면."

나는 자책하듯 말한다.

"0 2 1 6 5 8 3 2 1 4."

형이 나지막하게 말한다.

"데오야, 어렵지 않아. 숫자들이 너한테 말을 하게 시키기만 하면 돼. 그러면 녀석들이 네 머릿속에서 알아서 정리될 거야. 그렇게 힘들게 애쓰지 않아도 된다고."

"알았어. 그럼 형이 내 옆에 누워서 어떻게 하는 건지 가르쳐 줘."

내가 말한다.

형이 일어나 내 옆으로 온다.

형이 아빠 직장의 전화번호를 다시 말해 준다.

"이제 네가 말하면서 번호들한테 귀를 기울여 봐."

나는 그 번호를 하나하나 정확히 말한다.

"거 봐, 데오야, 너는 바보가 아니야."

"고마워, 형. 형도 우습지 않아."

"알아. 하지만 너는 우스워."

형이 말한다. 형 말에 농담이 섞여 있다.

"우리는 음식과 잠자리를 주고 매달 돈을 주는 곳에 있었는데, 내 동생은 그곳에 있고 싶어 하지 않았다. 정말 웃긴다."

"형 말이 맞아. 우스운 건 나야. 형이 아니라."

내가 웃으면서 말한다.

"좋아. 네가 우스운 아이고, 나는 아니야. 이노센트는 우습지 않아."

형은 이제 내가 화가 나서 내뱉은 말은 다 잊은 듯 행복해 보인다. 우리는 평화롭게 잠이 든다.

아침이 되자 남자가 문을 따고 들어와서 퉁명스럽고 불친절한 목소리로 얼른 우리 짐을 챙겨 이곳에서 나가고 두 번 다시 얼씬도 하지 말라는 말에 잠이 확 깬다.

17
알렉산드라 흑인 구역

폭풍은 일주일 후에 몰려왔다.

우리는 젖지 않으려고 애쓰지만, 조약돌만 한 빗방울을 피할 곳이 없다. 결국 우리는 다리 밑에서 모닥불을 피우고 있는 모잠비크와 소말리아에서 온 사람들 틈에 낀다. 폭풍이 치면서 우리 주변의 하늘이 번개 때문에 환해진다. 우리는 불타는 모닥불 옆으로 몸을 옹송그리고 모여든다. 이런 천둥이나 번개는 난생처음이다. 하늘의 댐이 터진 듯이 비가 쏟아진다. 형은 손가락으로 귀를 틀어막은 채 다리 밑의 한구석에 웅크리고 있다. 형은 너무 두려워 모닥불 가에 앉으려고 하지도 않는다. 형한테는 폭풍이 멎을 때까지 형이 할 수 있는 방법을 하고 기다리라고 하는 게 최선이다.

나는 모닥불에 가까이 서서, 발을 구르며 손을 앞으로 뻗은 채, 남자들 이야기에 귀를 기울이고 있다. 그들은 몇몇 친구들이 받았다는 편지에 관해 의견을 나누고 있다.

"경찰서로 가야 돼!"

한 남자가 화를 내며 말한다.

"바보처럼 굴지 마. 경찰이라고 우리를 도와주지 않아."

"그들이 우리한테 가게 문을 닫으라, 마라 할 수 없는 거잖아. 이 편지를 쓴 작자가 누구야?"

"개인 이름은 없고 알렉산드라 소매상인 협회라고 적혀 있어."

"우리 가게 문을 닫으라니, 이건 옳지 않아!"

"잘못돼도 크게 잘못됐어. 뭐라고 적혔는지 들어 봐. '알렉산드라의 기업, 정치, 지역 지도부는 현재 우리 지역 사회에 당신들의 가게가 유입되는 것에 대한 해결책을 강구하는 일에 착수 중이다.'"

편지를 읽던 남자가 다른 사람들이 한꺼번에 말하는 바람에 입을 다문다. '유입'이라는 말은 처음 들어 보는 말이다. 그 말이 무슨 질병처럼 들린다.

"끝까지 들어 보자고."

한 남자가 편지를 들고 있는 남자를 가리키며 말한다.

편지를 들고 있는 남자가 다시 읽기 시작한다.

"'당신들의 존재에 관한 모든 문제가 우리 지역 사회에서 논의

되고 있는 중이다. 관련 이해 당사자들과 약속했음에도, 우리 주장은 여전히 무시되고 있다. 따라서 우리는 이 문제를 우리 스스로 해결하기로 했다.'"

"우리도 그 말이 무슨 뜻인지 알아!"

하지만 나는 그 말이 무슨 뜻인지 모른다. 사람들이 계속 이야기하고 있는데도 나는 듣지 않는다. 대신 나는 따뜻한 모닥불 불꽃에 정신을 빼앗겨 내가 비에 젖고 배가 고프다는 사실을 잊어버린다. 알렉산드라에서 보낸 지난 1주일은 무척 힘들었다. 형하고 나는 아무 데서나 쓰러져 자고, 눈에 띄는 대로 먹고, 공중 수돗물을 마셨다. 매일 밤 야외에서 잠들면서, 플라잉 토마토 농장을 떠나온 게 얼마나 바보 같은 짓인지 후회되었다.

토요일이 지나고 일요일이 지나갔는데도, 우리한테 백만장자 소식은 없었다. 필라니를 찾아가서 우리 로또 복권이 어떻게 되었는지 물어보려고 했는데, 그 집 남자는 필라니가 더 이상 그곳에 살지 않는다며 우리한테 농장으로 돌아가라고 했다.

형하고 나는 알렉산드라에서 살고 싶은 마음이 없다. 우리가 나타날 때마다 사람들이 우리를 노려보는데, 그들 눈빛이 이렇게 말하는 것 같다.

"니들이 있을 곳은 없어. 고향으로 돌아가."

나는 요하네스버그에서 쫓겨나는 데 익숙해져 가고 있다. 알렉산드라 사람들이 아니면 경비원이 그랬고, 경비원이 아니면 경찰들이 쫓아냈다. 경찰 손에 잡히고 싶은 사람은 없을 것이다. 나는 경찰들이 사람들을 짐짝처럼 경찰차 뒷좌석에 밀어 넣고 떠나는 걸 본 적이 있다. 나는 푸른 제복을 입은 경찰을 보면 무슨 일이 있어도 1킬로미터 이상은 떨어지게 도망친다.

형하고 나는 잠잘 곳을 찾느라 지금까지 1주일 내내 흑인 구역을 헤매고 다녔다. 그러느라 돈도 다 떨어졌다. 여기 물가는 아주 비싸다. 플라잉 토마토 농장에서 가져온 돈은 바닥이 났다.

알렉산드라 사람들은 가난하다. 그들의 집은 집이 아니라 플라스틱, 간판, 나뭇조각, 철망을 붙여 만든 오두막이다. 화장실이라고 할 만한 곳도 없다. 형이 손을 씻을 곳이 아무 데도 없다는 얘기고, 그래서 형을 미치게 만든다.

마침내 폭풍이 지나갔다. 비가 멈췄다. 사람들은 뿔뿔이 흩어졌다. 불씨가 꺼져 가는 모닥불 옆에 내가 얼마나 오랫동안 앉아 있었는지 모르겠다. 고개를 들어 보고 나서야 나는 형이 사라진 걸 알아차린다.

분위기가 험악한 요하네스버그에서 형을 잃어버릴지도 모른다는 두려움이 엄습한다. 지금까지 겪어 본 것 중에 가장 끔찍한 두려움이다. 그렇지만 형이 갈 만한 데는 없다.

"형! 이노센트 형!"

내가 사람들한테 우리 형을 보았느냐고 고함을 지르며 물어보자, 몇몇 사람은 어깨를 으쓱하며 뒷걸음질 친다. 고속도로에 차들이 빠른 속도로 지나가면서, 타이어가 일으키는 물보라가 공중에 떠다닌다.

이제 나는 다리 밑에서 혼자 화를 내고 있다.

나는 도움닫기를 해서 다리 옆으로 올라가서 고속도로 건널목을 샅샅이 훑어본다.

형의 흔적은 없다.

형한테 나 없이는 아무 데도 가지 말라고 내가 수없이 말하지 않았어? 형이 혼자 싸돌아다니면 내가 절대 찾지 못할 거라고!

나는 차들을 피해 다리를 건넌 뒤, 고속도로 맞은편 맨 아래 쪽으로 내려가서 살펴본다.

아무것도 없다.

이제 나는 정말 겁이 난다. 어떡하지?

"형, 어디 있어?"

나는 큰 소리로 마구 외쳐 댄다. 어디선가 목소리가 들린다. 나는 다시 다리 옆으로 달려가 고속도로를 건넌 뒤, 형이 시멘트 기둥에 몸을 웅크리고 있던 곳으로 뛰어간다.

"네 형을 찾니?"

목소리만 들리고, 아무도 보이지 않는다.

"위쪽이야!"

내가 고개를 쳐든다. 어떤 사람이 다리에 있는 구멍 밖으로 얼굴을 내밀고 나를 내려다보고 있다. 머리털에 검은 스타킹을 뒤집어쓰고, 표범 무늬 셔츠를 입고 있는 남자다.

"네 형을 찾느냐고?"

남자가 거꾸로 매달린 채 다시 물어본다.

다리 지붕의 구멍에 나타난 남자를 빤히 쳐다보며 말한다.

"예, 우리 형 이름은 이노센트예요."

"나도 알아. 그럼 네가 데오, 맞지?"

"예. 우리 형 어디 있어요?"

"여기 있어. 손 이리 줘 봐."

남자가 나한테 손을 뻗는다. 나는 남자의 손을 잡고 구멍으로 올라간다. 구멍 안으로 들어가자마자, 어둡고 조용한 세상으로 기어 들어간다. 황금빛으로 빛나는 시트에 사람들 머리 그림자가 보인다. 어린아이들의 웃음소리도 들린다.

"이쪽으로 와. 어둠에 익숙해질 거야."

그 남자가 내 손을 가볍게 잡고 다리 안쪽의 깊숙한 곳으로 데려가면서 말한다.

나는 저기, 시트 뒤로 보이는 그림자가 형이라는 걸 알아본다. 형이 침대에 앉아 두 아이들과 카드놀이를 하고 있다. 작은 탁자 위에서 석유램프가 환하게 타오르고 있다. 시트가 시멘트 천장 꼭대기에 붙어 있어 스크린 역할을 한다. 다른 시트 안쪽에 더 많은 그림자들이 보인다.

"잘 왔다, 데오야. 네 이야기는 많이 들었어."

머리에 검은 스타킹을 뒤집어쓴 남자가 말한다.

"내 이름은 가왈리아야. 네 형이 마음에 든다. 우리 아이들하고 잘 놀아 주거든."

한 남자와 한 여자가 형하고 아이들이 있는 쪽의 시트를 둘러

본다. 그 남자가 손을 들어 말없이 인사를 건넨다. 더 아래쪽 어
둠 속에서 다른 여자가 나타난다. 그 여자가 엉덩이에 손을 얹고
서서 나를 보고 고개를 절레절레 흔든다. 무척 예쁜 여자다. 머리
는 길게 땋아 늘어뜨리고, 은 귀걸이가 귀에서 잘랑거리고, 입술
에는 빨간 립스틱을 칠하고, 치약을 써서 이가 하얗다.

"가왈리아 씨, 우리 다리 밑을 지나가는 조시의 길 잃은 개를
다 집어 올려 어쩌자는 거예요?"

그녀가 웃음 띤 목소리로 묻는다.

"내가 당신도 집어 올렸잖소, 엔젤 양!"

가왈리아 씨가 그녀의 말을 일축하며 말한다.

"당신은 길 잃은 새끼고양이였지. 그런데 지금 얼마나 멋진 고
양이로 변했는지 보라고!"

낯선 불빛에 내 눈이 적응되면서 좀 더 또렷하게 보인다. 다리
안의 빈 콘크리트 공간이 사람들의 집으로 바뀌어 있다. 한쪽 벽
에 식탁이 붙어 있는데 소스와 향신료로 가득 차 있다. 접이의자
가 세 개 있고, 커튼 칸막이 뒤에는 침대들이 있다. 멀리서 차들
이 빗물 위를 달리는 소리가 계속 들려온다. 나지막하게 쉬잇 거
리는 소리인데 이상하게 위안이 된다.

"데오야, 테스포와 라스타가 카드놀이를 아주 잘해. 애들이 다
이겼어."

형은 언제 내 곁을 떠났냐는 듯이 씩 웃으며 말한다.

"안녕하세요? 이노센트 동생."

한 아이가 말한다.

"테스포, 어서 패 돌려!"

라스타가 말한다.

나는 형하고 아이들이 카드를 모으고, 카드를 나눠 주고 하는 사이에 금방 잊힌다. 나도 카드 하는 걸 구경한다.

"아까는 정말 대단한 폭우였어. 데오야, 배고프지?"

가왈리아 씨가 묻는다.

나는 아무 말도 하지 않는다. 그런 자상한 물음을 들으니 울컥 울음이 터지려고 한다. 배고프지 않느냐고, 나한테 마지막으로 물어본 사람이 우리 엄마다. 가왈리아 씨가 몸짓으로 나한테 식탁에 와서 앉으라고 해서 나는 고마워하며 고개를 끄덕인다.

"자, 어제저녁에 남겨 둔 것부터 먹어 봐."

가왈리아 씨가 쌀밥과 부스러기 고기와 채소 쪼가리가 담긴 알루미늄 접시를 내 앞에 내놓는다.

"이노센트가 마스빙고 지방에서 왔다고 하더라."

나는 입 안 가득 맛있는 음식을 집어넣은 채, 놀라서 가왈리아 씨를 바라본다.

"나는 궤루에서 왔어. 비키타에서 그리 멀지 않은 곳이지."

그럼 이 사람도 지저스 사령관을 알고 있을까?

나는 형하고 놀고 있는 아이들을 보며 고개를 끄덕인다.

"쟤들 엄마는 죽었어."

가왈리아 씨가 내가 물어보지도 않은 말을 한다.

"쟤들이 이노센트를 좋아해. 이노센트가 밖에서 울고 있는 걸 쟤들이 발견해서 올라오라고 한 거야. 쟤들 엄마가 죽고 나서 쟤들이 다른 사람한테 그러는 게 처음이었어."

남자와 여자가 시트 뒤에서 나와 식탁에 앉는다.

"아, 잉꼬 커플이 나왔네. 이쪽은 카타리나 마눙고, 이쪽은 라이스 세위카야. 카타리나는 모잠비크 출신이고, 라이스는 콩고 출신이야. 두 사람은 결혼할 사이고."

가왈리아 씨가 물을 끓이려고 석유 버너를 켜며 말한다.

"그리고 이쪽은 데오야. 나하고 고향이 같아."

라이스 씨는 나한테 인사를 건네는 반면, 카타리나 양은 형과 아이들이 놀고 있는 침대로 간다.

"가왈리아 씨, 저 사람이 당신이 찾던 사람이에요?"

카타리나 양이 묻는다.

"그럴지도 모르지."

가왈리아 씨가 말하면서 그 화제에 대해 이야기하고 싶지 않다는 듯 손사래를 친다.

"내가 직접 물어봐야겠어요. 가왈리아 씨, 우리는 더 이상 이 일을 못 해요. 우리도 할 일이 있어요."

라이스 씨가 말하자 가왈리아 씨가 한숨을 내쉰다.

"라이스는 악단에 속해 있어. 밤에 연주하고 낮에는 일을 하지. 카타리나는 웨이트리스인데 남은 음식을 많이 가져오고."

가왈리아 씨가 그새 비어 버린 내 접시를 가리키며 말한다.

"내가 그 음식을 만들었다고 생각하지는 않았겠지? 나는 알렉산드라 흑인 구역 안에 있는 작은 가게에서 소말리족 사람들을 위해 일해. 그래서 테스포와 라스타를 돌봐 줄 사람이 필요한데 아직 못 구했어. 아이들을 데리고 가게에 나갈 수도 없고, 그렇다고 이곳에 아이들만 남겨 놓기는 싫고."

나는 기회를 발견하고 움켜잡는다.

"형하고 나는 잠잘 곳이 필요해요. 우리가 먹을 음식은 구할 수 있는데, 머물 곳이 없어요."

카타리나 양이 웃으며 말한다.

"여기도 똑똑한 아이가 있네요. 저 사람한테는 물어볼 필요도 없어요. 저 사람하고는 벌써 거래를 마쳤으니까."

"그러니까 길 잃은 것들이 요구 사항이 있다는 거네."

엔젤이라는 여자가 말한다. 그녀는 식탁으로 가서 차를 끓이기 시작한다.

"가왈리아 씨, 사람들 시선을 너무 끌면 안 돼요. 다리에 사람이 많을수록 사람들 눈에 더 잘 띌 거예요. 알죠?"

엔젤 양이 말한다.

"조심할게요."

내가 말한다. 엔젤 양이 나한테 말하고 있는 게 아닌데도. 엔젤 양이 나한테 상냥하게 미소를 짓는다.

"이 애송이야, 뭘 조심하겠다는 거니? 여기서 무슨 일이 벌어지는지도 모르잖아. 이곳에 온 지 얼마나 됐지? 1주일? 2주일?

너는 이곳이 얼마나 위험해지고 있는지 몰라."

잉꼬 커플과 가왈리아 씨가 눈길을 주고받는다. 침대의 아이들은 또 형을 이겼다고 행복한 비명을 지른다. 엔젤 양이 머그잔에 설탕을 넣고 젓는다. 이번엔 엔젤 양이 가왈리아 씨한테 눈을 치켜뜬다. 내가 사라져 줄 때인 것 같다. 아무것도 결정된 게 없지만, 지금 말하지 않는다면, 너무 늦을지도 모른다. 나는 어른들이 때로 말을 하지 않고도 의사소통하는 법을 알고 있다.

"다리에 들어오고 나갈 때 조심할게요."

나는 엔젤 양을 똑바로 쳐다보고 말한다.

"문제를 일으키지 않을게요. 형을 다루는 데도 아무 문제 없어요. 무슨 걱정을 하는지 알아요. 걱정 안 되게 할게요."

엔젤 양이 잠시 나와 눈을 마주치더니 어깨를 으쓱하고 차를 홀짝인다.

"가왈리아 씨, 당신이 결정해요. 당신이 이곳을 발견했잖아요. 나는 경고만 할 뿐이에요. 사람을 많이 들이면 들일수록 문제가 더 많아질 거예요. 여기 있는 사람들도 지금 우리만으로도 충분하다고 생각할 것 같은데요."

엔젤 양이 말한다.

"당신 손님들은 어쩌고요? 그야말로 수시로 드나들잖아요."

카타리나 양이 묻는다.

"내 손님들은 잠시 있다 가잖아요. 당신도 알다시피 여기서 지내는 손님은 없어요. 여기서 잠을 자는 손님은 없다고요."

"어쨌든 아이들을 돌볼 사람이 필요해요. 카타리나와 내가 이곳을 계속 지키고 있을 수는 없어요."

라이스 씨가 말한다.

"라이스 씨, 난 지금 싸우려는 게 아녜요. 내 말은⋯⋯."

엔젤 양은 말을 다 끝맺지 못한다.

우리 모두 형이 아이들하고 노는 걸 지켜본다. 테스포가 형 무릎에 앉아 카드 섞는 걸 보여 준다. 라스타는 형 목에 매달려서 형 귀에 대고 웃음을 터뜨린다. 가왈리아 씨는 침대에서 벌어지고 있는 장면을 좀 더 주시한 뒤, 결심을 굳힌 듯 나한테로 고개를 돌린다.

"2주 동안 해 보자. 너하고 형이 낮에 테스포와 라스타를 돌보는 거야. 그 대신 너희들한테 잠자리를 줄게. 우리가 가진 건 그게 전부야."

네 명의 어른들이 내 대답을 기다린다. 나는 형을 흘긋 쳐다본다. 생각하고 말고 할 것도 없다.

"가왈리아 씨, 제가 도와 드릴게요. 아저씨가 나가서 일하는 동안 형하고 제가 아이들을 잘 돌볼게요."

"좋아."

가왈리아 씨가 말한다.

나는 가왈리아 씨와 다른 어른들이 나보다 더 마음을 놓는다는 걸 알아차린다.

"지금부터 이 다리를 너희 집이라고 생각해."

18
다리에서의 생활

다리 안에서 사는 건 괜찮다. 다리 안에서 다섯 달 동안 지내다 보면, 냄새며, 긴 그림자며, 사람들의 사사로운 소리에도 익숙해진다. 형과 내가 처음 왔을 때 가왈리아 씨가 다리 안에 우리만의 공간을 마련하는 걸 도와주었다. 2주일 정도 지났을 때 우리는 시립 쓰레기장에서 찾아낸 매트리스를 다리로 끌고 와서 구멍으로 집어넣었다. 카타리나 양이 석유램프를 줘서 시멘트 천장에 못을 박아 걸어 놓았고, 라이스 씨는 형한테 더 큰 라디오를 갖다 주었다. 그리고 엔젤 양은 담요를 주었다. 내가 단열재로 쓸 만한 판지 상자를 찾아내서, 우리가 집이라고 부르는 다리 안은 얼마 되지도 않아 아주 아늑해졌다. 하지만 테스포와 라스타를 돌보는 게 그렇게 힘든 일이라는 생각은 들지 않았다.

가왈리아 씨는 자상한 말투로 모두가 알아서 자신의 생계를 책임져야 한다고 말해 주었다. 그렇게 우리가 각자의 의무를 다한다면 모든 사람의 생활이 보다 편안해질 거라고 했다.

카타리나 양이 자신이 일하는 음식점에서 남은 음식을 가져와서 다리 안에는 늘 먹을 게 있었다.

라이스 씨는 우리의 안전을 담당했다. 그는 다리 밑에서 너무 오래 머무르는 사람을 쫓아냈다. 가왈리아 씨는 쥐를 몹시 싫어해서, 우리한테 음식을 흘리지 말라고 당부했다. 아저씨는 늘 구멍 밖으로 쓰레기를 쓸어 내고, 습기 찬 곳에 헝겊을 대고, 더러운 물을 내다 버렸다.

형은 테스포, 라스타와 놀아 주고, 밤에는 아이들을 씻기고, 아이들한테 신문 읽는 법을 가르쳐 주고, 무엇보다 아이들이 문제를 일으키지 않도록 했다. 내가 보기에 형은 그런 걸 일로 생각하지 않는 것 같았다.

나는 하루에 한 번 다리 안으로 깨끗한 물을 길어 날랐다. 매일 아침 알렉산드라 공중 수도에서 물을 받아 5리터짜리 드럼통을 채웠다. 라이스 씨가 흑인 거주 구역에 빈 드럼통을 싣고 갈 때 쓰라고 외바퀴 손수레를 감춰 놓은 곳을 알려 주었다. 나는 내 차례를 기다렸다가 드럼통에 물을 채워서 외바퀴 손수레에 싣고 다리로 돌아왔다. 형이 기다렸다가 구멍으로 밧줄을 내려 주고, 그다음엔 형하고 내가 힘을 합쳐 드럼통을 다리 위로 끌어올렸다. 나머지 시간엔 형하고 아이들을 계속 지켜보았다.

　엔젤 양은 늘 비상시를 대비해 여분의 돈을 준비했다. 그녀는 휴대전화로 장사를 했다. 귀에 익은 전화 소리가 들리고 10분이 지나면 엔젤 양의 손님이 다리 밑에 나타났다. 늦은 오후와 초저녁에 그들은 엔젤 양을 따라 우리 방을 지나 그녀 방으로 갔다. 나는 엔젤 양이 손님하고 방에서 뭘 하는지 한 번도 묻지 않았지만, 꽤 그럴듯한 상상을 하곤 했다. 아무도 그게 뭔지 이야기해 주지 않았지만, 그것도 나한텐 괜찮았다. 엔젤 양의 방으로 들어가는 남자들이 슬픈 유령들이라고 생각하면 그만이었으니까.

　가왈리아 씨 식탁에서 종이쪽지에 적어 놓은 번호와 엔젤 양의 휴대전화를 노려보고 있는데 엔젤 양이 다가온다. 그녀가 머리를 묶으면서 뒷목을 쓰다듬는다.

　"침대 좀 손봐야겠어. 침대 때문에 목이 아파."

　엔젤 양이 드럼통에서 깨끗한 물을 떠내며 말한다. 그녀는 숙달된 솜씨로 석유 버너에 불을 붙이고, 물을 끓이기 시작한다.

　"아직 전화 안 했니?"

　엔젤 양이 평소처럼 컵에 설탕을 찻순가락으로 세 순가락을 넣은 뒤 식탁에 앉으며 묻는다.

　"아빠가 그곳에 있으면 어떡해요? 뭐라고 말해요?"

　"여보세요, 저 아빠 아들이에요."

　엔젤 양이 경박하게 대꾸한다.

"그런 건 걱정하지 않아도 돼. 저절로 대화가 될 거야."

아빠를 찾고 싶어 하는 형의 바람에 대해 내가 엔젤 양에게 말했다. 엔젤 양은 자신의 휴대전화로 형이 기억하고 있는 번호로 전화를 하면 아빠와 통화를 할 수 있을 거라고 했다.

"아빠는 이젠 그곳에서 일하지 않을 거예요."

나는 식탁 위에서 휴대전화를 빙글빙글 돌리며 말한다.

"그렇다면, 왜 전화해서 찾아보지 않는 거니? 아, 알았다. 아빠가 그곳에서 일하고 있지 않을까 봐 겁이 나는 거구나 아빠를 찾을 가능성이 영영 없어질까 봐. 때로는 바라는 게 손에 넣는 것보다 낫긴 하지. 내 말을 믿어. 내가 잘 안다니까."

"그 말도 맞지만, 형한테 거짓말을 하고 싶지 않아서 그래요."

나는 우리 침대에서 테스포와 라스타에게 책을 읽어 주고 있는 형을 바라보며 말한다.

"어이, 내가 전화해 볼까?"

엔젤 양이 휴대전화를 들고 번호를 누른다. 그녀가 나한테 휴대전화를 넘기려 하지만 나는 고개를 젓는다.

"아빠 이름이 뭐라고 그랬지?"

"고니웨 씨요."

"여보세요, 예, 부탁 좀 드려도 될까요."

그녀가 계속 말한다.

"고니웨 씨하고 통화를 하고 싶은데요. 예, 리무벌즈 회사의 직원이라고 알고 있어요. 고니웨 씨요."

엔젤 양이 나를 보고 눈을 희번덕거리며, 집게손가락을 빙빙 돌리는 손짓을 한다.

"지금 확인 중이야."

그녀가 속삭인다.

우리는 기다린다. 나는 다리가 떨리는 걸 어쩌지 못한다. 잠시 후면 아빠하고 통화를 할 수 있을지도 모른다.

"예, 아직 끊지 않고 있어요. 새뮤얼 고니웨. 예, 맞아요."

엔젤 양이 나를 향해 어깨를 으쓱하는 걸 보고 내가 고개를 끄덕인다.

새뮤얼. 그게 우리 아빠의 성이다. 형도 그걸 알고 있는지 궁금하다.

"아, 그래요."

엔젤 양이 말한다.

나는 조심스럽게 그녀를 쳐다본다. 그녀가 눈길을 피한다.

"연락처를 모른다는 거죠? 예, 물론 알지만, 확인 좀 해 주시겠어요? 많은 걸 요구하는 게 아니잖아요!"

엔젤 양이 날카롭게 말한다.

"네에, 대단히 고맙습니다!"

엔젤 양이 휴대전화를 탁 소리 나게 끊고는 그대로 주머니에 집어넣는다.

"심술궂은 여자 말로는 고니웨 씨가 5년 전에 회사를 관뒀대. 지금은 고니웨 씨의 새 주소도 모르고, 어디 가면 찾을 수 있을지

도 모른다는 거야. 미안하다, 아가야. 하지만 너무 오래전 일이잖
아."

"괜찮아요."

나는 종이쪽지를 구겨 바닥에 버린다.

"이제는 기억할 필요 없는 번호예요."

"너무 상심하지 마. 사람을 찾을 방법은 많으니까……"

날카로운 휘파람 소리가 끼어든다. 문제가 생겼다는 가왈리아
씨의 신호다.

"라이스! 엔젤! 어서 내려와! 빨리!"

엔젤 양과 내가 구멍으로 머리를 내민다.

"알렉산드라에 문제가 생겼어. 아메드 가게에 도움이 필요해.
라이스는 어디 있어?"

"카타리나 양과 라이스 씨는 여기 없어요."

엔젤 양이 말한다.

"제가 도울게요."

나는 생각할 틈도 없이 말하고 나서 바닥으로 풀쩍 뛰어내린
다. 가왈리아 씨의 외바퀴 손수레에 가게의 식료품이 가득 차 있
다. 우리는 식료품을 상자에 담고, 엔젤 양은 그걸 다리로 올려놓
는다.

형이 구멍으로 머리를 내민다.

"데오야, 어디 가니?"

"아저씨를 도와주러 가게에 가. 오래 안 걸릴 거야."

"데오야, 건전지가 더 있어야 돼."

"알았어, 알았으니까, 이따가 봐."

나는 감춰 놓은 외바퀴 손수레를 가지고 와서 가왈리아 아저씨를 따라 알렉산드라로 간다. 아저씨는 나를 앞서 뛰면서, 빈 외바퀴 손수레를 밀고 간다. 질문을 할 틈도 없다.

흑인 거주 구역 위로 검은 연기가 짙게 피어오른다. 주황색 불길이 눈에 잡힌다. 누군가 타이어를 태우고 있는 것 같다. 경찰차가 우리를 지나쳐 불길이 치솟고 있는 쪽으로 내달린다. 경찰차 사이렌 소리에 내가 펄쩍 놀란다.

"아저씨, 저 불 보여요?"

내가 소리친다.

"우리는 저쪽으로 가는 게 아니야. 이쪽이야."

아저씨가 도로를 벗어나 알렉산드라 도심으로 이어지는 뒷골목으로 향한다.

사람들이 거리에 나와 있다. 다들 불이 나면서 피어오르는 연기를 본 모양이다. 떼를 지어 이야기를 나누면서, 경찰차가 내달리는 쪽을 보고 있다. 나는 아저씨한테 뒤처지지 않으려고 애를 쓴다. 우리가 가게에 다다르자, 가게 주인인 아메드 씨가 밖에 나와서 거리를 살펴보고 있다.

"빨리! 빨리! 시간이 없어요. 그들이 곧 들이닥칠 거예요."

아메드 씨가 아저씨한테 소리친다.

아저씨가 가게 안으로 돌진해 외바퀴 손수레에 식료품을 담기 시작한다. 그러는 동안에 아메드 씨는 가게 문을 닫고 창문에 철망 바리케이드를 내린다.

나는 길가에 서서 숨을 돌리다가, 사람들이 아메드 씨의 가게를 우르르 지나가는 걸 본다. 한 남자가 돌멩이를 집어 들어 아메드 씨한테 던진다. 돌멩이는 아메드 씨를 빗나갔지만 유리창이 박살난다. 그 남자가 뭐라고 고함을 지르는데 내 귀엔 들리지 않는다. 아메드 씨가 몸을 획 돌린다. 유리창이 산산조각이 나 그의 주위에 흩어진다.

"뭐야? 누가 그랬어?"

나는 거리로 도망치는 남자를 가리킨다.

"무슨 일이에요?"

"데오야, 나 좀 도와줘."

아저씨는 내 질문을 무시한 채 나를 가게 안으로 거칠게 밀어 넣는다.

"선반의 식료품들을 모두 꺼내서 네가 가져온 외바퀴 손수레에 실어. 네가 밀고 갈 수 있는 만큼만 실어야 돼."

나는 계산대를 훌쩍 뛰어넘어 가서 외바퀴 손수레에 식료품을 채운다.

"아메드 씨, 당신은 여기서 나가야 돼요."

아저씨가 말한다.

"하지만 내 가게잖아요! 내가 뭘 해야 하죠? 저 사람들이 나한테 왜 이러는 거예요? 우리는 이웃이잖아요!"

아메드 씨가 왔다 갔다 하며 말한다. 그는 창문으로 가서 거리를 위아래로 훑어본다.

"가게 문을 잠그고 떠나야 돼요. 지금 당장이오!"

아저씨가 말한다.

나는 두 사람의 대화를 들으려고 애쓰면서, 쌀부대와 옥수수와 과일 통조림과 기름병을 들고 두 사람을 급한 걸음으로 지나간다. 가게에 불시에 들이닥쳐서 이런 물건을 돈도 안 내고 들고 나가는 건 이상한 일이다.

"이건 옳은 일이 아니잖아요!"

아메드 씨가 소리친다.

"지금 그게 중요한 게 아니에요. 우리가 할 수 있는 만큼 들고 나가 다리에 보관할 거요. 다만 얼마라도 건질 수 있게. 이제 당신이 떠나야 돼요."

아저씨가 말한다.

바로 그때 사람들이 악을 쓰는 노랫소리가 들린다. 흥분한 남자들이 내지르는 시끄러운 고함도 들린다. 그리고 경찰차의 사이렌 소리가 통곡 소리처럼 울려 퍼진다.

아저씨가 문으로 달려가서 거리를 내다본다.

"너무 늦었어요. 데오야, 이리 와! 빨리!"

아저씨가 소리친다.

아저씨는 가게 문을 쾅 닫아 잠그고, 아메드 씨는 커튼을 친다.

"손수레는요?"

내가 묻지만, 이번에도 아무 대답이 없다. 가게 벽이 흔들린다. 벽돌이 날아와 유리창이 산산 조각난다. 성난 목소리들이 밖에서 소리친다. 저들의 말이 경쟁이라도 하듯 서로 부딪친다.

"외국인들은 모두…… 거리로 나와라, 당장!"

"아메드! 안에 있는 것 다 안다. 당장 나와라."

"우리는 외국인들을 찾고 있다!"

"너희 나라가 어디냐? 너희 나라로 돌아가라!"

"크웨레크웨레, 당장 나와!"

흥분한 남자들이 쇠막대기로 내리치자 문이 흔들린다. 가게 안의 소음이 잘 들리지 않을 정도다.

"내가 저 사람들한테 말하겠어요. 내 말이라면 들을 거예요."

아메드 씨가 갑자기 말한다.

아저씨가 내 팔을 잡아 가게 뒤쪽으로 밀친다. 아저씨가 아메드 씨를 말리려고 하지만, 아메드 씨가 문을 열고 소리친다.

"돌 던지지 말아요. 나가요!."

밖에 있는 사람들이 아메드 씨를 붙잡아 거리로 끌어낸다. 아메드 씨가 수많은 막대기에 얻어맞으며 비명을 지른다. 또 다른 벽돌이 가게 창문으로 날아든다. 그 벽돌은 내 발 바로 앞에 떨어진다. 아메드 씨의 하얀 옷이 피로 붉게 물들고 있다. 그게 아저씨가 나를 끌고 도망치기 전에 마지막으로 본 모습이다.

"빨리. 여기서 나가야 돼."

"아저씨, 무슨 일이에요?"

"저들은 우리를 증오해. 알렉산드라 사람들 말이야. 저들은 우리가 외국인이라고 증오하는 거야. 자, 뛰어!"

아저씨와 나는 문이 잠긴 뒷마당으로 달려간다.

"우리 손수레…… 식량……."

내가 소리친다.

"어서! 시간이 없어."

아저씨가 가게 창고의 꼭대기로 기어 올라가 내 손을 잡으려고 팔을 뻗는다. 나는 지붕으로 기어 올라간 뒤 알렉산드라 판잣집들 저 건너편을 바라본다.

"보세요!"

나는 내가 목격한 모습에 당황하고 겁이 나서 소리친다.

더 많은 불길이 보인다. 불타는 오두막에서 연기가 피어오른다. 총소리가 공기를 가른다. 여기저기서 사이렌 소리가 난다. 방망이와 도끼를 든 사람들한테 쫓기는 사람들이 골목길로 내달린다. 지붕 위에 올라와 있는 아저씨와 나를 본 사람은 없다. 하지만 곧 누군가 보게 될 것이다.

"여기서 빠져나가야 돼."

아저씨가 말한다. 아저씨 목소리가 주위에서 벌어지는 혼란스러운 상황 때문에 겁에 질려 있다.

"이쪽이에요."

내가 지붕에서 뛰어내리며 말한다.

아저씨와 나는 큰길을 피해 골목길로 뛰어가다가 울타리를 기어오르기도 하고, 오두막 뒤에 숨기도 한다. 우는 아이를 등에 업고 가는 사람들도 있고, 여행 가방과 옷 보따리를 들고 가는 사람들도 있다. 사람들의 공포가 불꽃 같다. 불꽃처럼 공포가 이 사람에게서 저 사람으로 옮겨간다. 공포가 불꽃처럼 우리를 집어 삼키고, 우리를 태워 버린다.

"어디 있냐, 쿠웨레쿠웨레?"

"모두 죽여 버리겠어, 쿠웨레쿠웨레!"

"꺼져! 너희들은 다 필요 없어."

점점 더 많은 사람들이 판잣집에서 뛰쳐나온다. 집에 있다가 불타 죽느니 도망치는 게 낫다. 그들은 사방으로 흩어져 달아난다. 몽둥이와 도끼를 든 사람들이 어디에 있는지 아무도 모른다. 소름 끼치는 소리가 사방팔방에서 들린다.

우리는 다리로 돌아가는 길을 찾고 있다. 판잣집에서 판잣집을 지나고 거리에서 거리를 지났는데도, 아직도 알렉산드라의 중앙 출입구를 지나야 하는 길이 남아 있다. 나는 담을 넘어 뒷마당을 가로질러간다. 판잣집의 창문으로 겁에 질린 세 아이와 여자 얼굴이 보인다. 그 여자가 나를 보고 큰 소리로 뭐라고 하지만, 무슨 말인지 들리지 않는다. 여자의 눈에서 타오르는 공포의 불꽃만 보인다. 여자가 현관 쪽을 가리킨다. 하지만 나는 여자가 하는 말에 귀를 기울일 틈이 없다. 아저씨가 나를 앞으로 민다. 나는 그 판잣집을 지나 알렉산드라로 이어지는 큰길로 달려가다가, 그 자리에 우뚝 멈춰 선다.

큰길을 따라 사람들이 떼를 지어 몰려오면서 도망치는 사람들을 향해 무시무시한 노래를 부르고 있다. 머리 위로 도끼와 큰칼을 휘두르는 사람들이 있는가 하면, 채찍을 휘두르는 사람도 있다. 검은 살모사가 혓바닥을 널름대면서 나를 공격하려고 할 때처럼 내 몸이 와들와들 떨린다. 몽둥이로 쓰레기통 뚜껑을 두들기는 사람들도 있다.

남자와 여자 들이 나를 지나쳐 도망간다. 내 주위로 돌멩이들이 쏟아진다. 한 여자가 등에 돌멩이를 맞고 비명을 지르며 쓰러진다. 내가 그 여자를 도와주려고 뛰어가는데 여자한테 다가서기도 전에 총소리가 들린다. 총소리에 여자가 다리를 홱 움직이더니 다시 도망치기 시작한다.

사람들이 사방으로 흩어진다. 여자들이 비명을 지른다.

얼굴에 증오가 가득한 남자들이 계속해서 노래를 부른다.

"외국인들을 몰아내자! 크웨레크웨레를 죽이자!"

그들이 계속 걸어가는데, 우리가 사는 다리를 향해 가고 있다. 우리 집으로.

19
교회에서 지낸 밤

"**다리로** 돌아가야 해요."

내가 말한다.

"테스포와 라스타, 그 아이들을 데리고 나와야 해."

가왈리아 아저씨가 말한다.

형.

이 사람들은 우리 형을 해칠 것이다. 형은 그들의 질문을 이해하지 못할 것이다. 그들은 형을 때리고 죽일 것이다. 나는 도로를 따라 달리다가 골목길로 돌진한다. 두려움에 속도가 더 빨라진다. 나는 도로 한가운데서 불타고 있는 불길을 뛰어넘고, 사람들을 밀치고, 그 사람들을 앞지르려고 있는 힘껏 달린다.

아저씨가 뒤따라온다. 다리가 눈에 들어온다. 그리고 고속도로 옆에 연기가 피어오르는 게 보인다.

"안 돼!"

나는 비명을 지르며 출입구로 달려간다.

고속도로는 이상하게 텅 비어 있다. 평소에 줄지어 다니던 차들은 다 어디 갔을까? 경찰이 차들을 다니지 못하게 한 걸까? 연기는 도로 옆에서 불타고 있는 매트리스에서 피어오르고 있다. 접이의자, 담요, 시트, 음식이 바닥에 흩어져 있다.

나는 부서지고 남은 형의 라디오 잔해를 발견한다.

우리가 너무 늦은 것이다.

"형!"

나는 구멍으로 기어 올라가며 소리친다.

"형!"

다리 안에 빛이 보이지 않는다. 아저씨도 내 뒤를 따라 올라온 뒤 비틀거리며 식탁으로 간다. 아저씨가 석유램프의 불을 켠다. 안은 난장판이다.

"테스포! 라스타!"

아저씨가 소리친다.

형이나 두 아이의 흔적은 없다.

"엔젤이 다른 데로 데려갔을 거야."

아저씨가 말한다.

"라이스 씨와 카타리나 양하고 함께 있을지도 몰라요."

우리는 구멍을 기어 내려와 땅바닥으로 돌아온다.

"만약에 형하고 아이들이 무슨 일이 벌어졌는지 알고 도망쳤다면 어디로 갔을까요?"

아저씨는 내 질문에 대답하지 않는다. 그길로 도로로 걸어가서 양쪽 방향을 주의 깊게 살핀다.

"이리 와. 여기서 빠져나가자."

아저씨가 말한다.

우리는 알렉산드라를 뒤로 한 채 텅 빈 고속도로를 건너 둑으로 기어 올라간다. 우리 두 사람만 있는 게 아니다. 사람들이 물결을 이루어 고속도로를 건너 알렉산드라에서 도망치고 있다. 경찰차들이 경광등을 켜고 사이렌을 울리며 속도를 내고 있다.

"아이들을 데리고 경찰서로 갔을지도 몰라."

아저씨가 말한다.

경찰서는 알렉산드라를 탈출한 사람으로 가득하다. 사람들이 도로까지 쏟아져 나와 차의 통행을 가로막고 주차장으로 몰려들고 있다. 한 경찰이 입구를 터 달라고 소리치는데도, 아무도 듣지 않는다. 아저씨와 나는 큰 충격을 받는다. 우리는 사람들 사이를 헤치고 다니며 라이스 씨와 카타리나 양과 엔젤 양을 찾는다. 형과 테스포와 라스타가 어디 있는지 말해 줄 수 있는 사람이라면 누구라도 상관없다.

우리가 찾고 있는 사람을 아는 사람이 아무도 없다.

이번에는 정말로 형을 잃어버린 것이다. 나는 형을 잃어버렸다. 구투에서 이 낯선 땅까지 형을 기껏 데려와서 잃어버리고 만 것이다. 엄마가 어떻게 생각할까? 나는 왜 그렇게 조심성이 없었을까? 손바닥에 땀이 밴다. 배 속에서 뱀 한 마리가 구불구불 움직이는 것 같다. 형을 잃어버렸다.

"몇 사람하고 말해 봤어. 그 사람들 말로는 감리교회 마당에 사람들이 더 많대. 걔들이 거기 있을지도 몰라."

아저씨가 말한다.

자식들에 대한 걱정과 두려움으로 아저씨 얼굴이 말이 아니게 일그러져 있다.

"가요. 어느 쪽이에요?"

내가 말한다.

"따라와."

우리는 달린다.

감리교회 마당은 더 많은 사람들이 넘쳐 난다. 소지품을 지키며 교회 계단에 앉아 있는 사람들도 있고, 자원 봉사자들이 차와 빵을 나눠 주는 탁자 앞에 줄을 서 있는 사람들도 있다.

"나눠서 찾아보자. 10분 후에 여기서 다시 만나는 거야."

가왈리아 씨가 말한다.

나는 형을, 아니 다리에서 빠져나온 사람들을 찾아 이 무리 저 무리를 헤맨다. 사람들한테 어린아이 두 명과 우리 형을 보지 못했느냐고 물어본다. 사람들은 나를 무시하거나 고개를 젓는다.

그들도 그들만의 걱정거리로 얼이 빠진 상태다.

"여기 있으면 안전한지 어떻게 알아요?"

누군가 말하는 게 들린다.

"경찰은 어디 있는데요? 왜 경찰이 여기 와서 우리를 보호하지 않는 거죠?"

"그놈들이 여기까지 올 거예요. 우리를 모두 죽일 거라고요."

"우리는 그놈들한테 아무 짓도 안 했어요. 왜 이런 일이 벌어진 거죠?"

그 사람들 말은 나한테는 하나 마나 한 소리다. 나는 형을 잃어 버렸다. 10분이 지난 게 확실하다. 이제는 아저씨를 찾으러 가야 한다.

나는 아저씨를 발견하고 울먹이기 시작한다.

"아저씨, 형은 어디 있을까요?"

아저씨는 아무 말 없이 나를 끌어당겨 꼭 안아 준다.

아저씨와 나는 교회 마당에서 밤을 보낸다. 사람들 말로는 이 곳을 떠나는 게 안전하지 않다고 한다. 아저씨는 말을 들어 주는 사람이라면 누구한테라도 아들 소식을 물어본다. 사람들은 슬픈 표정으로 고개를 젓는다. 엔젤 양한테 전화를 해 보라고 말하는 사람들도 있다. 아저씨가 전화를 걸지만, 음성 사서함으로 넘어 가고 만다. 아저씨가 전화에다가 지금 우리가 어디 있으며, 우리 를 어떻게 찾아야 하는지 메시지를 남긴다.

우리는 지친 나머지 교회 마당에서 잠이 든다.

밤중에 잠에서 깼는데, 형을 잃어버렸다는 생각에 가슴이 미어진다. 희미한 교회 불빛 아래, 사람들이 떼를 지어 마당에서 잠자고 있는 게 보인다. 교회 출입구에는 남자들이 야경을 돌고 있다. 경찰차는 도로 건너편에 주차되어 있는데, 파랗고 하얀 경광등이 천천히 돌아가며 벽에 그림자를 남긴다.

나는 생각에 잠겨 교회 담에 있는 수도로 간다. 시원한 물을 마시고, 얼굴에도 조금 뿌린다.

이곳이 구투보다 더 안 좋은 곳일까? 형을 남아프리카 공화국에서 잃어버리려고 그 고생을 했던 걸까? 그냥 구투에 있어야 했다. 비키타에 있어야 했다. 베잇브리지에 있어야 했다. 플라잉 토마토 농장에 있어야 했다. 내가 다른 곳으로 가야 한다는 생각만 하지 않았어도 이런 일은 벌어지지 않았을 것이다.

형이라고 생각해 봐, 나 자신에게 말한다. 형 같으면 어떻게 할까? 어디로 갈까? 형은 라이스 씨나 카타리나 양이나 엔젤 양과 같이 자신이 아는 사람들하고 함께 있으려고 할 것이다. 형은 그들한테 접착제처럼 붙어 있을 것이다. 형이 그들하고 같이 있는 게 틀림없다.

나는 다리로 돌아갈 생각을 한다. 한밤중이다. 어쩌면 형이 그곳에서 기다리고 있을지도 모른다. 지금 돌아가면 안전하지 않을까? 하지만 이 밤중에 어떻게 돌아가는 길을 찾지? 아저씨와 나는 낮에 교회 마당으로 왔다. 내가 길을 잃어버린다면?

나는 아저씨가 자고 있는 곳으로 돌아온다. 우리는 내일 라이스 씨나 카타리나 양을 찾을 것이다. 엔젤 양이 전화를 받을 것이다. 내일이면 모든 게 정상으로 돌아올 것이다.

나는 누워서 잠이 들게 해 달라고 기도한다.

아침에 가왈라이 아저씨와 나는 다시 경찰서로 간다. 경찰서 계단에는 전날보다 더 많은 사람들이 와서 앉아 있다. 담벼락에 대피소가 세워져 있다. 한 남자가 트럭 뒤에서 음식 꾸러미를 나눠 준다. 한 무리의 사람들이 경찰서 맞은편 들판에 텐트를 치고 있다.

우리는 겁에 질린 사람들 틈을 지나다니며 일일이 얼굴을 확인하고 질문을 한다. 형 없이 나 혼자서 밤을 지내 본 적이 없다. 나는 형이 내 옆에 서 있을 거라는 기대를 안고 계속해서 주위를 두리번거린다.

우리는 아침 내내 경찰서에서 줄을 서서 기다린다. 마침내 안쪽의 접수대로 가서 실종인 신고서를 작성한다. 신고서의 질문을 살펴보니 이렇게 해서는 형을 찾을 수 없을 거라는 생각이 든다. 나는 사무실을 나와 밖에서 아저씨를 기다린다.

알렉산드라의 아침 뉴스는 좋지 않다. 어제 경찰은 평화를 되찾기 위해 크웨레크웨레 살인자들과 장기전을 펼쳤다고 한다. 나는 뉴스를 듣는 둥 마는 둥 하면서 새로 오는 사람 가운데 나한테 평안을 줄 수 있는 유일한 얼굴인 형이 있는지 확인하며 거리를 유심히 살핀다.

3시에 카타리나 양과 라이스 씨가 라스타와 테스포를 데리고 도로를 걸어 내려온다. 가왈리아 아저씨는 아이들이 그의 품으로 달려들자 안도의 울음을 터뜨린다. 서로 웃고 떠드느라 정신이 없는 와중에 내가 묻는다.

"우리 형은 어디 있어요?"

카타리나 양이 나한테 고개를 돌린다.

"데오야, 우리는 총소리를 듣고 모두들 최대한 빨리 다리를 빠져나왔어."

그녀가 라이스 씨를 쳐다본다.

"내가 아이들하고 이노센트를 잡고 나왔어."

라이스 씨가 덧붙인다.

"고속도로를 건너서 지역사회 센터로 갔어. 사람들이 경찰서로 가는 건 안전하지 않다고 해서."

"그럼 우리 형은 지금 어디 있어요?"

"네 형은 우리하고 함께 왔어. 정말이야, 데오야, 우리하고 함께 있었어."

라이스 씨가 말한다.

"라이스 씨, 우리 형 어디 있어요?"

"네 형은 지역사회 센터에 있지 않으려고 했어. 우리하고 함께 있어야 한다고 말하자 제정신이 아니었어. 너만 찾았어. 그러다가 비명을 지르기 시작했어."

라이스 씨가 말한다.

"빅스 상자를 달라고 했어."

카타리나 양이 말한다.

"빅스 상자를 안 가져갔어요? 형은 그 상자 없이는 아무 데도 안 가요. 아시잖아요?"

"데오야, 너 지금 고함을 지르고 있어. 진정해."

가왈리아 아저씨가 말한다.

나는 아저씨의 손을 치운다.

멍청이. 멍청이. 멍청이. 어떻게 형이 빅스 상자를 가져갔는지 아닌지 확인을 안 할 수 있지? 그러니까 형이 제정신이 아니었지.

"형이 어디로 갔는데요?"

내가 다그쳐 묻는다. 하지만 라이스 씨나 카타리나 양은 아무 말도 하지 않는다. 테스포가 울음을 터뜨린다.

"이노센트 형은 돌아갔어."

테스포가 말한다.

"그 상자를 가지러. 형이 나한테 말했어."

"형이 혼자 다리로 가게 놔뒀다는 말이에요?"

"아이들, 데오야, 우리는 아이들을 돌봐야 했어. 우, 우리는 이노센트를 막을 수 없었어."

카타리나 양이 더듬거리며 말한다.

"우리는 무서웠어."

카타리나 양과 나는 형한테 무슨 일이 벌어졌을지 알고 있다. 그녀의 눈빛에 그게 보인다.

"이노센트는 우리 말을 듣지 않았어. 우리한테서 도망쳤어."

라이스 씨가 형을 포기했다는 듯이 손을 들며 말한다.

"형을 포기하면 안 돼요. 물론 형이 아저씨 말을 듣지 않았을 거예요. 아저씨는 형이 가망이 없다고 단념한 거예요."

내가 말한다.

이 사람들은 나만큼 형을 이해하지 못한다. 이들이 어떻게 이해할 수 있을까? 나는 경찰서를 떠나려고 발길을 돌린다.

"데오야, 안 돼. 그러면 안 돼. 너무 위험해. 경찰이……."

그러나 나는 무엇을 해야 할지 알고 있다. 그리고 아무도 나를 말리지 못할 것이다.

20
불타 버린 쓰레기

뒤통수에도 눈이 달린 것처럼 조심스럽게 가야 한다. 알렉산드라 사람들한테 잡히면 죽겠지만, 다리로 돌아가는 수밖에 없다. 다리는 형이 아는 곳이고, 형이 갈 곳이기 때문이다. 형은 우리가 집이라고 부르는 다리에서 나를 기다리고 있을 것이다.

나는 단숨에 거리를 지나고, 차에 몸을 숨기며, 인도를 따라 달려간다. 오후의 하늘은 아직도 타오르는 불에서 나오는 연기로 거무스름하다. 재가 목에 걸리기도 한다. 타이어가 타는 냄새 때문에 갈증이 난다.

다리에 가까워질수록 확신이 든다. 형을 찾을 거라는 생각이 든다. 형은 나 없이는 절대 낯선 곳에 가지 않을 것이다. 형한테 길을 잃으면 우리가 마지막으로 함께 있던 곳으로 돌아오라고 말해 두었다. 형은 다리에서 나를 기다리고 있을 것이다.

나를 기다린다, 나를 기다린다, 내가 걸음을 옮길 때마다 읊조리는 말이고, 숨 쉴 때마다 하는 기도다. 나는 도로를 달려 다리로 간다. 차들이 흑인 거주 구역으로 들어가지 못하게 세워 놓은 바리케이드를 빠져나간다.

다리 꼭대기에 도착하자 옆으로 기어 내려가서 우리 집의 잔해들을 발로 걷어차며 간다. 축구공을 찾아 주머니에 구겨 넣는다.

"형!"

구멍에다 대고 소리친다. 뒤미처 구멍으로 기어 올라가서 어둑어둑한 다리 안에 선다.

"형!"

아무 대답도 없다. 움직이는 것도 없다.

그때 성냥불이 켜지면서 작은 불빛이 어둠을 밝힌다. 나는 그 불빛을 향해 비틀거리며 간다.

"형, 형을 찾을 줄 알았어. 정말 걱정 많이……."

불빛은 다리 저쪽 끝에서 비친다. 깜박이는 불꽃 앞에서 시트가 노랗게 빛난다. 내가 시트를 치우자 신음 소리가 들린다.

"데오니?"

엔젤 양이다. 두들겨 맞아 온몸이 피범벅이 되어 있다. 그녀는 몸을 공처럼 동그랗게 말고 침대에 누워 있다. 얼굴이 형편없이 부어 있다. 그녀가 통통 부어오른 눈을 가늘게 뜬다.

"무슨 일이에요?"

나는 그녀 옆에 무릎을 꿇고 앉는다. 그녀 몸에 손을 대는 게 무섭다.

내 질문을 피하려는 듯 그녀가 천천히 손을 들어 올린다.

"그들은 크웨레크웨레한테 값을 치르는 데 싫증이 났던 거야. 공짜로 얻고 싶었던 거지."

그녀는 목이 메는 것처럼 들리는 웃음소리를 내며 말한다.

"우리 형은 어디 있어요?"

"네 형은 그들을 말리려고 했어. 나를 도와주려고 했어. 그들이 형을 데리고 나갔어."

나는 그녀한테서 뒷걸음질을 친다. 그길로 구멍에서 몸을 날려 바닥으로 내려온다. 형은 그들을 말리려고 했다. 그들이 형을 데리고 나갔다.

나는 다시 둑으로 올라가 도로까지 가서 알렉산드라 쪽을 살펴본다. 다리에서 알렉산드라 쪽으로 얼마 떨어지지 않은 곳에 경찰차 두 대가 나란히 서 있다. 경찰 도움을 받아야 돼. 나는 경찰들한테 달려간다.

두 명의 경찰이 나를 등진 채 경찰차 앞쪽에 기대서 담배를 피우고 있다. 나는 시끄러운 목소리에 놀라 현실로 돌아온다. 그 소리는 경찰차의 송수신 겸용 무전기에서 나는 소리다. 경찰들은 무전기에서 나는 딱딱거리는 소리와 말소리를 무시한다.

그때 불타고 있는 쓰레기 더미 옆에 있는 형의 빅스 상자가 내 눈으로 들어온다.

경찰들이 형을 찾은 게 틀림없다. 경찰차 뒤 칸에 형이 타고 있을 것이다. 나는 재빨리 경찰차 안을 들여다본다. 그곳에 없다. 다른 경찰차 안도 살펴본다. 그곳에도 없다.

나는 형의 빅스 상자를 주우려고 경찰차를 돌아서 간다.

"야, 꼬마야, 꺼져. 네 녀석이 있을 곳이 아니야."

경찰이 담배를 휙 내던지며 말한다.

"저 상자를 가져가야 돼요. 우리 형 거란 말이에요."

나는 함석 상자를 가리키고 말하면서, 그 쓰레기 아닌 쓰레기 상자를 뻔히 본다.

"여기서 당장 꺼져!"

경찰이 나를 붙잡는 순간, 옆으로 누워 있는 사람 머리 모양을 본다. 팔하고 손 모양이 빅스 상자를 향해 뻗어 있다.

나는 주저앉는 것도 모르고, 주저앉는다.

나는 우는 것도 모르고, 운다.

나는 비명을 지르는 소리가 들리지 않는데도, 비명을 지른다.

나는 형한테로 가는 걸 막는 손들을 느끼지 못하고, 형이 있는 곳까지 간다. 얼굴을 바닥에 대고 돌무더기에 깔려 있는 형한테로.

이제 나는 비명을 지르지 않는다. 울음을 그친다. 아무것도 보이지 않고…… 아무것도 느껴지지 않는다.

제 3 부
테이블 산
18개월 후

21
깨어나기

축구공이 바람에 실려 나한테로 날아온다. 공은 공중에서 뱅글뱅글 회전하면서 천천히 움직인다. 나는 축구공이 나를 내버려 두기를 바란다.

나한테 오는 축구공을 어떻게 처리할지 잘 알았던 적이 있다. 나는 공중에서 회전하는 축구공을 지켜본다. 새것이고, 반짝반짝하고, 흑백으로 된 축구공이다. 앞으로 4초 후면 축구공이 내 몸 어딘가에 부딪칠 것이다. 어쩌면 얼굴에 맞을지도 모른다. 팔이나 가슴이나 다리에 떨어질지도 모른다.

아무래도 상관없다.

나는 꾸불꾸불하게 도시로 연결된 고속도로 아래 앉아 있다.

테이블 산의 절벽이 하늘로 1킬로미터 이상 치솟아 있듯이, 내 머리 위에서 속도를 내는 차들이 아득히 멀리 있는 것만 같다. 내가 지금 감당할 수 있는 거라고는 머리를 벽에 기대고 앉아 저 황홀한 본드 세상에서 깨어나는 것밖에 없다. 본드 세상은 믿기지 않을 정도로 가볍고, 느리고, 환한 세상이다. 본드를 흡입하면 모든 게 무중력 상태로 바뀐다. 더 이상 기억과 죄책감 때문에 괴로워하지 않아도 된다. 본드를 흡입하고 빠져드는 환각 세상에서는 결정을 하지 않아도 되고, 계획을 세우지 않아도 된다.

하지만 환각 상태에서 깨어나는 건 최악의 시간이다. 세상이 다시 또렷하게 보인다. 근육 마디에 통증이 찾아온다. 혀가 느껴지기 시작한다. 목구멍으로 손가락을 찔러 넣어 게워 내야 할지도 모른다. 그러고 나면 기분이 나아진다. 내 머리는 단어로 가득한 무겁고 뚱뚱한 풍선으로 바뀐다.

기억이 되살아난다. 죄책감 때문에 경련이 일어난다.

갈증이 나면서 동시에 배가 고프다. 새로운 것도 아니다. 배가 아프다. 다시 느낌이 돌아온 것이다. 빌어먹을. 늘 그런 기분이다.

조만간 또 다른 마술 튜브를 찾아야 할 것이다. 다른 애들이 나를 도와줄 것이다. 그 애들은 모든 걸 흐릿하고, 느리고, 가볍게 만들어 놓는 그 물건을 어디서 구할 수 있는지 알고 있다. 그 애들은 내가 고속도로 밑에서 의식을 잃자 나를 내버려 두고 떠났다. 그게 아마 어제였을 것이다.

나는 지금 혼자다. 그것도 새로운 게 아니다. 나 혼자 지내는 법을 배웠다. 사람들이 필요하면 이용하고, 필요 없으면 그냥 떠나면 된다. 나는 사람을 만나고, 떠난다. 늘 그런 식이다.

나는 엄마와 똥간 할아버지를, 워싱턴 서장 아저씨를, 가왈리아 아저씨를, 테스포와 라스타를 떠났다. 라이스 씨와 카타리나 양한테서 떠났다. 엔젤 양한테서도 떠났다.

정부가 요하네스버그 감리교회의 캠프를 폐쇄하자, 우리는 둘 중 하나를 선택해야 했다. 집으로 돌아가거나, 다리로 돌아가거나. 우리는 캠프에서 넉 달을 보냈다. 그곳엔 인스턴트음식과 비가 새는 텐트와 장부를 든 직원이 있었다. 우리는 떠날 때가 되었다는 걸 알았다. 많은 사람들이 그대로 텐트에서 지내고 싶어 했지만, 직원들은 집으로 돌아가는 게 안전할 거라고 말했다.

나는 돌아갈 집이 없었다. 다리로 돌아가고 싶지도 않았다. 그래서 기차를 타고 사막을 지나 '바다 천국 Sea Heaven'이라는 캠프 옆의 바다까지 갔다. 달릴 수 있다면 더 멀리까지 갔겠지만, 바다 때문에 더 달릴 수도 없었다. 앞쪽으로 똑바로 달려서 파란 수평선까지 갈 수는 없었다. 최악의 순간에는 바다로 뛰어 들어 다음 생을 찾아보고도 싶었다. 하지만 나는 내 삶을 끝낼 준비가 되어 있지 않았다. 아직은 아니었다.

캠프 생활을 지겨워하던 소말리아 출신의 모하메드처럼 되고 싶지는 않았다.

추위를 막으려고 어깨에 숄을 걸치고 텐트에서 1미터 정도밖에 안 떨어진 성난 바다를 응시하며 모하메드가 물었다.

"그건 세상의 끝에서 우리를 사라지게 하지. 데오야, 우리 뒤에 뭐가 보이니?"

"텐트하고 경찰차요."

내가 대답했다.

"고통이야. 사람들이 겪는 고통. 우리 뒤에 있는 건 그거야."

모하메드 말이 맞았다. 나는 요하네스버그와 케이프타운의 캠프에서 충분히 고통을 맛보았기 때문에 그가 무슨 말을 하는지 알 수 있었다.

"그리고 네 앞에는 뭐가 있니?"

"바다요."

모하메드는 내 말에 고개를 저으며 한숨을 내쉬었다.

"아니야. 우리 앞에는 아무것도 없어. 우리 삶은 세상의 끝에서 종말을 맞이하는 거야. 꿈을 잃는다는 것과 이 세상에서 네가 지낼 곳을 잃는다는 건 별개야. 우리는 어디에도 속해 있지 않단다, 데오야. 우리한테 미래는 없어."

그는 희망도 없고 조국도 없는 삶을 지겨워했다. 그는 바다 천국을 떠날 수 없었기에 푸른 수평선을 향해 뛰어들었다. 직원들이 보트를 타고 나가 모하메드를 데려오려고 했지만 그를 찾을 수 없었다.

축구공은 아직 나한테 오지 않았다. 공이 공중으로 날아오는데 왜 이렇게 오래 걸리는 걸까? 내가 움직여야 하겠지만, 그렇게 하려면 힘이 들 것이다.

"아침에 눈을 떴을 때 너는 데오니, 아니면 피난민이니?"

UN에서 나온 예쁘고 젊은 여자가 내가 한 말을 모두 받아 적으며, 멋진 안경 너머로 나를 빤히 보면서 물었다.

"나는 피난민이에요. 어떻게 아닐 수 있겠어요? 어디를 가든 내 집이 아니라는 생각이 들게 만드는데. 그 진실은 우리가 먹을 음식을 담아 내주는 냄비에도, 내가 깔고 자는 매트에도, 담요에도, 텐트에도 있어요. 내가 먹는 음식, 내가 마시는 물, 나를 보는 당신 눈빛, 그 모든 것 안에 있다고요. 사람들이 나를 피난민이라고 부르는 게 싫지만, 그렇다고 내가 바뀔 수 있나요?

모하메드가 푸른 수평선을 찾아 바닷속으로 들어간 뒤, 나는 더 이상 바다 천국에 머물 수 없다는 걸 깨달았다. 정부의 약속을 듣고, UN 직원들의 말에 귀 기울였지만, 진실을 느낄 수 없었다. 그들은 우리를 어떻게 해야 할지 몰랐다. 그때 태풍에 텐트가 날아가자, 푸른 제복의 경찰관이 나타나 모두 떠나라고 말했다. 우리가 재건되어야 한다, 라는 말이 들렸다.

어떻게?

그 질문에 대답하는 사람은 없었다. 우리한테 고향으로 돌아가야 한다고 말했을 뿐이다.

어떻게?

그 질문에도 그들은 대답하지 못했다. 그래서 나는 다시 도망칠 수밖에 없었다. 도시의 거리는 바다 천국의 텐트보다 따뜻했다. 거리에서는 자유로웠다. 무엇을 하고, 무엇을 먹고, 어디서 자야 한다고 말하는 사람이 없었다. 거리에서는 원하는 건 뭐든지 손에 넣을 수 있었다. 그곳에서는 모든 게 가능했다.

축구공이 가까워진다.

2초 후면 축구공이 내 뺨에 부딪칠 것 같다. 기다렸다가 무슨 일이 벌어지는지 볼 것이다. 지금까지 그런 식이었다. 어떤 일이 나한테 벌어지면, 그제야 나는 어쩔 수 없이 반응을 보인다.

일어나, 움직여, 다른 아이들과 함께 있어야 한다. 이제 오랫동안 나 혼자 있지 않을 것이다. 배가 고프거나 도망칠 사람이 필요하면 사람들이 다시 돌아올 것이다.

그게 내가 잘하는 것이다. 도망치기.

내가 가게에서 도망치면 아무도 나를 잡지 못한다. 가게로 걸어 들어가서 바구니에 물건을 가득 채운 뒤 도망치는 것만큼 쉬운 일은 없다. 지나가는 사람들 사이에 몸을 숨기고, 이쪽으로 갔다가 저쪽으로 가는 척 속이며 거리를 전력질주하면, 숨을 헐떡거리며 나를 쫓아오던 멍청이가 이내 나가떨어진다.

마침내 축구공이 내 뺨을 때린다. 얼굴이 손바닥으로 얻어맞은 것처럼 얼얼하다. 나는 고개를 흔든 뒤, 뺨에 손을 갖다 댄다.

그런데 축구공이 더 있다. 공중에 두 개나 있다. 아니, 이제는 공중에 세 개, 네 개, 아니, 그보다 더 많은 축구공이 날아다닌다. 축구공들이 커다란 우박처럼 내 주위에서 튄다. 나는 몇 번이나 눈을 깜박거린다. 본드 기운이 아직도 마술을 부리고 있는 게 틀림없다.

내 눈으로 보면서도 믿지 못한다. 하지만 뺨이 얼얼한 걸 보면 축구공에 얻어맞은 게 틀림없다. 자리에서 일어난다. 축구공들이 어디서 온 걸까? 왜 축구공들이 나한테 날아온 걸까?

나는 화가 나서 고속도로를 떠받치고 있는 벽을 겨냥해 내 얼굴을 때린 축구공을 발로 찬다. 내 킥은 강력하다. 내 발에서 발사된 공이 벽을 향해 날아간다. 벽에 부딪친 공이 나한테 되돌아온다. 이번에는 왼발로 찬다. 공이 다시 벽을 향해 날아갔다가, 내가 한동안 잊고 있었던 걸 상기시키듯, 나한테로 돌아온다. 공은 나를 놔주지 않으려 한다. 뭔가를 해야 한다고 나를 다그친다.

기억을 떠올린다.

헤딩을 한다. 내 이마에서 튀어 나간 축구공이 공중으로 한 번, 두 번, 세 번 튀어 오르는 걸 주의 깊게 바라본다. 이제 나는 공을 내 마음대로 다룬다. 공이 내 말을 듣는다. 다시는 공이 내 얼굴을 때리지 않을 것이다. 공을 무릎에 떨어뜨린 뒤 다른 무릎으로 차올린다. 왼쪽 다리로 체중을 옮기며 몸을 한 바퀴 돌린 뒤 오른쪽 다리로 공을 잡는다. 뒤미처 공 한가운데를 차서 벽으로 다시 날려 보낸다.

축구공이 내가 겨냥한 곳에 정확히 맞으며 기분 좋은 소리를 낸다. 그래. 기분이 좋다. 축구공을 벽에다 점점 더 세게 몇 번이고 찬다. 공은 내가 바라는 대로 나한테 돌아온다.

축구공이 나한테 돌아온다는 것만큼은 자신할 수 있다.

축구공을 발로 차며 달리는 방법에 이어, 한쪽 발에서 다른 쪽 발로 패스하는 방법, 뛰면서 공을 차올린 뒤 그대로 힘껏 차서 상대편 선수를 넘기는 방법을 생각해 낸다. 이제 나는 고속도로 아래 멈춰 서 있는 다른 축구공들 사이로 드리블한다. 왼발로 정조준해서 슛을 한 뒤 돌아오는 축구공을 힘껏 차서 축구공이 커브를 그리며 벽으로 향하게 한다.

나는 박수갈채에 답례를 하듯 허공으로 손을 들어 올린다. 하지만 박수갈채는 없다. 나는 혼자다.

나는 주위를 한 바퀴 돈다.

한 남자가 나한테 박수를 보내고 있다. 그의 발치에 축구공이 가득 들어 있는 그물망이 있다. 그의 목에는 호랑이가 웃고 있는 문신이 새겨져 있다. 그의 가슴에서 호루라기가 빛난다. 그가 나한테 익살맞은 표정을 지어 보인다.

"너 누구니? 다리 밑의 베컴이니? 축구는 어디서 배웠니?"

그의 목소리가 멀리서 들린다. 그를 노려본다. 세상이 점점 느려지다 희미해지는 느낌이다. 나는 아무 말도 하지 않는다. 그의 목에 새긴 호랑이 문신이 나를 보고 웃고 있다. 멋진 체육복, 호루라기, 하얀 운동화만 아니면 그도 다른 사람들하고 비슷해 보인다. 내가 축구를 어디서 배웠는지 설명할 수 없다. 그가 이해하지 못할 게 뻔하다.

"이름이 뭐니?"

"난 피난민이에요."

그가 웃는다.

"그래도 이름은 있을 것 아니니?"

나는 어깨를 으쓱한다. 도망칠 순간이다. 본드를 흡입한 상태에서 깨어날 때는 혼자여야 한다. 다른 아이들을 찾아야 한다. 나는 그 자리를 뜬다.

"기다려! 어디로 갈 생각인데? 축구하고 싶지 않니?"

내 발이 멈춘다. 나한테 선물로 주겠다는 듯이, 낯선 사람이 축구공이 가득 든 그물망을 들어 올린다. 그의 목에 새겨진 호랑이가 나한테 윙크를 하고, 호루라기가 빛난다.

"너도 네가 잘한다고 생각하지? 나한테 보여 줘."

그가 축구공을 꺼내 나한테 굴린다. 나는 축구공이 시키는 대로 한다. 축구공이 든 그물망을 목표로 그한테 똑바로 찬다. 내가 힘껏 찬 축구공이 그물망에 맞자 안에 있는 축구공들이 밖으로 튀어 나온다.

"후유! 대단한 오른발을 가졌구나. 좋아. 아주 좋아. 축구하고 싶으면 날 따라와."

나는 무슨 일이든 해야 했기에 그 남자를 따라간다.

22
거리 축구

"**살리,** 인원이 다 찼어! 스무 명으로 하기로 했잖아. 우리가 감당할 수 있는 인원은 그것뿐이야. 기억하지?"

"나도 그랬다는 거 알아요, 톰. 하지만 딱 한 명만 더요. 이번 한 번만 부탁할게요. 딱 한 명만요."

"네 팀을 준비하겠다고 했다가, 갑자기 다섯 팀이 되더니, 이제 와서 선수를 한 명 더 하겠다고 하면……."

"톰, 그 애는 특별해요. 막 느껴진다니까요. 내가 그 애를 어떻게 찾아냈는지 알아요?"

"아, 아니, 또 기적 같은 이야기나 하려는……."

"늦어서 고속도로를 빨리 달려가고 있었는데, 뭐가 잘못됐는지 트럭 뒤에 있던 축구공들이 풀린 거예요. 고속도로 출구 차선을 따라가고 있을 때여서, 축구공들이 날아가서 대부분 고속도로 밑으로 떨어졌어요. 그래서 공을 주워 오려고 차를 몰고 내려갔죠. 그런데 그 애가 벽으로 축구공을 차고, 드리블을 하고, 데이비드 베컴처럼 무릎으로 공을 튕기고 있더라고요."

나는 저 사람들이 내 이야기를 하는 거려니 한다.

나는 지금 하틀리베일 스타디움 탈의실에 있다. 운동화 끈을 매는 동안에도 손 떨림이 멈추지 않는다. 살리라는 남자가 나한테 축구화, 양말, 티셔츠, 반바지를 주었다. 나보고 빨리 옷을 갈아입으라는 말도 했다. 연습에 늦었다면서. 지금 같아서는 운동화 끈이나 제대로 맬 수 있으면 좋을 텐데!

환각 상태에서 깨어나는 건 말도 못하게 끔찍한 일이다. 몸이 떨리고, 배가 뒤틀리고, 닥치는 대로 먹을 정도로 배가 고프다. 당장 본드를 흡입하지 않으면 모든 게 엉망진창이 될지도 모른다.

"쟤가 진짜 열여섯 살 맞아?"

"예. 나이는 충분해요."

살리가 탈의실 문을 세게 두들긴다.

"얼른 나와, 데오야! 가자."

나는 운동화 끈을 묶는 걸 단념하고, 끈을 양말 속에 집어넣는다. 그리고 탈의실 밖에서 기다리고 있는 남자들과 합류한다.

"이 분은 톰 갤로웨이 선생님이셔. 매니저이자, 팀 닥터이고, 상주하는 물리치료사에다가, 시간제 심리학자이시지."

살리가 웃는다.

머리가 희고 얼굴이 벌건, 덩치 큰 남자가 손을 불쑥 내민다.

"반갑다, 데오야. 잘 왔다. 네가 공 차는 모습을 보고 싶구나."

내 모든 뼈를 으스러뜨리기라도 하듯 그가 내 손을 꽉 잡고 흔들면서 말한다.

"기분이 좀 안 좋아 보이는데, 괜찮니?"

"괜찮아요."

나는 재빨리 말한다. 그리고 내가 가진 것으로—슬픈 얼굴, 기대에 부푼 눈빛, 약간 일그러진 웃음으로—공정한 거래를 시도한다. 나는 공짜 밥을 얻어먹는 방법을 알고 있다. 측은해 보이는 표정을 짓고 실수만 하지 않으면 된다.

톰이라는 사람이 살리를 흘긋 보고 고개를 저은 뒤 무거운 발걸음으로 걸어간다. 저 어리석은 늙다리는 내가 팔려는 것을 사지 않았다. 저 늙다리를 조심해야 한다.

"저 분 걱정은 하지 마. 처음에는 좀 완강해도, 네가 골을 넣기 시작하면 곧 너를 좋아하게 될 거야."

살리 말에 나는 그냥 고개를 끄덕이고 그를 따라 주경기장으로 들어간다. 살리 목에 새겨진 웃는 호랑이를 가까이에서 자세히 본다. 팔에도 다른 기호가 그려져 있는데, 푸른 줄이 살갗에 새겨져 있다.

"어디서 했어요?"

내가 호랑이를 가리키며 묻는다.

"옛날에 다른 데서 생활할 때. 본 적 있니?"

"거리에서요…… 교도소에 갔다 온 사람들이……."

"나도 그런 사람들이 있던 데 있었어. 하지만 지금은 여기에 있지. 자, 봐!"

널따란 초록빛 축구장은 비어 있고, 골대에는 망이 없다.

"여기서 연습하는 게 아니야. 우리는 거리 축구를 할 거야. 그래서 시멘트 코트에서 연습을 하는 거야."

살리가 말한다.

주경기장 뒤에 있는 축구 경기장은 낯익으면서도 낯설다. 시멘트 축구장은 내가 공을 차던 운동장과 크기가 비슷하다. 세로가 스무 발자국이고, 가로가 열다섯 발자국이다. 그런데 상상 속의 골대 대신에 축구장 양쪽에는 진짜 망이 달린 골대가 있다. 골대는 폭이 네 발자국 정도이지만, 높이는 보통 사람의 키보다 높지 않다. 가장 낯선 건 시멘트 축구장을 둘러싸고 있는 120센티미터 높이의 보드다. 어디에 쓰는 걸까?

"거리 축구 시합을 본 적 없니?"

"물론 있죠."

거짓말이다.

살리가 날카롭게 호루라기를 불자, 경기장을 달리던 아이들이 발길을 돌려 우리가 서 있는 곳으로 온다. 다들 똑같은 옷을 입고 있다.

"얘는 데오라고 한다. 얘 때문에 늦은 거고."

살리가 말한다.

나는 무미건조한 스무 명의 얼굴을 대충 훑어본다. 아이들은 나를 뚫어져라 쳐다본다. 다들 나한테 별다른 감흥이 없는 듯하지만, 그것까지 신경 쓸 필요는 없다. 몇몇 아이들 눈 주위에 어슴푸레한 노란색 달 모양의 그림자가 보인다. 이곳에도 본드를 흡입하는 아이들이 있다는 얘기다. 그런 아이들의 눈은 거리의 거친 생활에 독이 올라 번득거린다. 차가운 인도를 베개 삼아 눕기도 하는 아이들이다. 조직폭력배처럼 문신을 한 아이도 있는데, 그런 애들은 조직에 들어가기 위해 어떤 짓도 마다하지 않는 걸로 알고 있다.

"살리 선생님, 이건 공평하지 않아요. 저 애는 시험을 거치지 않았잖아요."

다른 애들보다 키도 크고 나이도 많아 보이는 애가 말한다. 목에 옆으로 흉터가 나 있고, 눈은 그림자로 물들어 있는 아이다.

"그래, 티제이 네 말대로 애는 시험을 거치지 않았어. 애는 코치 재량으로 내가 데려온 거야. 불만 있니?"

"우리는 모두 시험을 거쳤어요. 그런데 선생님이 그냥 저 애를 뽑으면……."

"티제이, 내가 거리에서 데려온 아이야. 너희들처럼 말이다."

살리가 말을 중단시킨다.

티제이라는 아이는 잠시 망설이다가, 나한테 힘악한 표정을 보이며 입을 다문다.

"공은 안 차고 하루 종일 서서 이야기만 할 거예요? 운동장만 달리니까 지겨워요."

뒤쪽에서 검은 머리의 여자애가 엉덩이에 손을 얹고 말한다.

"킬란, 공을 찰 거야. A팀과 D팀이 먼저 14분 동안 경기를 한다. C팀과 B팀은 준비 운동을 하고 있어."

아이들이 뿔뿔이 흩어져 벤치로 간다. 나는 살리를 따라간다. 그가 경기장 밖의 높은 벤치를 가리킨다.

"저기 앉아서 지켜보면서 배워. 두 번째 경기에 넣어 줄게."

살리가 축구공을 팔에 끼고 경기장으로 들어서며 말한다.

골키퍼들이 자리를 찾아 간다. 센터 포워드 한 명, 윙 두 명, 골키퍼 한 명씩 한쪽 팀 선수가 4명인 경기다. 살리가 호루라기를 불고 코트 한가운데로 축구공을 굴리자 경기가 시작된다.

경기는 빠르고 격렬하다. 축구장에 보드를 둘러친 이유를 금방 알게 된다. 반사 역할이다. 선수들은 경기장에서 움직이고 있는 동료 선수에게 패스를 연결하기 위해 때를 맞춰 보드에 축구공을 세게 찬다. 보드는 경기에 새로운 차원을 보태는데, 그건 절대 실수하지 않는 믿음직한 다섯 번째 선수 역할을 한다. 선수들은 반달 모양의 페널티 박스 밖에 있어야 하고, 슛은 먼 거리에서만 가능하다.

손이 떨리고 배가 무지근하게 아프지만, 지체할 수 없다. 살리가 호루라기를 불고 선수들이 경기장에서 나오는 때에 맞춰 나는 간신히 운동화 끈을 묶는다.

"데오, 네 차례다. 14분짜리 시합이야. 네 실력 좀 보자."

살리가 말한다.

아이들이 내가 경기장 안으로 걸어가는 걸 지켜본다. 나는 아이들이 어떻게 생각하든 신경 쓰지 않는다. 상대 팀의 골키퍼가 박수를 친 뒤 골대 앞에서 몸을 구부린다. 저 골키퍼를 피해 골을 넣기가 만만찮을 것 같다.

"난 킬란이야. 너하고 같은 팀이니까, 입 다물어도 돼."

"난 자코야. 서로 방해되지 않도록 하자, 데오야."

자코라는 애가 이를 드러내 놓고 싱긋 웃으며 말한다.

"좋아, 한번 잘해 보자. 누구든 티제이를 막아! 우리 팀에 농땡이는 필요 없어. 킬란! 새로 온 애는 그만 쳐다보고 네 자리로 돌아가. 자코, 뒤로 와! 너무 앞으로 갔어."

골키퍼가 소리친다.

"쟤는 알파베토야. 별명은 모터고. 경기 내내 쉬지 않고 떠들면서 고함을 지르거든. 너도 곧 익숙해질 거야."

킬란이 말한다.

살리가 호루라기를 불고 경기가 시작된다. 공이 나한테 패스되자마자 티제이가 가로챈다. 그가 사이드 보드에 공을 가볍게 퉁기고 슛을 하려는 순간, 킬란이 가로챈다. 공이 다시 내 발로 굴러 온다.

머리가 빙빙 돌고, 얼굴에 식은땀이 흐른다. 나는 뛰고, 패스하고, 태클하고, 달리며 숨을 헐떡거린다. 공이 부드럽게 느껴질 때도 있지만, 대부분은 나무토막처럼 느껴진다. 이렇게 빠르고 격렬한 경기를 하는 게 얼마 만인지 모르겠다. 숨이 거칠어지고, 얼굴에 땀이 비 오듯 흘러내린다. 마침내 1분의 휴식이 주어지자, 나는 몸을 앞으로 숙인다. 옆구리에 익숙한 통증이 느껴진다.

"데오야, 괜찮니?"

킬란이 웃으며 물어본다.

몸이 안 좋다. "괜찮아." 나는 퉁명스럽게 대답한다.

후반전은 낫다. 옛날에 공을 차던 방식이 돌아온다. 나는 공을 갖고 있는 티제이를 따라잡아 순식간에 공을 뺏어서 벽에다 튕긴 뒤 수비수를 제치고 골대 왼쪽을 겨냥한다. 오른발로 슛을 하려고 준비하다가 눈 깜짝할 사이에 공을 왼발로 옮겨 낮게 커브를 그리는 슛을 날린다. 공이 골키퍼를 지나 날아간다.

멀리서 "골인!"이라는 소리가 들리는가 싶더니, 세상이 핑핑 돌면서 나는 그대로 시멘트 바닥에 쓰러지고 만다.

"데오야, 괜찮니?"

"몸을 떨고 있어. 본드를 해서 그래."

"들것 좀 가져와."

"데오야? 데오야, 내 말 들리니?"

대답하고 싶은데, 암흑 때문에 입이 열리지 않는다.

갈증이 나서 깬다.

일어나 앉는다. 누군가 내 손에 물병을 쥐어 준다. 물을 연거푸

들이킨다. 물이 흘러내린다. 내가 정신을 차린 곳은 탈의실이다.

"데오야, 진정해. 천천히 마셔. 천천히."

살리 얼굴이 점점 또렷하게 보인다. 그의 목에 새겨진 호랑이는 여전히 웃고 있다. 이걸로 끝이다. 나는 쫓겨날 것이다. 살리는 이제 내가 어떤 녀석인지 안다. 나는 살리한테 아무것도 아니다. 그 누구한테도 나는 아무것도 아니다. 그래서 뭐? 축구화, 반바지, 양말, 티셔츠를 돌려주고 거리로 돌아가면 그만이다.

"데오야, 내 말 잘 들어."

살리가 단호하게 말한 뒤, 일어나서 문을 닫고 내 옆에 앉는다.

"이거 보이지?"

살리가 자기 목을 가리킨다.

"이 호랑이는 네가 등에서 떨어졌기 때문에 웃는 거야. 삶은 호랑이 같은 거야. 한번 호랑이 등에 올라타면 꽉 잡고 절대 떨어지면 안 돼. 무슨 말을 하고 싶어서 이러냐면, 난 하노버 파크 가로등 아래서 축구공을 찼고, 펠레의 후계자가 되고 싶었어. 그런데 폭력단이 나를 발견해서 다른 길로 데려갔어. 듣고 있니?"

살리가 내 뒷머리를 손바닥으로 살짝 때린다. 아무도 나한테 손을 대지 못한다. 하지만 살리라면 상관없다. 그의 눈에는 친절함이 깃들어 있다.

"예."

나는 뒷머리를 문지르며 대답한다.

"좋아, 이렇게 하려고 그래. 남아프리카 공화국에서 월드컵이 시작되기 한 달 전에 케이프타운에서 열리는 거리 축구 월드컵 대회에 참가할 세 팀을 준비하고 있어. 세계 각국에서 온 마흔여덟 개 팀과 맞서 경기를 펼칠 열두 명의 선수를 준비하는 게 내 일이야. 다른 선수들도 다 너 같은 아이들이야. 노숙자이거나, 마약이나 알코올중독 치료를 받거나, 망명 요청자야.

내 훈련 캠프에 들어오려면, 두 가지를 지켜야 돼. 본드를 끊고 거리 생활을 그만둬야 돼. 네가 본드를 흡입하지 않아도 되게 도와줄게. 그리고 톰 선생님이 네가 다른 선수들과 함께 YMCA에서 지낼 수 있도록 해 주실 거야. 거리 생활을 관둔다는 조건 아래서야. 나는 최선을 다해 너를 훈련시킬 거야. 내 계획을 망치고 싶지 않아. 무슨 말인지 알겠니? 내 호랑이가 너를 지켜볼 거야. 경기에 적합하도록 먼저 몸부터 잘 만드는 게 네가 할 일이야.

한 달 후에 네가 경기에 나갈 수 있을지 알 수 있어. 네가 경기에 뛰고 싶다면 내가 말한 대로 해야 돼. 어떻게 할래?"

좋아요.

이 한마디면 된다. 나는 바보가 아니다. 이번 제안이 내 생애 최고의 기회라는 걸 안다.

"좋아요."

나는 살리 코치가 확실히 들을 수 있게 다시 한 번 말한다.

"좋아요."

"좋아. 근데 네가 처음에 말할 때 들었어."

살리 코치가 웃으며 말한다.

23

지옥 훈련

YMCA에서 다른 아이들과 방을 함께 쓰며 푹신푹신한 침대에서 잠잔 지 열흘 째 되는 날 밤에, 나는 노크 소리에 잠을 깬다. 그 소리를 들으면서 나는 가만히 누워 있다. 다시 노크 소리가 들린다. 나지막하지만 단호하게 창문을 두드리는 소리다. 나는 침대에 일어나 앉아 다른 아이들을 죽 훑어본다.

"자코, 깼니? 알파베토!"

내가 속삭인다.

나는 다리를 빙 돌려 침대에서 내려온 뒤 다시 귀를 기울인다. 막대기로 유리창을 두드리는 소리가 난다. 나는 창문을 열고 도시의 밤을 내다본다. 아래쪽에 두건을 쓴 아이들이 모여 있는 게 보인다. 그 아이들도 나를 발견한다.

"데오! 거기 있는 거 보여. 이리 내려와!"

내가 거리에서 알게 된 아이의 신경질적인 목소리다.

"네가 필요해. 우릴 위해 다시 달려 줘야겠어"

노란 가로등 불빛 아래 모습을 드러낸 채 위를 쳐다보고 있는 다른 아이들의 얼굴을 바라본다. 밤 기온이 따뜻한데도 아이들은 옷을 몇 개씩 껴입고 있다. 판지 상자를 팔에 끼고 있는 아이들도 있다. 아이들 얼굴을 다 알아보지는 못한다. 그런 식이다. 오갈 데 없이 떠도는 아이들이니까.

"지금 몇 시인데?"

나는 한껏 용기를 내어 크게 속삭인다. 그런 걸 물어보는 게 멍청한 짓이라는 걸 알지만, 달리 할 말을 찾지 못하겠다.

"젠장, 빨리 내려오기나 해. 할 일이 있어. 이것도 가져 왔고."

대답을 한 아이가 낯익은 작은 병을 들어 올린다.

누군가 내 뒤에서 움직이는 소리가 들린다. 자코가 자면서 몸을 뒤척이며 웅얼거리는 소리다.

결정을 내려야 할 순간이다. 내가 이 밤중에 거리로 빠져나가 새벽까지 다른 아이들과 어울려 다닌다고 해서 알아차릴 사람은 없다. 아침 식사 시간에 맞춰 돌아올 수 있을 것이다. 본드가 감각을 마비시키던 기억이 떠올라 코가 다 얼얼하다. 나한텐 휴식이 필요하다. 나는 어디에도 소속되어 있지 않다. 내가 왜 이곳에 속해 있다고 생각해야 하는 거지?

오늘 축구 경기장에서 일어난 일을 봐도 그렇고, 사정이 나아질 거라고 생각할 여지가 없다.

"남아프리카 공화국 선수 대 외국인 선수 게임 어때?"

오늘 오후에 우리가 다른 때보다 일찍 관람석에서 휴식을 취하고 있을 때 티제이가 말했다.

참 난데없는 제안이었다. 살리 코치는 한 번도 우리한테 고향을 물어본 적이 없었다. 우리가 어떻게 경기하는지만 보고 싶어 했다. 살리 코치는 선수들 중 일곱 명이 남아프리카 공화국 아이들이 아니라는 걸 알고, 남아프리카 공화국 아이들만 좋은 일을 시키는 게 아닌지 우리가 의심한다는 것도 알고 있다.

티제이의 제안을 듣는 순간 뒤통수를 맞은 듯 불꽃이 번쩍 일었다. 무심코 던지는 것 같았지만 티제이의 제안엔 뼈가 있었다. 뒤미처 남아프리카 공화국 아이들끼리 뭔가를 알고 있는 듯한 표정으로 눈길을 주고받는 게 보였다.

나는 다른 아이들이 티제이의 제안을 어떻게 생각하는지 확인하려고 주위를 죽 훑어보았다. 두서너 명이 당황해서 웃음을 짓고 있었고, 한두 명이 고개를 끄덕였다. 위축된 아이들은 전부 외국인이었다.

"살리 코치님은 그렇게 말하지 않았어. 한 시간 동안 공을 컨트롤하는 훈련을 한 뒤 운동장을 뛰고 나서 스트레칭 운동으로 마무리하라고 그러셨어. 코치님이 우리를 지켜보고 있지 않지만 코치님이 지시한 대로 훈련하는 게 좋을 거야."

킬란이 말했다.

"오, 킬란, 그러지 마. 내가 너보다 훨씬 잘하는 바람에 경기에서 질까 봐 겁나는 게 아니라면 말이야."

티제이가 말했다. 그의 도전은 깃털처럼 가벼우면서도 면도날처럼 날카로웠다.

"이걸 어디다 집어넣는 건지 알지?"

킬란이 티제이한테 자기 가운뎃손가락을 보이며 말했다.

"이거 재미있겠는걸. 살리 코치님이 미처 생각하지 못한 새로운 조합을 찾아낼 수 있을지도 몰라. 데오, 네 생각은 어때?"

자코가 말했다.

나는 어깨를 으쓱했다.

"난 아무래도 상관없어. 남아프리카 공화국 거리 축구팀이 다른 나라 팀보다 낫다고 생각한다면 제정신이 아닌 거지. 바파나 바파나(Bafana Bafana, 남아프리카 공화국 영어로, 남아프리카 공화국의 남자 축구 국가 대표 팀을 가리킴: 옮긴이)는 월드컵 1라운드도 통과하지 못할 거야. 그런데 무슨 근거로 거리 축구는 더 나을 거라고 생각하는 거지?"

어쨌든, 그 말이 아이들의 신경을 긁었다. 다들 격분에 차서 가차 없이 서로를 모욕하고 조롱했다. 잠시 후 우리는 외국 선수와 남아프리카 공화국 선수로, 우리와 그들로 나뉘었다. 그야말로 국경의 철조망처럼 높고 날카롭게 갈렸다.

나는 케냐에서 온 킬란과 모잠비크에서 온 에르네스토와 한편이었고 손이 프라이팬만 한 갓패스트가 골키퍼를 맡았다. 갓패스트는 북부 짐바브웨 출신인데, 훈련 캠프에서 최고의 골키퍼였다.

경기는 순조롭게 시작되었다. 그런데 3분 후 티제이 팀이 골을 넣은 다음부터 분위기가 험악해졌다. 페널티 킥을 부는 심판이 없어서 평소보다 고함도 많이 터졌고 파울 플레이도 많았다.

킬란은 몸이 가벼우면서 발이 빨랐기 때문에 자코와 티제이 주위를 마구 뛰어다녔다. 킬란이 두 사람한테서 번번이 공을 뺏자 자코가 킬란 뒤에서 반칙을 해서 킬란이 시멘트 바닥에 큰 대자로 뻗는 일이 벌어졌다.

그러자 시합이 순식간에 거칠어졌다. 상대 팀이 기를 썼지만 갓패스트한테서 골을 얻을 수 없었다. 갓패스트는 상대 선수들의 슛을 공중에서 낚아챈 뒤 이를 드러내고 씽긋거리면서 물었다.

"이게 최선이니, 바나나 바나나?"

후반전이 끝날 무렵 내가 우리 팀의 세 번째 골을 넣자, 티제이가 팔꿈치로 나를 공격했다. 그의 팔꿈치가 내 눈 사이로 곧바로 날아든 순간, 나는 그대로 쓰러질 거라고 생각했다. 그런데 쓰러지는 대신 내 안의 스위치가 탁 켜졌다. 내 주먹이 티제이의 코를 향해 날아갔고, 내 무릎이 그의 불알을 걷어찼다. 티제이가 나보다 몸집이 크고 나이가 많다는 사실도 개의치 않았고, 코피가 터지기 전에는 그가 그 강한 주먹을 엄청나게 날려도 상관없었다.

내가 티제이를 걷어차는 걸 멈춘 건 살리 코치의 호루라기 소리가 내 귀청에 울려 퍼졌기 때문이다.

살리 코치는 싸움의 원인을 알고 나서 몹시 화를 냈다.

"티제이, 네가 입증하고 싶었던 게 뭐니? 네가 모잠비크나, 짐바브웨나, 콩고에서 온 애들보다 낫다는 것? 너희들한테 훈련시킨 두 가지가 뭔데? 규율과 존중이야. 내 캠프에서 거리 싸움은 안 돼. 그리고 데오, 화를 참지 못할 거라면 당장 떠나도 돼."

"이게 남아프리카 공화국 거리 축구팀이에요, 아니에요? 우리는 알 권리가 있다고요!"

티제이가 살리 코치의 얼굴에 대고 소리쳤다.

"선생님, 티제이 말이 맞아요. 영주권이 있는 선수들만 뽑을 거라면, 나머지 우리들은 뭐 때문에 여기 있는 거죠? 남아프리카 공화국 아이들의 훈련 상대가 필요해선가요?"

킬란이 말했다.

결국, 우리는 '우리'와 '그들'로 공공연하게 나뉘었다. 우리한테 벌어진 일을 무시할 수 있다고 생각한 살리 코치가 어리석었다. '우리'와 '그들'은 그렇게 엄연히 존재했다.

살리 코치는 말을 많이 했지만 그걸 이해하는 아이는 없었다. 그는 우리 모두 실력 때문에 거리에서 뽑은 선수이며 그걸로 충분하다는 이야기만 덧붙였다.

"너희들이 어느 나라 출신인지는 중요하지 않아. 한순간도 중요하지 않다고."

살리 코치가 힘없이 덧붙였다.

"물론 그렇겠죠. 난 남아공 출신이 아니에요. 남아공 사람이 될 생각도 없고요. 난 짐바브웨 출신이기 때문에 이 나라에서는 아주 미천한 사람이에요. 코치님한테는 어디 출신이냐가 중요하지 않겠지만, 나한텐 아주 중요해요. 코치님은 우리가 브라질, 호주, 캐나다, 덴마크 선수들과 경기를 할 거라고 했어요. 그 선수들이 자기들이 어디 출신인지 신경 쓰지 않을 거라고 생각하세요?"

나는 코피를 아무렇게나 닦으며 외쳤다.

살리 코치가 뭐라 대답을 했지만 내 귀에는 들어오지 않았다.

뭔가 부서졌다. 저녁 식사 시간에 우리 외국인 애들은 식탁 한쪽 끝에 앉고, 남아프리카 공화국 애들은 다른 쪽에 앉았다. 내 삶이 달라진 건 없었다. 나는 여전히 이방인이었다.

"데오야, 내려와. 기다리고 있을게. 우리는 네가 필요해."

저 아래 거리에서 탁한 쇳소리가 나를 부른다.

얼굴에 닿는 밤공기가 서늘하다. 작은 병이 전해 줄 선물에 내 코가 벌름거린다. 아래쪽에서 두건을 쓴 아이들이 조바심을 내기 시작한다. 그중 둘이 어둠 속으로 사라진다. 대장이 자기 왼손에 든 작은 병을 들어 올린 채 말없이 오른손으로 어서 내려와서 함께하자고 손짓한다. 가로등에 노란빛으로 물든 그 애 미소가 내 눈에 잡힌다. 이 길로 짐을 싸서, 방을 빠져나가, 복도를 지나고 문을 열고 나가, 저 아이들과 다시 어울려 도망 다니는 건 아주 쉬운 일이다.

24
마지막 훈련

살리 코치는 엿새 내내 우리를 거칠게 몰아붙인다. 우리는 끝없는 반복 훈련을 한다. 100미터 달리기로 땀을 빼고, 몇 시간 동안이나 웨이트 트레이닝을 하고, 너무나 지루한 스트레칭 훈련을 받는다. 알파베토가 용기를 내어 언제 우리가 진짜 축구를 하게 되느냐고 묻자, 돌아오는 살리 코치의 답은 짧고 퉁명스럽다.

"내가 하라고 그럴 때. 남 관심은 그만 끌고 두 바퀴 더 돌아."

살리 코치는 우리를 하나하나 유심히 살피면서 공책에다 메모를 한다. 넷째 날, 그가 남자아이 세 명과 여자아이 한 명을 자기 옆으로 부른다. 그들은 경기장 끝의 관람석에서 심각하게 이야기를 나눈다. 아이들이 한 명씩 고개를 숙이고, 살리 코치가 아이들의 어깨에 손을 얹는 게 보인다. 그들은 떠난 뒤 다시 돌아오지 않는다. 훈련 캠프의 방침 중엔 훈련을 통과하지 못한 아이들한테 보호시설에서 숙식을 제공한다는 게 포함되어 있다. 그렇게 하면 적어도 아이들이 거리로 돌아가지 않아도 된다. 하지만 그건 별로 위안이 되지 못한다. 훈련을 통과하지 못한 아이들은 마음에 상처를 입는다.

나는 남한테 관심을 끄고, 더 열심히 훈련하고, 말썽을 피우지 않고, 살리 코치 눈에 띄지 않으려 한다. 다음 날, 두 명의 아이들이 훈련에서 빠진다. 그 아이들이 작별 인사를 할 때 우리는 눈을 마주치지 않으려고 애쓴다. 아무도 탈락한 아이들에 관해 이야기하지 않는다. 그 아이들이 언제 여기 있었나 싶다.

그러고 나서 살리 코치가 외국인 선수들과 남아프리카 공화국 선수들을 짝지어 준다. 티제이가 내 새로운 스트레칭 파트너가 된다. 티제이와 나는 웨이트 트레이닝을 함께하고, 모든 축구 훈련도 짝을 이루어 한다. 티제이가 나를 등에 업고 운동장을 가로질러 뛰어가기도 하고 스타디움 관객석을 올라가기도 한다. 살리 코치가 며칠 전의 문제를 해결하려고 애를 쓰고 있는 것이다.

"차라리 결혼을 하라고 하는 게 낫겠다."

티제이가 나를 업고 경기장을 가로질러 가면서 어깨 너머로 투덜거린다.

"나도 싫기는 마찬가지야. 입 닥치고 꽉 잡기나 해."

나는 티제이의 등에서 떨어질까 봐 목을 꼭 잡으며 말한다.

"내 말이 무슨 뜻인지 알아? 우리가 지금 결혼한 지 30년 된 부부처럼 말하고 있잖아!"

티제이의 말에 우리 둘 다 웃음을 터뜨린다. 우리는 한 덩이가 되어 운동장 한가운데에 쓰러진 채 깔깔거린다.

외국인과 남아프리카 공화국으로 편싸움한 지 이레째 되는 날, 살리 코치가 경기장 옆에서 우리를 기다리고 있다.

"따라와."

살리 코치가 인사도 하지 않고 말한다.

우리는 코치를 따라 하틀리베일 스타디움 안의 회의실로 간다. 여기는 의자들이 동그랗게 놓여 있다.

"앉아."

살리 코치가 서류철에서 종이 한 장을 꺼내며 말한다.

우리는 서로의 얼굴을 쳐다볼 용기가 나지 않는다. 나는 코치를 쳐다보지 못한다. 살리 코치는 결심을 굳힌 모습이다. 나는 대신 코치 목에 새겨진 호랑이를 쳐다본다.

"이 종이엔 올해 남아프리카 공화국 거리 축구 월드컵 팀의 선수 명단이 적혀 있다."

내가 두려워하면서도 손꼽아 기다리던 순간이다.

"내가 이름을 부르기에 앞서, 너희들이 이 팀에 들어오기 위해 마지막으로 해야 할 일이 있다."

코치가 종이를 접어 윗옷 주머니에 넣으며 말한다.

"지난주에 있었던 일로 많은 걸 생각했다. 너희들을 실망시키고 싶지 않았지만, 지난주엔 본의 아니게 너희들을 실망시켰더구나. 너희들이 원하는 대답을 주지 못했지. 다루기 힘든 문제라서 그런 것도 있고, 우리가 내놓고 말하기 꺼려하는 문제여서 그랬다는 생각도 든다.

외국인 혐오증에 대해 말하는 거야. 그 말이 무슨 뜻인지 알지? 다른 나라에서 온 사람들을 두려워하고, 그런 이유로 그들을 미워하는 거지.

티제이, 네 말이 맞아. 이 팀은 남아프리카 공화국 거리 축구팀이야. 우리는 남아프리카 공화국을 대표해서 경기에 참가하는 거고. 그리고 데오, 네 말도 맞아. 어느 나라에서 왔느냐 하는 건 중요해. 아주 중요하지.

문제는 남아프리카 공화국 사람이 된다는 게, 남아프리카 공화국에 산다는 게 무슨 뜻인지 우리 모두 잘 모른다는 거야. 너희들은 네 옆에 앉은 사람이 어떻게 해서 이곳 케이프타운까지 오게 됐는지 아니?"

아무도 대답하지 못한다. 나는 살리 코치가 이렇게 진지하게 말하는 걸 본 적이 없다.

"오랫동안, 이 나라 사람들은 인종 차별 정책과 인종 분리 정책이 유일한 해결책이라고 생각해 왔어. 그리고 많은 사람들이 고통 받는 사람들을 보고도 못 본 척했지. 나한테, 아버지한테, 증조할아버지한테만 말하는 거지. 우리는 이 나라에서 어떤 일이 벌어졌는지 알고 있어. 그런데 만델라가 대통령이 된 지 16년이 지났는데도 우리는 바보같이 똑같은 실수를 반복하고 있어! 우리보다 훨씬 상황이 안 좋은 아프리카 나라에서 온 사람들이 고통을 겪고 있는 걸 보고도 우리는 못 본 척하고 있거든.”

살리 코치가 의자에 등을 기댄 채 회의실에 앉아 있는 아이들 얼굴을 한 사람씩 눈여겨본다.

“나는 공포와 증오 때문에 우리 팀이 엉망이 되게 내버려 두지 않을 거야.”

코치가 손바닥으로 무릎을 세게 친 뒤 앞으로 몸을 기울인다.

“이제 너희들 이야기를 듣고 싶어. 너희들이 어디서 왔는지, 어떻게 해서 오늘 이 회의실까지 오게 됐는지 말해 줬으면 좋겠어. 모두들 귀를 기울이기를 바란다. 잘 듣고, 제대로 이해하길.”

아이들이 불편한 듯 자세를 고쳐 앉는다. 몇 명은 고개를 푹 떨어뜨린다. 내 손바닥은 완전 땀투성이다. 회의실 안에 팽팽한 침묵이 흐른다.

“이걸 마지막 훈련이라고 생각하고, 누가 먼저 얘기할래?”

코치가 셔츠 주머니를 가볍게 두드리며 말한다.

나는 빙 둘러앉은 아이들을 흘긋거린다. 다른 아이를 제대로 쳐다보는 아이는 없다. 코치를 쳐다보는 아이도 없다. 천장과 바닥이 회의실에서 가장 눈 맞추기 좋은 곳이 되어 가고, 침묵은 터지기만을 기다리고 있는 크게 부풀어 오른 풍선 같다. 아무도 먼저 이야기하고 싶어 하지 않는다. 곁눈질로 보니 코치는 팔짱을

끼고 의자에 등을 기댄 채 마냥 기다릴 태세다.

"제가 할게요."

갑자기 킬란이 말한다. 아랫입술을 깨문 채 잠시 생각한다.

"우리 아빠는 사회복지사로 케냐의 카무쿤지에서 근무했어요. 그곳은 내가 태어난 곳이기도 해요. 나이로비에서 30킬로미터쯤 떨어진 마을이에요."

킬란이 말을 멈추더니 고개를 숙이고 의자 손잡이를 붙잡는다.

"계속해."

코치가 말한다.

"우리 아빠는 마을의 지도자였어요. 사람들은 아빠를 신뢰했죠. 아빠는 선거에서 투표용지를 세는 일을 맡았어요. 나는 선거에 대해 잘 몰랐어요. 처음엔 신경도 쓰지 않았어요. 처음엔 모든 게 평화로웠으니까요."

킬란이 눈으로 코치한테 의지하고 있는 것처럼 보인다. 그녀의 목소리가 떨린다.

"우리 아빠 이름은 키쿠유였어요. 아빠는 지역에 발전을 가져올 정당에 투표해야 한다고 믿었어요. 아빠는 투표용지를 두 번이나 세었기 때문에, 누가 선거에서 이겼는지 알았어요.

그때 정부를 지지하는 사람들이 카무쿤지로 왔어요. 그들은 우리 아빠와 다른 지도자들한테 선거 결과를 대통령이 당선된 걸로 해야 한다고 말했어요.

외지에서 온 사람들은 우리 아빠가 마을 사람들한테 투표에 관해 이야기하는 걸 좋아하지 않았어요. 그날 밤, 그들은 카무쿤지에 있는 집들을 태우기 시작했어요. 다음날 아침에 우리 아빠를 쫓아왔고요. 나는 아기인 내 여동생하고 엄마와 함께 외갓집에 가 있었기 때문에 무슨 일이 벌어졌는지 몰랐어요. 그런데 큰아빠가 와서 우리 집이 불타 버리고 아빠가 죽었다는 소식을 전했어요.

 그들이 크고 무거운 칼로 아빠의 팔을 잘랐다고 했어요. 마을 사람들이 아빠를 그 지역 병원으로 데려갔지만, 문이 닫혀 있었어요. 우리 아빠는 다음 날 병원 밖에서 죽었어요. 난 아빠의 시체라도 보고 싶었는데, 엄마가 마을을 떠나야 한다고 말했어요. 더 이상 카무쿤지에 살 수 없다고, 안전하지 않다고 했어요. 여동생은 너무 어려서 우리하고 함께 떠날 수 없어서 이모한테 맡겼죠. 엄마와 나는 나이로비를 거쳐 탄자니아로 갔어요. 그러고 나서 화물 배달 트럭을 타고 보츠와나로 갔어요. 우리는 남아공으로 와서 어핑턴에서 지냈어요. 하지만 그곳엔 일자리가 없었죠. 그래서 케이프타운으로 왔고, 엄마는 항구에서 일했어요."

 킬란의 목소리가 아주 작아진다.

 "병에 걸려 돌아가시기 전까지요."

 아무도 숨을 쉬지 않는 것 같다. 심지어 살리 코치도.

 "아빠가 나한테 축구를 가르쳐 줬어요. 또 텔레비전으로 맨체스터 유나이티드의 경기를 구경하기도 했어요. 카무쿤지에서 아빠와 나는 일요일마다 감리교회에 갔어요. 그래서 엄마가 돌아가신 뒤에도 이곳에서 감리교회에 다녔죠. 교회 사람들이 축구 선수 선발 시험에 대해 말해 줘서 이곳에 오게 된 거예요."

킬란의 목소리는 점점 작아지다가 나중에는 잘 들리지 않는다. 우리 모두 킬란의 이야기가 끝났다고 생각했는데, 그녀가 우리를 둘러본다.

"남아프리카 공화국에서 지내는 건 몹시 힘들었어요. 케냐하고 모든 게 달랐어요. 나는 도움을 바라고 싶지 않지만, 케냐로 돌아가서 여동생을 데려오려면 돈이 필요해요. 여동생을 데려와 이곳에서 함께 지내고 싶어요."

킬란이 살리 코치의 눈길을 피해 눈을 떨어뜨리고 의자 밑에서 다리를 떤다. 이야기를 다 마친 것이다. 우리 모두 살리 코치를 바라본다.

"킬란, 고맙다. 다음은 누가 할래?"

이번엔 누군가 금방 손을 든다. 티제이다.

"난 슈타인코프에서 왔어요. 알아요, 안다고요, 그곳이 어디인지 아무도 모른다는 거. 난 그곳을 남아프리카의 겨드랑이 털이라고 불러요. 그곳은 사막에 인접한 나미비아 국경 쪽에 있는 마을이에요. 아니, 그곳은 망할 놈의 사막이에요!

우리 아버지는 옛날 남아프리카 방위군에서 사냥꾼으로 일했어요. 그러다 지뢰를 밟는 바람에 일자리를 잃게 되었죠. 지뢰에 발이 날아갔거든요."

아이들이 모두 웃자 티제이가 이를 드러내 놓고 씩 웃다가 고개를 젓는다.

"웃지 말아요! 농담처럼 들리겠지만, 재미있으라고 한 얘기가 아니니까. 아버지는 더 이상 일을 못 하게 돼서 집에서만 지냈어요. 복지시설에 끌려가기 전까지 나를 두들겨 팼어요. 엄마는 아버지가 알코올 중독이랬어요. 아버지를 만나는 횟수가 점점 줄더니 나중에는 엄마가 아버지가 집으로 돌아오지 못할 거라고 했어요. 엄마는 아버지가 케이프타운에 갔다고 했어요. 그래서 집을 나온 거예요. 정말 바보 같은 짓이었죠. 그때 겨우 열세 살이었는데. 아버지를 찾아야겠다는 생각만 한 것 같아요. 나를 때리기는 했지만, 아버지가 불쌍했어요. 발을 잃기 전까지는 정말 훌륭한 사냥꾼이었거든요.

케이프타운에서 아버지를 찾지 못했어요. 아버지가 죽었을지도 모른다는 걸 깨달았을 땐 고향으로 돌아가는 게 너무 늦었어요. 엄마는 아직 슈타인코프에 살고 있는데, 최근엔 엄마 소식을 별로 못 들었어요. 형이나 누나 같은 가족이 있으면 좋겠다는 생각을 해요. 킬란, 넌 다행인 줄 알아. 네 여동생이 이곳에 있지 않지만 말이야.

슈타인코프로 돌아갈 수도 있어요. 하지만 그곳에 가 봤자 내가 할 일이 없어요. 학교에 다녔어야 하는데, 이제 와서 그런 생각을 해 봤자 늦은 거죠. 나는 마약에 빠져들었어요."

티제이가 재빨리 살리 코치의 눈치를 살핀다. 코치가 고개를 끄덕인다.

"힘들었지만, 지금은 다 이겨 냈어요. 다시는 마약에 손대지 않을 거예요."

"티제이, 고맙다. 다음은 누가 할래?"

살리 코치가 말한다.

그런 식으로 이야기가 계속 이어진다. 빙 둘러앉아 있는 아이들이 모두 자기 얘기를 한다. 재미있는 순간을 경험한 아이들도 있지만, 다들 문제를 안고 있고, 대부분의 아이들은 슬픔에 잠겨 있다.

회의실에 있는 아이들은 모두 케이프타운이 아닌 다른 곳에서 왔다. 우리 모두는 이 도시의 이방인이지만, 슬픔과 죽음에서는 이방인이 아니다.

회의실에 있는 아이들은 모두 다른 곳으로 가고 싶어 한다. 케이프타운 거리에서 살고 싶어 하는 아이는 아무도 없다.

회의실에 있는 아이들은 모두 어딘가에 소속되기를 바라고, 물건이 아니라 사람으로 대우받고 싶어 한다.

아이들이 한 사람씩 자기 이야기를 하면서, 말하기도 쉬워지고 듣기도 편해진다. 나는 회의실의 아이들이 이야기를 하면서 그들의 얼굴에 변화가 생기는 걸 알아차린다. 아이들 눈에 불빛이 반짝거린다. 흐릿했던 눈빛에 생기가 돌기 시작한다. 더 이상 불안해하지도 않는다. 아이들이 차례차례 이야기를 하면서 이야기를 하지 않은 아이들도 자신감을 얻는다.

아이들의 이야기가 축구공의 하얗고 검은 조각 같다. 각각의 조각들이 있어야 완전한 공이 되는 법이다.

"데오? 네가 마지막이구나. 네 차례야."

살리 코치가 말한다.

나도 내 조각을 덧붙이고 싶지만, 할 수가 없다. 내 이야기는 내 가슴속에 묻어 둬야만 한다. 내 이야기를 누구와도 나누고 싶지 않다. 내 이야기는 아직 내 머릿속에 묻혀 있다. 사건이 벌어진 순간으로 돌아갈 수 없다. 나보다 먼저 이야기한 아이들의 사연에 내 사연의 일부가 들어 있다. 내 이야기는 내가 가진 모든 거다.

"데오야, 기다리고 있는데."

살리 코치가 말한다.

코치 목에 새겨진 호랑이가 나를 보고 웃고 있다. 살리 코치가 뭐라고 했지? 꼭 잡고 놓쳐서는 안 된다고 했어.

킬란이 미소를 짓는다.

"데오야, 나도 이야기하기 싫었어. 제발. 네가 어떻게 여기까지 왔는지 듣고 싶어."

나는 둥그렇게 앉아 있는 아이들 얼굴을 바라본다. 아이들은 모두 나를 쳐다보고 있다. 내 마음 한편에서는 당장 일어나 회의실에서 도망치라고 한다. 하지만 또 다른 한편에는 아이들한테 내 이야기를 들려주고 싶은 마음이 있다.

"형이 있었어요. 이름은 이노센트였어요. 형은 아주 특별한 사람이었고, 내 친한 친구였어요."

나는 그렇게 내 이야기를 시작한다.

구투와 그곳에서 벌어진 사건. 지저스 사령관과 엄마와 똥간 할아버지. 개미와 오줌에 뒤덮여 바닥에 큰 대자로 묶여 있던 형.

서장 아저씨와 그린 봄바스의 습격. 내가 형한테 불러 준 노래.

베잇브리지로 가는 길에 들었던 반팔이나 긴팔 셔츠 이야기. 형이 마녀한테 잡아먹힐 뻔했던 나를 구해 준 일. 형이 림포포 강에서 미끄러져 강물이 형 머리 위로 차오르던 일. 형이 하이에나를 향해 호루라기를 불던 일. 형이 토마토를 싸던 일. 형이 요하네스버그의 다리 구멍으로 사라진 일. 형이 실종된 일.

쓰레기일 수 없는 쓰레기.

형의 죽음.

형 없이 지낸 수용소 생활.

형 없이 기차를 타고 사막을 지나 케이프타운으로 온 일. 형 없이 이 세상 끝에서 수용소 생활을 더 했던 일. 형 없이 거리에서 지냈던 일. 본드의 환각 세상으로 도피했던 일. 모든 게 흐릿해지고, 가벼워지고, 느려지던 순간. 그러고 나서 일어난 가장 끔찍했던 일—형의 기억이 흐려지고, 사라지기 시작한 일.

"형이 어떻게 생겼었는지 더 이상 기억나지 않았어요. 형이 내 마음속에서 영원히 사라지고, 앞으로 절대 형을 다시 볼 수 없을 것만……."

눈앞이 흐려진다.

언제부터 내 뺨에 눈물이 흘러내리기 시작했는지, 또 언제부터 가슴속에서 울음이 차올라 더 이상 이야기를 계속할 수 없게 되었는지 알 수가 없다. 가장 이상한 일은, 내 마음 한편에서는 너무 가슴이 아파 절대 울음이 멈추지 않을 것 같은데, 다른 한편으로는 형에 관한 이야기를 털어놓아 너무 기쁘다는 것이다. 형이 너무 보고 싶다. 형이 아주 오랫동안 나를 떠나 있다가, 회의실의 내 옆자리로 돌아온 것 같다. 나는 셔츠 소매로 눈물을 훔친다. 내가 아이들 앞에서 울고 있다니, 믿을 수가 없다. 나를 보고 웃는 아이는 없다.

"내 이야기는 끝났어요. 미안해요. 좀 길었죠."

내가 말한다.

"하지만 절대 지루하지 않았어."

티제이가 말하자 모두 웃는다.

나도 따라 웃는다.

"데오야, 고맙다. 모두 정말 고마워. 너희들 이야기를 들으면서 우리가 세계 어느 팀하고 붙어도 이길 수 있으리라는 확신이 더 강하게 들었어. 너희들도 팀원들의 이야기를 듣고 서로 더 많이 이해하게 되었지? 너희들 모두 인생에서 너무 많은 짐을 지고 있어서 서로 나눠야 한다는 생각은 들지 않니?"

살리 코치 말이 맞다. 나는 싸우는 데 지쳤다. 어디에 속한다는 걸 증명하는 일에 지쳤다. 코치가 주머니에서 종이를 꺼낸다.

"내가 우리 팀을 지도할 방법은 딱 한 가지이고, 우리가 거리축구 월드컵에서 우승할 방법도 딱 한 가지뿐이다.

우리는 팀으로 경기를 할 때만 이길 수 있다. 그건 우리가 세상에서 가장 강력한 협동 정신을 길러야 한다는 말이다. 아무리 훌륭한 선수라도 실수를 저지를 수 있어. 그럴 때 서로 야단치는 동료 선수가 아니라 서로 격려해 줄 수 있는 동료 선수가 필요하다고 본다.

지난 1주일 동안 너희들을 아주 주의해서 지켜보았어. 너희들 하나하나가 우리 팀에 특별한 기여를 했어. 짐바브웨 출신의 아이는 용기와 결단력을 보여 주었고, 케냐 출신의 아이는 민첩함과 스피드를 보여 주었어. 앙골라 출신의 아이는 골 에어리어에서 놀라운 수비 능력을 선보였지. 그리고 모잠비크 출신의 아이는 뛰어난 볼 컨트롤과 경쾌한 동작을 보여 주었어."

살리 코치가 자리에서 일어나 둥글게 앉아 있는 우리를 따라 걸으며 호랑이 문신처럼 사나운 눈길로 쳐다보는 바람에 우리는 꼼짝도 못하고 의자에 앉아 있다. 살리 코치는 감정이 복받치는 듯 신음 소리를 내며 우리 뒤를 걷고 있다.

"모르겠니? 우리는 똑같지 않기 때문에 이 대회에 참가하는 다른 어떤 팀보다 강한 거야. 너희들 모두 아프리카의 다른 나라에서 축구를 배웠어. 우리가 서로 힘을 합해 경기하는 스타일은 세계의 어느 팀하고도 달라. 우리 스타일을 알아차리기 힘들다는 얘기야. 나는 너희 고향에서 가장 뛰어난 선수를 선발해 이 대회에 참가하는 가장 강한 팀으로 만들 거야.

우리 팀에 뽑힌 아이들은 남아프리카 공화국 국기가 달린 유니

폼을 입게 될 거야. 하지만 남아프리카 공화국 출신이 아닌 아이들은 각자 자기 나라 국기가 새겨진 완장을 차게 될 거야. 우리는 남아프리카 공화국 거리 축구팀이 피난민들을 무시하지 않는다는 걸 전 세계에 보여 줄 거야. 피난민들이 있기 때문에 우리나라가 강해질 수 있다는 걸 보여 주는 거지"

살리 코치가 말을 멈추고 손을 엉덩이에 댄 채 아이들 한가운데 선다.

"내 말에 찬성하지 않거나 이런 조건에서 뛰고 싶지 않다면 지금 당장 이 방에서 나가도 좋아."

아무도 움직이지 않는다. 내 마음속에서 뭔가 바뀐다. 나는 남아프리카 공화국을 위해 경기에 나설 수 있을 거라는 생각은 해 본 적이 없다. 그렇더라도 이제는 살리 코치 말대로 나 자신과 내 조국과 우리 팀 동료를 위해 뛰게 될 것이다.

살리 코치가 고개를 한 번 끄덕이고 나서 천천히 종이를 편다.

"거리 축구 월드컵 경기에 참가할 선수는……."

나는 살리 코치의 다음 말을 기다리며 다른 아이들과 마찬가지로 숨을 죽인다.

"이 방 안에 있는 사람 모두다."

우리는 귀청이 터질 정도로 소리친다. 자리를 박차고 일어나 서로 껴안고, 팔짝팔짝 뛰며, 노래를 부른다.

"월드컵 우리가 간다! 우리가 간다! 우리가 간다!"

25
한밤중의 달리기

　자정을 넘긴 시간이지만 나는 완전히 깨어 있다. 이제 열 시간만 지나면 우리는 첫 번째 시합을 치르게 된다. 내일, 아니 바로 오늘 거리 축구 월드컵이 시작된다. 나는 팔베개를 하고 침대에 누워 어둠을 뚫어져라 본다. 옷을 입은 채로 주위가 조용해지기를 기다린다.

　시간이 되었다. 톡톡 창문을 두드리는 소리가 들린다고 생각했는데, 침대에서 일어나 창밖을 내다보니 거리는 텅 비어 있다. 거리의 아이들은 다시 오지 않았다. 아이들이 모두 잠든 걸 확인한 뒤 침대 밑에서 작은 배낭을 꺼낸다. 필요한 게 모두 들어 있는지 확인하고 아주 조용히 방을 빠져나와 복도를 따라 걸어간다.

계단을 내려가려는데 등 뒤에서 목소리가 들린다.

"데오야, 어디 가니?"

킬란이다.

"이렇게 늦은 시간에 뭐하고 있니? 다들 자는 줄 알았는데."

내가 묻는다.

"너무 흥분돼서 잠이 안 와."

"나도 그래. 나하고 산책이나 할래?"

킬란이 어리둥절한 표정으로 나를 보며 어깨를 으쓱한다.

"살리 코치님이 10시에 소등하라고 하신 말씀 잊었어?"

"내 방 불은 10시에 껐어."

내가 이를 드러내고 싱긋 웃으며 말한다.

"신발 가져올게."

킬란이 말한다.

잠시 후, 우리는 현관 입구에 서 있다. 나는 문손잡이를 돌리기 전에 잠깐 망설인다.

"정말 같이 가고 싶어? 문제를 일으키기 싫지만 할 일이 있어. 그리고 그 일을 오늘 해야만 하거든."

킬란이 내 눈을 똑바로 쳐다보며 웃음을 짓는다.

"가자."

밤공기가 맨 살갗에 살며시 내려앉는다. 밤공기에서 리즈빅 강의 냄새가 나기는 하지만, 오늘 밤은 바닷소금 냄새가 진하게 풍긴다. 우리는 인도를 따라 재빨리 걸어간다. 킬란이 옆에 있다는 게 기쁘다. 나는 천천히 뛰기 시작한다. 한밤중에 뛰니 기분이 좋다. 킬란이 내 옆에서 나란히 뛰면서, 우리 걸음이 하나가 된다.

"우리가 어디로 가는지 물어보지 않을게."

잠시 후에 킬란이 묻는다.

"근데 궁금해. 왜 한밤중에 솔트 강 옆을 달리는 거니?"

"이제 얼마 안 남았어. 시내로 연결된 고속도로 보이니?"

킬란이 가까이 다가오며 말한다.

"데오야, 저기는 왜?"

"진정해. 네가 생각하는 그런 거 아니야. 따라와. 괜찮아."

거리에서 고속도로 밑으로 직접 연결된 좁은 길로 달려갈수록 어둠이 짙어진다. 나는 배낭에서 손전등을 꺼내 다른 사람들이 그곳에서 노숙하며 밤을 지새우는지 확인한다. 손전등 불빛에 깜짝 놀라는 얼굴이나 판지 상자를 덮고 잠자는 사람들의 모습은 보이지 않는다. 따뜻한 저녁이어서 그랜드 퍼레이드 주위를 서성대고 있을지도 모른다. 나는 고속도로 밑의 기둥을 세고 손전등으로 낙서를 확인하며 특별한 기둥을 찾는다. 마침내 손전등 불빛에 빨간색으로 칠한 'KEWL'이라는 글자가 보인다. 나는 배낭을 벗고 YMCA 정원사 창고에서 빌린 작은 삽을 꺼낸다.

"금방 끝날 거야."

내가 말한다.

나는 기둥 주춧돌 앞에 무릎을 꿇고 땅을 파기 시작한다.

"데오, 너 완전히 미친 거 아니니?"

킬란이 불안한 표정으로 주위를 살피며 말한다.

나는 대답하지 않는다. 오래전 아무 데도 갈 곳이 없고 어떻게 살아야 할지 막막하기만 했던 그때, 내가 여기 묻어 두었던 걸 찾으러 온 것이다. 내 10억 달러 축구공과 형의 빅스 상자. 나는 모래밭에서 축구공을 꺼내 흙을 털어 낸다.

처음 이 도시에 왔을 때, 다른 아이들이 갖지 않은 걸 갖고 있는 건 현명하지 않다는 걸 금방 배웠다. 다른 아이들처럼 굴어야 했고, 아무것도 갖고 있지 않아야 했다. 한동안 나는 나한테 가장 소중한 걸 잃어버릴 위험에 처해 있었다. 형의 빅스 상자를 책임지고 간수할 준비가 되어 있지 않았기 때문에 고속도로 밑에 파묻었던 것이다.

"됐어, 가자."

나는 낡은 축구공과 형의 빅스 상자를 배낭에 집어넣는다.

우리는 뛰어서 YMCA로 돌아간다. 모퉁이를 돌고 나자, 나는 100미터 정도를 남기고 천천히 걸어서 간다.

"형 물건이니?"

킬란이 묻는다.

"상자는 형 거야. 빅스 상자라고 불렀지."

우리는 아무도 없는 식당으로 들어가 탁자에 앉는다. 내가 낡은 축구공을 꺼낸다.

"이건 내 거야. 이게 내 첫 번째 축구공이야. 우리 할아버지가 낡은 소가죽으로 만들어 주신 거야. 이 안에다 플라스틱을 채워 넣어서 썼어."

킬란이 소가죽을 만지작거리다가, 입김을 불어 넣어 가죽을 부풀어 오르게 하려고 한다.

"나는 네 것보다 훨씬 상태가 안 좋은 공을 찬 적도 있어."

킬란이 말한다.

나는 빅스 상자를 탁자 위에 올려놓는다. 상자를 열기 힘들 거라고 생각했는데, 아니다. 빅스 상자의 뚜껑을 열고 내용물을 하나하나 꺼내 탁자 위에 놓는다. 주머니칼, 호루라기, 건전지 두개, 사진, 비누 조각, 콘돔, 겨드랑이 탈취제, '원 플러스 원' 쿠폰, 귀마개, 포켓형 성경.

"이게 형이 하이에나를 쫓을 때 쓴 호루라기야."

나는 호루라기를 집어 들고 형이 덤불 사이를 달리며 있는 힘껏 불던 모습을 떠올리며 말한다.

나는 주머니칼을 어루만진다.

"그리고 림포포 강을 건널 때 대나무 장대에 묶어 놓았던 팻슨의 목발을 자를 때 이 칼을 썼어."

"네 형은 네가 생각하는 것보다 섹스에 대해 더 많이 알았던 것 같은데."

킬란이 콘돔을 집어 들며 말한다.

"형은 여자들을 별로 안 좋아했어. 그냥 어디에 가나 있는 안전한 섹스 광고를 봤고, 콘돔이 있으면 여자들로부터 자신을 지킬 수 있을 거라고 생각한 거지."

내 말에 킬란이 웃는다.

"아주 현명한걸."

킬란이 말하면서 작은 성경을 훌훌 넘겨본다.

"새뮤얼이 누구니?"

킬란의 물음에 내가 흠칫 놀란다.

"이노센트와 데오에게, 이건 율법서가 아니라 사랑의 책이다. 이 책은 언제까지나 너희들을 구원해 줄 거다. 너희들을 사랑하는, 새뮤얼."

킬란이 읽는다.

"내가 좀 볼게."

나는 킬란한테서 성경을 받아 첫 장에 적힌 메시지를 본다.

'이노센트와 데오에게,'

내 이름이 적혀 있다.

"데오야, 그게 뭐니?"

"우리 아빠가 쓴 거야. 아빠가 나한테 뭔가를 남긴 거야. 이건 한 번도 본 적이 없었어."

아빠가 진짜 있다. 나는 아빠가 자필로 적어 놓은 내 이름을 가만히 들여다본다. 아빠는 내가 있다는 걸 알고 있었다. 나는 형한테 소중했던 물건들을 바라보며, 성경 이외에는 모두 잡동사니에 불과하다는 걸 깨닫는다. 이 물건들이 형한테는 중요한 것이었겠지만, 나한테는 아니다.

"뭐라고?"

킬란이 묻는다.

"내 과거 삶은 더 이상 존재하지 않아."

내가 말한다.

"이 상자 안에 있는 것들은 모두 형의 인생이야. 형은 이 빅스 상자 없이는 살 수 없었어."

나는 물건을 모두 모은다.

"이건 형의 인생이야. 내 인생이 아니고."

나는 형의 보물들을 도로 빅스 상자 안에 넣고 뚜껑을 닫는다.

"그래도 이건 네 거야."

킬란이 내 낡은 가죽 주머니를 내 앞으로 밀며 말한다.

"이것 때문에 여기까지 오게 된 거야."

26
시합 주간

우리는 케이프타운의 거리로 간다. 하늘이 푸르고 화창한 아침, 도시는 축구 선수들의 차지가 된다. 우리가 지나가는 거리마다 줄지어 선 수많은 사람들이 박수갈채를 보낸다. 우리도 깃발을 흔들며 힘껏 소리친다. 나는 낯선 사람들한테 손을 흔들고, 그들의 환호에 미소로 답하고, 소음과 흥분을 즐기며 애덜리 거리 한가운데를 걸어간다. 주위에 있는 사람들이 모두 내가 한 번도 들어 본 적이 없는 노래를 부른다.

"하나님과 조국의 영광을 위해! 하나님과 조국의 영광을 위해! 필리핀 골! 골! 골!"

우리가 새로 지어진 그린 포인트 주경기장 앞의 주차장을 향해 행진할 때 우리 뒤에 있는 팀이 구호를 외친다.

"USA! USA! USA!"

미국 선수들이 구호를 외친다.

"올레, 올레, 올레, 올레, 올레."

스페인 선수들이 노래를 부른다.

코트디브아르 선수들은 북으로 리듬을 맞춘다. 영국 선수들은 엄청난 소음을 내는 땡땡이를 공중에 대고 흔든다. 한국 선수들은 박수를 치고 종을 울린다. 오스트리아 선수들은 나팔을 분다.

행렬이 마침내 그린 포인트에 도착한다. 축구 주경기장이 주차장 위로 우뚝 솟아 있고, 세 개의 축구 경기장 둘레에 임시로 설치한 비계발판이 서 있다. 우리가 연단 앞에 모이고, 한 남자가 손을 흔들자, 수천 명의 사람들이 환호로 맞이한다.

"저 사람이 넬슨 만델라니?"

내가 연단에 서 있는 키가 작고 안경을 긴 남자를 가리키며 티제이에게 묻는다.

"아니야. 저분은 데스몬드 투투 주교님이야."

티제이가 웃으며 대답한다.

데스몬드 투투 주교가 손을 들어 올리자 군중이 조용해진다.

"오늘날 전 세계적으로 집 없는 사람이 10억 명에 이르고 있습니다. 그리고 오늘 남아프리카 공화국에서, 이 좋은 아침에, 여러분은 그들을 대표하고 있습니다. 거리 축구 월드컵은 이 문제를 종식시키기 위해 만들어졌고, 여러분 모두가 집을 가질 수 있는 그날을 위해 존재합니다. 여러분은 일 년 내내 사회에서 배척받고 있습니다. 그러나 이제 여러분이 중앙 무대로 들어갈 차례입니다. 여러분이 가진 재능으로 이번 거리 축구 월드컵 경기에 참여하게 된 걸 진심으로 축하합니다. 여러분의 재능과, 여러분의 인내와, 여러분의 용기를 주신 하나님께 감사드립니다. 이 시합은 축구를 통해 사람들이 자신들의 삶을 바꾸도록 격려해 주고 힘을 실어 주도록 마련된 것입니다. 여러분은 이곳에 온 것만으로도 이미 그 목표를 이룬 것입니다!"

군중들이 함성을 올려 주교의 연설에 화답한다. 뿔피리, 땡땡이, 종소리, 북소리에 귀청이 떨어진다.

"여러분 모두 승자입니다! 하나님의 축복이 함께하길 빕니다!"

주교가 외친다.

"이제 경기를 시작하겠습니다!"

우리 팀 첫 경기는 3분 남아 있다. 우리가 한 골 뒤진 상태다. 관중이 모두 일어나 있다. 다들 경기 내내 쉬지 않고 소리치고, 깃발을 휘두르고, 노래를 부른다. 전자시계가 째깍째깍 지나간다. 1초, 1초가 지날 때마다 우리 팀이 시합에서 첫 패배를 기록하는 순간이 가까워진다. 덴마크 골키퍼가 자기 동료 선수들한테 소리를 지르며 공을 튀기고 있다. 나는 덴마크 골키퍼가 무슨 말을 하는지 알아들을 수 없다. 그런데 국수를 달라고 주문하는 소리

272

같다.

2분 30초가 남았다.

주심이 호루라기를 불어 프리킥을 선언한다.

"시간 지연!"

자코가 달려가서 공을 잡아챈다.

"자코, 빨리! 여기야!"

내가 소리친다.

메인 축구장에는 5천 명이 넘는 관중이 앉아 있다. 나는 그들을 쳐다보지 않으려고 한다. 우리 팀 선수들은 소음이나, 빠른 속도로 진행되는 경기의 긴장감이나, 스무 살이 넘는 남자들과의 14분 경기에 익숙하지 않다. 갓패스트의 프라이팬 손이 없었다면 여섯 골은 더 먹었을 것이다.

시합이 끝나려면 2분 남았다.

자코가 공을 사이드 보드에 가볍게 튕긴다. 공이 내 발에 딱 맞춰 굴러 온다. 에르네스토가 오른쪽으로 뛰어가며 내 패스를 기다린다. 곧바로 덴마크의 수비수들이 나한테 달려들 것이다. 나는 고개를 숙인 채 에르네스토한테 패스하는 척하며 수비수를 제친다. 내가 운동장 한가운데로 달려가자 자코가 왼쪽에서, 에르네스토가 오른쪽에서 고함을 지른다. 나는 골키퍼를 흘긋 쳐다본다. 그는 팔을 활짝 벌린 채 낮게 몸을 구부리고 있다. 골문을 향해 슛을 딱 한 번 할 시간밖에 없다.

나는 오른쪽 다리를 뒤로 휘둘렀다가 골대의 오른쪽 위 구석으로 공을 찬다. 골키퍼가 내 슛을 막으려고 오른쪽으로 뛰어오른다. 그가 선방을 한다. 우리가 첫 게임에서 지게 될 판이다.

그런데 골키퍼가 공을 확실히 잡지 못한다. 공이 바닥에 떨어진다. 그가 공을 떨어뜨린 것이다!

내가 굴러가는 공으로 달려들어 발끝으로 공을 차서 골키퍼의 다리 사이로 집어넣는다.

골인!

관중들이 열광한다. 자코와 에르네스토와 갓패스트가 나한테 달려든다. 주심이 호루라기를 분다. 전자시계에 경기 시간이 아직 30초가 남아 있다고 나타나 있다.

"아직 안 끝났어! 질 수도 있어."

나는 자코를 떠밀며 소리친다.

살리 코치와 톰 선생님이 우리한테 자기 자리로 돌아가라고 고함치는 게 보인다. 살리 코치는 다른 사람들처럼 흥분하지 않는다. 벤치에 있는 다른 선수들은 벌떡 일어나서 고함을 지르며 응원한다. 살리 코치는 너무 일찍 축하하는 게 위험하다는 걸 알고 있다. 이런 경기에서는 30초 동안에 많은 일이 벌어질 수 있다.

덴마크 선수들이 우리가 시간을 지연하고 있으니 벌칙을 줘야 한다고 주심한테 소리친다. 우리는 주심이 호루라기를 불기 전에 각자의 위치로 돌아간다.

경기가 다시 시작된다. 덴마크 선수들이 들개 떼처럼 우리한테 달려든다. 나는 태클을 하고, 수비를 하고, 패스를 차단하고, 골

에어리어에서 슛을 한다. 내 인생에서 가장 긴 30초가 지나갔다. 주심이 호루라기를 불자 시합이 끝난다.

우리의 첫 경기는 무승부다.

살리 코치가 경기장으로 뛰어나온다.

"좋아, 1분 동안 승부차기 할 준비를 하자. 모두 다섯 번 차는 거야. 데오, 네가 첫 번째와 마지막을 맡아."

코치가 말한다.

나는 잊어 먹고 있었다. 거리 축구 규정에는 무승부가 없다. 승자만이 있을 뿐이다.

"갓패스트, 행운을 빈다."

살리 코치가 경기장 밖으로 나가며 말한다.

승부차기가 시작된다. 내가 첫 번째 슛을 한다. 그런데 내가 공을 제대로 차지 못해 덴마크 골키퍼가 쉽게 막는다. 하지만 갓패스트도 덴마크 선수의 슛을 막는다. 자코가 페널티 킥 위치로 가서 슛을 해서 골을 넣는다. 그런데 덴마크 선수가 찬 공도 갓패스트를 지나 골인된다.

1대 1.

에르네스토의 차례다. 그가 찬 공이 골대 안으로 들어간다. 그리고 갓패스트가 덴마크 선수의 슛을 막아 2대 1이 된다. 마침내 우리 팀이 한 골을 앞서 나간다.

갓패스트가 승부차기를 하기 위해 앞으로 나온다. 그가 힘껏 찬 공이 덴마크 골키퍼의 손에 잡힌다. 덴마크 골키퍼가 갓패스트를 쳐다보며 이를 드러내 놓고 싱긋 웃은 뒤 페널티 킥을 차는 지점으로 성큼성큼 걸어간다. 덴마크 골키퍼가 갓패스트를 상대로 승부차기를 할 차례다. 갓패스트도 덴마크 골키퍼의 슛을 쉽게 막은 뒤 그를 쳐다보며 씩 웃는다.

다시 내 차례다. 이번엔 골인을 시켜야 한다. 나는 페널티 킥을 차는 지점에 공을 갖다 놓고, 두 걸음 물러난 뒤, 왼쪽으로 차는 시늉을 하다가 오른쪽 구석으로 찬다. 덴마크 골키퍼가 엉뚱한 방향으로 움직이도록 속인 것이다.

골인이다!

우리 팀 선수들이 경기장으로 몰려나와 나를 깔아뭉갠다. 우리 팀의 첫 승리다!

대회 첫 날, 우리 팀은 덴마크, 스페인, 캐나다, 호주, 이집트와 다섯 경기를 한다. 우리는 세 경기를 이기고, 두 경기에서 진다. 살리 코치는 기뻐하지 않는다.

"너희들은 기가 꺾인 것 같아. 너희들 동작이 그렇게 느린 건 처음 봤어. 킬란, 너는 발에 시멘트 블록을 매달기라도 한 것처럼 뛰고 있어. 티제이, 그렇게 날카롭던 패스는 다 어디 간 거야? 알파베토, 지난 3주 동안 우리가 죽어라 연습한 패턴을 잊어 먹은 거니? 관중, 소음, 선동에 신경 쓰면 안 돼. 우리 팀 선수들한테만 집중하고, 다른 건 쳐다보지도 말라고."

우리는 경기 둘째 날 아침에 회의실에 앉아 있다. 스트레칭 운동이 왜 그렇게 중요한지 이제야 알게 된다. 우리는 아침 여섯 시에 일어나서 준비운동과 스트레칭을 했다. 트럭이 나를 깔고 지나간 것 같다. 톰 선생님이 에르네스토의 무릎에 붕대를 감으며 고개를 젓는다.

"내일까지 나을 수 있을지 잘 모르겠어. 하루 쉬게 해야 할지도 몰라."

톰 선생님 말에 살리 코치가 얼굴을 찌푸린다.

"엉뚱한 사람한테 화풀이하지 마. 내가 이 아이를 이집트 선수들한테 내던진 것도 아니잖아."

톰 선생님이 말한다.

"너희들 모두 페이스 조절하는 법을 배워야 돼. 에르네스토, 너는 경기를 잘했고 진정한 용기가 뭔지도 보여 줬어. 하지만 너는 부상을 입었고, 결과적으로 팀에 도움이 안 돼. 경기가 열리는 동안은 다들 컨디션 조절을 하면서 자기 몸을 돌봐야 한다고 했잖아. 명심해. 여섯 개 트로피 중 하나라도 자기 조국으로 가져가야 겠다는 목표를 세운 팀이 모두 마흔여덟이야. 그 팀들 중의 하나가 되려면 오늘은 훨씬 더 좋은 성적을 거둬야 해."

우리는 살리 코치가 시키는 대로 한다.

하루가 끝날 무렵, 우리는 다섯 경기 가운데 네 경기를 이겼다. 벨기에, 아르헨티나, 말라위, 그리스와 싸워 이긴 것이다. 그런데 오늘의 마지막 경기인 브라질 전에서는 무려 5 대 1로 패했다.

다음날 아침 브리핑 시간에 살리 코치는 다른 방법을 취한다.

"세계 우승국한테 진 건 창피한 게 아니다. 그들이 행운의 골을 몇 개 더 넣은 것뿐이다."

우리가 낙담하는 소리를 듣고 살리 코치가 말한다.

"진심이다. 우리는 브라질을 이길 수 있어. 우리가 조 경기를 통과하면 브라질과 경기를 펼칠 기회가 또 주어질 거다. 남은 경기를 위한 조합을 정리해 보자."

대회 사흘 째 되는 날, 티제이와 내가 CNN이라는 텔레비전 방송국과 인터뷰를 한다. 리포터는 우리가 토너먼트에서 최고 득점을 한 선수라고 한다. 나는 방송국 직원이 내 셔츠 속으로 케이블을 집어넣어 옷깃에 소형 마이크를 고정하는 바람에 약간 긴장한다.

"나를 똑바로 봐. 카메라는 걱정하지 말고."

리포터가 말한다.

나는 고개를 끄덕이고 리포터의 소개가 끝날 때까지 기다린다. 확실하지는 않지만 그는 가발을 쓰고 있는 것 같다.

"이거 정말 끝내주는데. 나 어때?"

티제이가 손가락으로 자기 이를 닦으며 속삭인다.

"티제이, 입 다물어. 근사해 보여."

나는 카메라맨이 우리를 쳐다보고 얼굴을 찌푸리자 속삭이듯 말한다. 나는 리포터의 머리에서 눈을 떼지 못한다. 진짜 머리털이라고 하기엔 너무 금발이다.

"제발 조용히 좀 해."

카메라맨이 리포터를 촬영하며 말한다.

"올해의 거리 축구 월드컵 결승전은 남아프리카 공화국 케이
프타운의 새로 지은 그린 포인트 주경기장 지붕 아래서 치러지
고 있습니다. 이번 대회는 정확히 3주 뒤에 남아프리카 공화국
에서 열리는 FIFA 월드컵 대회의 연습 무대라고 할 수 있습니다.
다른 아프리카 팀들이, 불과 몇 년 전에 외국인 혐오증으로 인한
습격이 자행됐던 남아프리카 공화국에서 경기하는 걸 어떻게 생
각할지에 대해 말들이 많았습니다. 자 이제, 그들은 이 대회에 참
가한 선수들을 통해 많은 걸 배울 수 있을 것입니다. 이 독특한
이벤트는 전 세계 거리에서 지내는 노숙자들을 불러 모았고, 그
들을 한 주에 걸친 흥미진진한 축구 세계로 초대했습니다. 1주일
전만 해도 무시당하던 사람들이 수많은 관중의 환호를 받고 있
습니다. 남아프리카 공화국 팀은 특별한 통합 정책으로 대담한
선언을 했습니다. 남아프리카 공화국의 선수 열두 명 중 다섯 명
이 피난민입니다."

리포터가 말한다. 이제 카메라가 리포터에서 벗어나 티제이와
나한테 초점을 맞춘다.

"남아프리카 공화국의 코치인 솔로몬 다비즈는 남아프리카 공
화국 출신이 아닌 선수들한테 자기 나라 국기가 새겨진 완장을
차도록 했습니다. 국가 대표 팀에 피난민을 받아들인다는 건 놀
라운 발표였고, 칭찬과 비난을 동시에 들어야 했습니다. 하지만

남아프리카 공화국 팀이 이 대회 우승 후보인 독일 팀을 4 대 2로 물리쳤다는 사실에 불만을 가진 사람은 아무도 없습니다. 남아프리카 공화국 팀은 사상 처음으로 거리 축구 월드컵 우승 트로피를 손에 넣을 수 있는 아주 좋은 기회를 맞고 있습니다.

저는 지금 짐바브웨 출신의 데오 니안도로와 남아프리카 공화국 출신의 토마스 얀센 군과 함께하고 있습니다. 두 선수 모두 독일 전에서 2골씩을 기록했으며, 고도로 조직되고 훈련된 독일 팀을 효과적으로 물리쳤죠.

토마스, 먼저 이야기를 시작할까요? 남아프리카 공화국 출신 선수들은 다른 나라 출신의 피난민들과 함께 경기를 치르는 걸 어떻게 생각…….”

“그들은 피난민이 아니에요. 사람이에요.”

티제이가 리포터의 말을 자르며 말한다.

“나는 피난민, 망명자, 망명 신청자, 노숙자, 흑인, 백인, 유색 인종, 빨갱이 같은 웃기는 꼬리표가 싫어요. 한 가지는 분명히 밝혀 두고 싶어요. 우리 팀 선수들은 그런 꼬리표에는 신경 쓰지 않아요. 훌륭한 축구 선수에만 관심이 있죠.”

“음, 고마워요. 얀센 군…….”

“다른 아프리카 국가에서 남아프리카 공화국으로 온 사람들은 흑인 거주 구역으로 쫓겨났어요. 그들 가운데 많은 사람들이 우리 거리에 살고 있어요. 이 경기는 거리 축구 월드컵이에요. 왜 그들이 우리 팀에서 뛰면 안 되는 거죠? 그들은 우리의 형제고 자매예요. 그들이 있기 때문에 우리나라가 더 강해지는 거고요."

"고마워요. 얀센 군……."

"티제이라고 불러 주세요."

"고마워요, 티제이 군. 그럼 데오 군, 남아프리카 공화국 선수로 뛰는 게 어때요? 특히 칼리처에서 발생한 외국인 혐오 관련 공격이 소말리아와 짐바브웨 사람들을 겨냥했다는 점을 생각할 때 말이에요?"

"저는 축구를 하기 위해 여기 있습니다. 코치님이 이 대회에서 우리가 승리할 수 있다고 믿어 줬기 때문에 제가 선수로 뛰고 있는 거고요. 제 능력을 펼쳐 보일 수 있는 기회가 저한테 주어진 것이고, 그게 고마울 따름입니다."

나는 리포터의 눈을 똑바로 쳐다보고 말하면서, 그의 가발 같은 머리나 카메라의 검은 렌즈는 신경 쓰지 않으려고 한다.

"이 나라에서 데오 군의 장래는 어떨 것 같은가요?"

"5년 뒤에는 월드컵 결승전에서 선수로 뛰고 싶어요."

"남아프리카 공화국 선수로요?"

"저를 원하기만 한다면요."

대회는 정신없이 지나간다. 낮에는 생각할 겨를이 없다. 사람들이 모두 잠든 밤에만 이런저런 생각을 할 시간이 생긴다.

나는 침대에 누워서, 포켓용 성경책을 가슴에 올려놓은 채, 어둠을 응시하며 생각을 정리하려고 애쓰고 있다. 내 마음속에서 변화가 일어나는 걸 느낀다. 우리 팀의 다른 선수들 눈에서도 그런 변화를 엿볼 수 있다. 내가 골을 넣었기 때문이 아니라 아빠가 내 이름을 성경책에 적어 놓았기 때문에 내가 남아프리카 공화국에 속한다고 느낀다. 딱 집어 설명하기는 힘들지만, 내가 아는 건 도망치던 데오와 수용소에 있던 데오, 그리고 거리에 있던 데오는 영원히 사라졌다는 것이다.

오늘 저녁에 그린 포인트에서 돌아오는 길에 'REMOVALS'라고 적힌 대형 트럭을 보았다. 나는 그 트럭이 굿우드 쪽으로 돌아가는 걸 지켜보면서, 살리 코치한테 트럭을 쫓아갈 수 있겠냐고 물어보려다가 말았다. 트럭의 번호판을 살폈지만 형이 알려 준 그 번호가 아니었다. 나는 아빠를 찾는다는 생각은 포기했다. 대신 아빠가 나를 찾을 기회를 줄 것이다.

킬란은 오늘도 나를 놀라게 했다. 세 번째 골을 성공시킨 뒤 곧장 나한테로 달려와서, 벤치에 앉아 있던 나를 껴안고 내 뺨에 뽀뽀를 했다. 킬란이 자연스럽게 그런 행동을 한다는 게 기분 좋았다. 그리고 그 경기가 끝날 때까지 아무 생각도 나지 않았다. 지금도 나는 그때 생각을 하고 있다.

이틀만 있으면 토너먼트도 끝이다. 그 생각을 하니 가슴에 구멍이 뚫리는 느낌이다. 토너먼트가 끝난 다음 주에는 뭘 할까? 우리는 일요일 저녁에 YMCA에서 나와서 후원자가 마련해 준 사회 복귀 훈련 시설로 가야 한다. 우리가 다시 학교에 다닐 수 있게 준비해 줄 교사를 채용한다는 이야기를 들었다. 그리고 살리 코치와 톰 선생님이 나이가 많은 선수들한테 일자리를 마련해 주는 것에 관해 이야기하는 것도 들었다.

우리는 내일 네 게임을 치르게 될 거고, 러시아와의 경기가 가장 격렬할 것이다. 러시아 선수들은 조 경기를 통해 사나운 기량을 맘껏 발휘했고, 대부분의 경기에서 이겨 대회의 유력한 우승 후보로 떠오르고 있다. 살리 코치는 우리가 결승전에 진출할 좋은 기회를 얻는 데 러시아 팀이 걸림돌이 될 거라고 생각한다.

5분 후, 우리는 러시아 팀에 2 대 0으로 지고 있다. 우리 계획대로 되는 게 없다. 러시아 선수들이 어찌나 강한지 우리 팀 선수들을 파리처럼 때려눕힌다.

"러시아에서는 물에다 뭘 넣는 거야? 보드카라도 타는 거야?"

티제이가 헐떡거리며 말한다.

러시아가 다시 득점을 한다면, 우리는 결승전하고 영영 작별이다. 세 골 차가 벌어진다면 역전할 기회는 없다. 관중의 분위기도 바뀌었다. 우리가 질 거라고 알고 있다. 갓패스트도 골 에어리어에서 우리한테 소리치는 걸 그만두었다. 우리는 공을 갖지 못하고 있고, 공을 소유하지 못한다면 득점도 할 수 없다.

에르네스토가 다시 공을 놓치자 러시아의 센터 포워드가 경기장 한가운데로 질주하며 골문을 노린다. 그가 슛을 했지만 기적적으로 갓패스트가 공중으로 몸을 날려 손끝으로 간신히 공을 쳐 낸다. 공이 보드를 넘어 관중석으로 들어간다. 갓패스트는 바닥에 세게 떨어진다. 갓패스트가 다시 일어서려고 안간힘을 쓸

때 살리 코치가 타임아웃을 부른다. 톰 선생님과 살리 코치가 경기장 안으로 뛰어가고, 우리는 갓패스트를 에워싼다.

톰 선생님이 갓패스트의 팔꿈치에 헝겊을 대는 동안, 살리 코치가 관중의 소음 때문에 고함을 지른다.

"러시아 선수들은 너희들을 개개인으로 깨뜨리려고 해. 이제부터 팀플레이를 하는 거야. 너희들이 어디 출신인지 생각해 봐. 팀 동료들을 이용해."

경기가 다시 시작된다. 마침내 우리가 공을 가졌지만, 러시아 골에어리어는 다른 세상 같다. 티제이가 첫 번째 수비수를 제치고 공을 보드에 튀겨 에르네스토한테 패스한다. 에르네스토가 나를 확인하고 오른쪽 윙으로 자리를 바꾸면서 뒤꿈치로 부드럽게 패스해 주자 관중들이 다시 응원을 펼치기 시작한다.

나는 생각할 겨를도 없이 몇 년 전에 베잇브리지에서 아지즈가 가르쳐 준 기술을 쓴다. 내가 너무나도 자연스럽게 기술을 구사하는 바람에 러시아의 센터 포워드가 멍하니 서 있다. 골대 앞에서 자유롭게 슛을 할 수 있는 기회를 잡아서 이제 몇 초만 있으면 골을 넣을 수 있을 것 같다. 그런데 곁눈질로 보니 왼쪽에서 티제이가 뛰어오는 게 보인다. 나는 주저하지 않고 티제이한테 공을 패스한다. 그가 찬 공이 골키퍼를 지나 골문으로 들어간다.

관중들이 열광한다. 관중의 환호성에 경기장 안에서의 골 세리머니와 하프타임 경적이 묻혀 버린다.

"거 봐, 너희들은 할 수 있어!"

살리 코치가 얼굴에 물을 뿌리고 있는 우리한테 소리친다.

"이제 그런 식으로 두 골만 더 넣으면 돼."

후반전 경기를 시작하러 들어갈 때 우리 팀을 향해 쏟아지는 환호가 압도적이다. 티제이의 눈에 새로운 각오가 엿보인다.

"저 러시아 녀석들이 후반전에는 나를 쓰러뜨리지 못할 거야."

티제이가 말하고 나서 얼마 지나지 않아 러시아 수비수한테서 공을 빼앗자, 러시아 수비수가 티제이의 셔츠를 잡아 쓰러뜨린다.

주심이 호루라기를 분다.

페널티 킥이다.

러시아 선수들이 주심을 에워싼다. 하지만 심판은 페널티 킥 지점을 가리킬 뿐이다. 에르네스토가 나한테 공을 던진다.

"데오야, 네 오른발이 최고야. 실수하면 안 돼."

에르네스토가 말한다.

"아니야, 에르네스토. 저 팀 골키퍼는 내 오른발을 너무 잘 알고 있어. 네가 차. 저 팀 골키퍼가 예상 못 할 거야."

에르네스토가 공을 페널티 킥을 차는 지점에 갖다 놓는다. 그가 앞으로 나가며 슛을 하는 동안 우리는 숨을 죽인다. 내 결정이 옳았기를 바라면서.

골인!

에르네스토가 득점을 올려서 경기는 2 대 2가 된다.

그 후 5분 동안은 공격과 수비의 격렬한 전투가 벌어진다. 승부차기까지 가고 싶어 하는 선수는 없다. 러시아 팀 선수들은 더 필

사적으로 우리 팀 골문을 향해 공격을 퍼붓는다. 갓패스트는 러
시아 선수들의 슛을 잇달아 막으며 영웅이 되고, 러시아 팀 선수
들은 그럴수록 실망에 빠져 화를 낸다.

더 이상 관중의 함성이 들리지 않는다. 나는 기억과 느낌의 땅
으로 슬그머니 빠져나와 있다. 나는 지금 내가 원하던 걸 모두 갖
고 있다. 걱정도 없고, 오직 이 순간만 생각하면 된다. 공이 내 발
앞으로 굴러 온다. 공이 러시아 골문으로 자기를 몰고 가라고 부
탁한다. 순간적으로 모든 게 떠오른다. 구투, 베잇브리지, 코멜레
마을에서 했던 경기들은 모두 이 순간을 위한 준비였다.

이제 이 데오의 마술을 선보일 순간이다.

나는 러시아 선수를 한 명 제치고 공을 보드에 튕긴 뒤 공중으
로 날아오른 공을 머리로 컨트롤한다. 그대로 경기장에서 솟구
쳐 오르며 오른발을 크게 휘둘러 강슛을 날린다. 슛은 완벽하다.
열다섯 걸음 정도 떨어진 거리에서 쏜 공이 똑바로 날아가 러시
아 골키퍼를 지나 망을 뒤흔든다. 사람들이 다들 깜짝 놀란다.

나는 시멘트 바닥으로 세게 떨어진다.

마지막 1분 동안 수비와 거친 킥이 너무 빨라 흐릿하게 보일
정도로 이어진다. 그러고 나서 경적이 울리자 스타디움의 관중
들이 환호성을 올린다.

결과는 3 대 2. 남아프리카 공화국 팀이 러시아 팀을 이겼다.
마침내 결승전으로 진출하게 된 것이다!

27
결승전

"**신사** 숙녀 여러분, 거리 축구 월드컵 결승전에 오른 두 팀을 환영해 주시기 바랍니다!"

주위에서 환호성이 터져 나온다. 우리는 경기장으로 걸어 나와 관중들이 꽉 들어찬 스탠드를 마주하고 선다. 브라질 팀 선수들이 우리 옆에 서 있다. 우리는 경기장의 한가운데 줄을 맞춰 서서 국가가 연주되길 기다린다. 이번 토너먼트의 마지막 경기다. 살리 코치는 우리가 우승자가 될 수 있을 거라고 말했는데, 그의 말이 맞았다.

"우리가 결승전까지 오게 된 걸 믿지 못하는 아이들도 있을 것이다."

살리 코치가 결승전을 시작하기 전에 우리한테 한 말이다.

"믿어라. 이제 너희들이 할 일은 너희들이 세계 챔피언이 될 수 있다고 믿는 것이다. 나는 너희들이 그럴 수 있다고 믿는다. 너희들 생각은 어떠냐?"

브라질 국가가 연주되기 시작한다. 나는 손을 가슴이 아니라 완장에 대고 서 있다. 나는 흥분되지만 침착하다. 온몸에 멍이 들고 상처를 입었지만, 아프지는 않다. 엿새에 걸쳐 스물두 번의 경기를 치르면서 감정을 조절하고, 고통을 차단하고, 집중하는 방법을 배웠다. 나는 내 앞에 있는 관중들을 자세히 살펴본다. 한 줄 한 줄 따라가며 관중들의 얼굴을 쳐다본다. 그들의 눈에서 감탄과 존경의 마음을 엿볼 수 있다. 평소에 동정과 경멸의 눈길을 건네던 사람들이 지금은 전혀 다른 눈길로 우리를 바라보고 있는 것이다. 남아프리카 공화국 국가가 연주되기 시작한다. 많은 관중들이 따라 부르는 국가가 경기장에 울려 퍼진다.

나는 엄마와 똥간 할아버지가 관중들 틈에 끼어 나를 쳐다보며 손을 흔들고 있다고 상상한다. 엄마는 얼굴에 웃음을 띠고 있다. 그리고 아빠도 스탠드에 서 있고, 경찰서장 아저씨는 걱정스러운 표정을 짓고 있다. 서장 아저씨는 나를 향해 손을 들어 올린 뒤 박수를 친다. 내가 여행을 하며 만났던 사람들의 얼굴이 하나씩 떠오르기 시작한다. 나는 그들이 경기장을 내려다보며 내가 경기하는 모습을 지켜볼 거라고 상상한다. 팻슨과 그의 아빠도, 베잇브리지에서 만난 아지즈와 신바바도, 벤저민 할아버지와 그의 조카 필라니도, 다리 안에서 함께 지냈던 가족 같은 카타리나 양도, 라이스 씨도, 엔젤 양도, 가왈리아 아저씨도, 그의 두 아들 라스타와 테스포도, 구투 출신의 아이들인 부쿠도, 섀드랙도, 자부도, 펠로도, 버스터도, 롤라도 지금은 다 같이 있다고 생각한다. 스탠드 뒤쪽에 꼿꼿하게 서 있는 마이 마리아의 모습도 보인다. 머리카락을 뱀처럼 휘날리며 나를 보고 웃고 있다. 레녹스도 관중석에서 박수를 치고 있다.

내가 다른 사람을 찾고 있다는 걸 깨닫는다. 지금 여기 관중석에 와 있다고 상상하는 사람들보다 훨씬 소중한 사람이다.

형.

나는 관중들의 얼굴을 한 사람, 한 사람씩 찬찬히 살피며 형을 찾는다. 형을 다시 한 번 보고 싶다. 형이 라디오를 귀에 갖다 댄 채 나한테 손을 흔들며 내 이름을 힘껏 외친다.

"데오야, 건전지가 더 필요해."

형을 잃어버린 날, 형이 나한테 한 말이다. 형은 관중석에 없을지도 모른다. 하지만 형은 내 마음속에 있다.

국가 연주가 끝난다. 우리는 각자 위치로 뛰어간다. 주심이 공을 집어 올리며 양 팀 선수들이 준비를 마쳤는지 확인한다.

나는 킬란, 티제이, 갓패스트, 자코를 경기장 한가운데로 불러 모은다. 우리는 어깨가 닿을 정도로 가까이 선다.

"이제 우리가 누구인지, 어디서 왔는지 보여 줄 때야."

내가 힘차게 외친다.

"우리는 이 경기에서 이길 거야."

내가 손을 내민다. 우리 팀 선수들이 한 사람씩 손을 내민다. 우리는 서로의 손을 꽉 잡고 우승을 위해 하나가 된다.

"싸우자!"

우리는 힘차게 소리친다.

주심이 경기장에 축구공을 던지자 관중들이 함성을 올린다. 우리는 경기를 시작한다.

경기가 어떻게 끝날지, 아무도 알 수 없다. 이제 그런 건 중요하지 않다.

우리는 인생이라는 게임을 같이하고 있다.

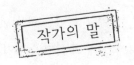
작가의 말

2008년 남아프리카 공화국에서 발생한 외국인 혐오증으로 인한 유혈 사태에서 한 남자가 불타 죽는 사진을 보고 다음과 같은 질문을 던지게 되었습니다.

사람들이 불에 탄 사람이 누구인지 알고, 남아프리카 공화국에 어떻게 왔는지 알았다고 해도 그를 죽였을까?

그 질문에 대한 보다 정확한 대답을 찾기 위해 피난민들에 대해 좀 더 알아보고, 그들이 어떻게 우리나라로 들어왔는지 살펴보기로 마음먹었지요.

케이프타운에 있는 스칼라브리니 센터의 무료 급식소(www.scalabrini.org.za)에서 일하면서 주목할 만한 세 명의 짐바브웨 젊은이들을 만나게 되었는데, 어셔 분들라, 판탐, 그리고 라스타가 그들입니다.

소설을 쓰기 위해 몇 시간이나 그들을 인터뷰했고, 그런 과정에서 그들이 난민 신분이라는 사실 말고도 세 사람 다 아버지가 없다는 공통점도 알게 되었습니다. 한 사람은 구마구마의 손에 죽었고, 다른 한 사람은 무가베의 군인들이 총으로 쏴 죽였고, 마지막 한 사람은 에이즈로 사망했다고 합니다.

젊은이들은 모두 스무 살이 채 안 된 나이였는데, 필사적으로 가족을 남아프리카 공화국으로 데려오고 싶어 했습니다. 그러나 그 젊은이들이 돈이 없다는 점과 현재의 정치 상황을 감안하면 그들이 가족을 데려올 가능성은 희박합니다.

안타깝게도 그 젊은이들은 현재 케이프타운의 거리나 고속도로 밑에서 지내고 있습니다. 비바람을 피할 수 있는 곳이라면 어디서라도 지내야 할 형편인데도, 그들은 웨스턴 케이프의 지방 정부가 만든 난민 수용소에서 사는 걸 거부하고 있습니다.

우리가 다 같이 모여 다른 난민들을 위한 음식을 준비하는 동안, 그 젊은이들이 케이프타운으로 오는 길에 겪은 자신들의 체험을 들려준 게 이 소설을 쓰는 데 큰 영감을 주었습니다.

스칼라브리니에서 만난 세 젊은이들, 어셔와 판탐과 라스타에게 다시 한 번 고마운 마음을 전하고 싶습니다.

이 소설이 세상으로 나오기까지 애써 주신 모든 분들에게 깊이 감사드립니다.

이 소설에서 알렉산드라 흑인 거주 구역의 주민들이 외국인을 혐오한 나머지 대대적인 습격을 자행한 장면은 2008년 5월에 남아프리카 공화국에서 실제로 발생한 사건을 약간 바꾼 것이다. 목숨을 건 위험한 여행 끝에 마침내 요하네스버그로 오는 데 성공했지만, 형제가 도착하자마자 그 지역 사람들의 증오에 부딪혔다면 과연 어땠을지 상상해 본 것이다. 불행히도 이노센트가 불에 타 죽는 건 내가 꾸며낸 이야기가 아니다. 2008년 알렉산드라에서 실제로 일어난 사건을 토대로 한 것이다.

남부 아프리카 이주 프로젝트(SAMP, Southern African Migration Project) 조사에 따르면, 2008년 5월에 외국인 혐오 폭력이 만연했던 주요 원인은 남아프리카 공화국 사람들이 외국인들에 대해 갖는 편협함과 적대감이 높을 대로 높은 수위였기 때문이라고 한다. 남아프리카 공화국 전체에서 외국인에 대한 습격이 자행되는 동안 대부분이 이주자였던 60여 명이 살해당했다. 그리고 1,000여 명의 살해 혐의자가 체포되었다.

외국인 공동체에 대한 습격으로 수많은 이주민들이 재산과 집을 잃었다. SAMP 조사에 의하면, 습격이 처음 발생한 원인은 과

거 남아프리카 공화국의 국민들을 소원하게 만든 인종차별 정책과 일상적인 차원의 생존 투쟁, 그리고 정부가 인종차별 정책 이후 경기 부양의 성과를 가난한 사람들에게 재분배하는 데 실패했기 때문이라고 한다.

SAMP 조사에 따르면, 설문 응답자의 76퍼센트가 국경의 철조망에 전기가 통하게 하자고 했고, 67퍼센트는 모든 난민을 국경 수용소에 가둬 놓아야 한다고 답했다. 그리고 설문 응답자의 절반가량이 이방인을 가둬 놓는 것만으로는 부족하고, 국외 추방 정책을 실시해야 한다고 답했다. 이러한 조사 결과는 남아프리카 공화국 사람들이 여전히 외국인을 사회 및 경제 복지에 대한 위협으로 간주하고 있음을 웅변한다. 아울러 응답자의 3분의 2는 이주자들이 범죄와 관련이 있고 부족한 자원을 고갈시킨다고 주장했으며, 절반에 약간 못 미치는 응답자가 외국인들 때문에 질병이 유입된다고 답했다.

SAMP 조사는 "2008년 5월의 비극적인 사건은 모든 남아프리카 공화국 국민들의 주의를 촉구하는 역할을 해야 한다. 그들은 이미 얻은 성공에 만족하지 못한다. 과거와 미래의 모든 외국인 혐오 폭력의 범죄자는 단호하게 기소해야 한다. 무엇보다 필요한 건 실천이다. 불명예스러운 사건이 다시는 반복되지 않도록 하기 위해서뿐만 아니라, 남아프리카 공화국 국민들이 이처럼 불안한 세계에서 2010년 월드컵 축구 결승전의 주인 역할을 할 준비를 하며 긍지를 갖기 위해서다."라고 결론 내리고 있다.

불행히도, 이제는 남아프리카 공화국에도 널리 알려진 "불에 타 죽은 남자"를 살해한 살인자들은 여전히 자유의 몸이다. 그들이 법의 심판을 받을 가능성은 아주 희박해 보인다.

– http://en.wikipedia.org/wiki/Xenophobia_in_South_Africa

노숙자 월드컵

노숙자 월드컵은 인생을 변화시키는 국제 축구 대회이다. 아르헨티나, 호주, 포르투갈, 카메룬, 브라질, 독일, 영국 등의 노숙자들이 자국을 대표하는, 평생에 한 번 있을까 말까 한 기회를 잡으면서 그들의 삶이 완전히 바뀐다. 77퍼센트의 선수들이 가정을 찾고, 마약과 알코올에서 손을 떼고, 학교에 가고, 일자리를 구하고, 직업 훈련을 받고, 가족과 친구와의 관계를 개선하게 된다. 바로 이것이 우리가 데오에게 바라는 미래이다.

처음 몇 번의 노숙자 월드컵 대회가 대대적인 성공을 거둠에 따라, 오늘날 이 경기는 세계적인 스포츠 일정표에 오르는 연례 행사로 인식되고 있다.

– www.homelessworldcup.org